LE MEDIUM

SUSPENSE

JULIA SALVADOR

Titre original : Le Medium

www.julia-salvador.fr
ISBN : 979- 8685806239
Crédits photo : Igor Kovalchuk/Shutterstock.com
Conception Graphique : Julia Salvador Auteure

EN EXCLUSIVITÉ

la fin alternative
(rendez-vous après l'épilogue)

PARTIE I

Ange ou démon

« Qu'en dira-t-elle ?
Que dira cette conscience affreuse,
Ce spectre qui marche dans mon chemin ? »
Chamberlayne. — *Pharronida*

1

Où es-tu ?

Cette question me hante et j'ai peur de mourir sans avoir de réponse. Car je vais mourir, c'est un fait. Là, dans l'obscurité dans laquelle il me tient prisonnière, je trouve du réconfort dans cette pensée que nous serons bientôt réunies. Je veux croire en une vie dans l'au-delà. Je veux y croire pour toutes les deux. Je ne sais pas quand il va revenir, mais je sais ce qu'il me réserve. Je sais que je vais souffrir, et ça, oui, ça me fait peur. J'ai vu ce qu'il a fait aux autres femmes. Celles qui t'ont précédée et celles qui sont venues après toi. Je ne veux pas y penser. Et la seule façon de chasser de mon esprit les images de ces corps mutilés, c'est de me concentrer sur toi, ma chère sœur. La dernière fois que je t'ai parlé… J'essaye de m'en souvenir, de retrouver cet instant, mais il me semble enseveli par le chagrin, noyé par les larmes. Des images défilent dans ma tête, comme les pages d'un album photo feuilleté trop vite. Je n'arrive pas à fixer cet instant qui m'échappe. Celui où j'ai entendu ta voix pour la dernière fois. Pourquoi est-ce si difficile ? Je voudrais tant le retrouver. Te retrouver. Telle que tu étais avant que tu ne disparaisses. Je t'aime, tu sais. Je ne te l'ai jamais dit. C'était plutôt l'inverse, n'est-ce pas ? Je ne compte plus les fois où j'ai écourté nos conversations. J'avais toujours quelque chose de plus urgent à faire, de plus important. Je pouvais rester des semaines sans t'adresser la parole, ignorant tes appels et tes SMS que je m'empressais d'effacer sans les lire. Tu as dû penser que j'étais une ingrate, mais moi, tout ce que je voulais, c'était que tu sois fière de moi. Toi, ma grande sœur, mon modèle, ma boussole, l'unique personne vers qui je me tournais lorsque les doutes m'empêchaient d'avancer, celle qui pouvait tout me pardonner. Tu n'as jamais été du genre rancunier. Tout mon contraire ! Mais là, c'est différent. Je ne t'ai pas parlé depuis un an, cinq jours et... je compte les heures. Au fait, je me suis servie de ton profil Facebook. Je savais que ça te rendrait furieuse si tu l'avais su. Tu n'as jamais aimé que je fouille dans tes affaires, alors je ne me suis pas gênée. J'espérais que ça te mettrait en rogne, que ça te ferait revenir. Mais tu n'es jamais revenue. Tu vois, c'est ça le plus dur. Ne pas savoir. Parce que d'un côté, je sais que tu es morte et que ton corps est quelque part, au plus profond d'une forêt, à la végétation si dense que personne ne s'y aventurera jamais. Et par moments, j'ai ce doute, cet espoir ridicule... Et si tu étais encore vivante ? Moi, je le suis. Encore que, je ne sais pas combien de temps il me reste... Voilà que l'angoisse me reprend. Il y avait une femme ici, prisonnière comme moi. Je ne l'ai pas vue à cause du bandeau qu'il a noué sur mes yeux, mais je l'entendais. Je ne parle pas du bruit de ses ongles raclant le sol. Je parle de ses sanglots. Incessants. Angoissants. Des sanglots qui résonnaient trop profondément en moi. J'ai eu envie de lui hurler de la fermer. C'est sûrement ce que j'aurais fait si je n'avais pas été bâillonnée, moi aussi. Tu me connais... Et puis, il l'a emmenée. Maintenant ses lamentations me manquent. Je me demande depuis combien de temps ils sont partis. Je sais qu'elle, elle ne reviendra pas. Mais lui... Lui, il va revenir pour me chercher, il va revenir pour... Je viens d'entendre un bruit. J'essaye de faire le silence dans ma tête. Je retiens ma respiration. Oui, j'en suis sûre à présent. Un bruit de clefs dans la serrure.

Il est de retour.

2

« Vous êtes arrivé à la destination. La destination se trouve sur votre droite. »

La pluie avait redoublé de violence. Il éteignit le GPS et se pencha pour jeter un coup d'œil à travers le pare-brise. Les gouttes s'abattaient sur la carrosserie comme des projectiles et malgré le va-et-vient des essuie-glaces, il n'arrivait pas à distinguer la maison. Il coupa le contact et se décida à sortir. La tête baissée, il fonça sous le déluge, remonta l'allée qui menait à la porte d'entrée et enfonça la clef dans la serrure. Celle-ci se coinça dans le mécanisme. Impossible d'ouvrir la porte.

— Et merde !

Le ciel gronda. Il retira la clef récalcitrante et considéra son trousseau comme s'il le voyait pour la première fois, incapable de décider laquelle des trois clefs restantes ouvrait la porte. Il ne lui restait plus qu'à les essayer une à une. La troisième fut la bonne. Il referma derrière lui, et alluma la lumière. Une des deux ampoules du couloir avait grillé. Il la changerait plus tard, se dit-il en avançant d'un pas traînant. Son corps perclus de douleurs réclamait du repos, mais à ce rythme-là, il craignait de s'effondrer avant d'avoir atteint sa chambre. Le canapé dans le salon, plus proche, lui sembla une alternative plus réaliste. Il fit quelques pas jusqu'au milieu de la pièce et s'immobilisa, en proie à un sentiment étrange. Les objets, pourtant familiers, n'étaient pas tout à fait là où ils auraient dû être. D'où lui venait cette sensation confuse que rien n'était à sa place, à commencer par lui ? C'était peut-être à cause de cette migraine qui l'avait torturé sur tout le chemin du retour, alors que ses efforts pour se rappeler sa journée étaient restés vains. De l'aspirine ! Voilà ce dont il avait besoin. Il regarda autour de lui. La cuisine se trouvait sur sa gauche et offrait une jolie vue sur le jardin. Les cachets étaient là, quelque part, à côté des couverts... ou bien des boîtes de conserve ? Il ouvrit tous les tiroirs et une bonne partie des placards avant de les trouver. Un étranger dans sa propre maison, voilà ce qu'il était ! Ça n'avait aucun sens. Il y avait un verre dans l'évier. Il le rinça et le remplit d'eau du robinet, trop épuisé pour se mettre à la recherche de verres propres. L'eau avait un goût infect de chlore, mais son gosier desséché en réclamait toujours plus. Dans sa hâte, il renversa le flacon sur le plan de travail. Quelques cachets étaient tombés sur le sol. Il fallait les ramasser avant que le chat ne les avale, pensa-t-il en se baissant. Il les récupéra jusqu'au dernier, même ceux qui avaient roulé sous les meubles, mais alors qu'il se relevait, sa tête heurta violemment un des tiroirs restés ouverts. Son cri de douleur se répercuta dans la maison. Il tâta son crâne puis regarda ses doigts. Se sentant défaillir, il ferma les yeux. *Respire !* Quand il les rouvrit, le décor de la cuisine tangua quelques instants avant de se stabiliser. Quelque chose coulait le long de sa joue, du sang, encore, qu'il essuya avec le revers de la main. Il fallait arrêter le saignement, désinfecter. Mais d'abord, trouver la salle de bains. Il se leva et traversa le couloir aussi vite que ses jambes le lui permettaient, laissant des empreintes sanglantes chaque fois que sa main prenait appui sur le mur pour l'empêcher de tomber. Deuxième porte à droite, au fond du couloir. Debout face au miroir, il examinait l'étendue des dégâts. Il y avait une rougeur là où son front avait heurté le tiroir, mais ce n'est pas ce qui retint son attention. Son visage était couvert de sang. Du sang qui avait séché en coulant. Il remonta à l'origine du saignement, jusqu'au sommet de son crâne : une plaie de deux centimètres qui avait entaillé son cuir chevelu. Et ce n'était pas tout, apparemment la blessure avait été suturée. Il pouvait sentir les fils sous ses doigts. Bien serrés. Au moins il n'aurait pas à retourner à l'hôpital. Mais il fallait qu'il trouve de quoi désinfecter, du Dakin ou de la Bétadine iodée. Il en trouva dans l'armoire du haut, ainsi que plusieurs boîtes de compresses stériles, du sérum physiologique et d'autres fournitures médicales. À croire qu'il avait dévalisé une pharmacie. Quant à l'aspirine, il devrait y renoncer, c'était trop dangereux après un traumatisme crânien, tout comme le fait de s'endormir. C'est en tout cas ce qu'il se répétait tandis qu'il retournait dans le salon. Assis dans le canapé, il alluma la télévision. Une speakerine détaillait la météo des jours suivants. De la pluie, bien sûr, et des températures en dessous des normales saisonnières. Encore ce sentiment de gêne, cette étrange familiarité. Gagné par la lassitude, il cala la nuque contre un coussin et ferma les yeux. *Juste un instant*, se dit-il. *Je ne vais pas m'endormir.* Il avait l'impression d'être le héros d'un de ces contes pour enfants. Boucles d'or ou quelque chose comme ça... S'il ne s'était pas passé quelque chose de grave, cela l'aurait fait sourire. Car quelque chose de terrible s'était produit aujourd'hui. Il en avait la certitude. Aujourd'hui n'était pas un jour comme les autres.

3

Il s'était endormi ! Avec sa blessure à la tête, cela aurait pu lui être fatal. Ce fut la première pensée qui le traversa quand il se réveilla. La seconde fut de se demander d'où venait le bruit qui avait troublé son sommeil. Il se leva, ouvrit la porte d'entrée. Personne. Pourtant il avait cru entendre frapper. Cela y ressemblait en tout cas. Ou bien était-ce un coup de tonnerre ? Un éclair zébra le ciel au moment où il se faisait cette réflexion. Il recula et s'empressa de refermer la porte. Les plombs sautèrent, plongeant la maison dans l'obscurité. *Super !* Il tâtonna le long du mur à la recherche du tableau électrique, mais c'est la poignée d'une porte que sa main trouva. Celle qui menait au sous-sol. Là, en équilibre sur la première marche, il eut l'impression de regarder au fond d'un puits. Une torche était accrochée à un clou fiché dans le mur, probablement pour parer à ce genre de situation. Il dirigea le faisceau lumineux pour éclairer une volée de marches en bois. Elles s'enfonçaient sous la maison. Il fallait qu'il descende voir. Arrivé à mi-chemin, il s'arrêta. Une peur enfantine s'était soudainement emparée de lui comme s'il s'attendait à trouver un monstre tapi dans l'obscurité du soubassement. Un monstre qui sentirait bon le parfum. Car c'était bien du parfum qui se mêlait aux relents de moisi. Des effluves délicats et sucrés, féminins... et un son. Un murmure ? Il tendit l'oreille. Non, plutôt un gémissement.

— Il y a quelqu'un ? s'entendit-il demander.

Cette fois, il n'y avait plus de doute. Il n'était pas seul. Il dévala les escaliers, brandissant sa torche comme une arme. Lorsque ses pieds heurtèrent le sol, il s'immobilisa. Elle était là, dans un coin, recroquevillée sur elle-même comme si elle cherchait à échapper à la lumière de la torche qu'il braquait dans sa direction. Une femme gisant sur des couvertures empilées à même le sol.

4

Zoé sentait sa présence. Il n'était qu'à quelques centimètres d'elle. Elle pouvait l'entendre respirer. C'était la première fois qu'il venait aussi près. Aussi, lorsqu'elle sentit la chaleur de ses mains qui la touchaient, elle rua comme une jument affolée.

— N'ayez pas peur, dit-il.

Sa voix ! Il ne lui avait encore jamais adressé la parole. Cela la fit frissonner.

— Je veux seulement vous enlever ça.

Elle sentit à nouveau les doigts qui glissaient derrière sa nuque et dans ses cheveux. Il était en train de défaire le bandeau qui masquait ses yeux. Zoé avait à peine entrouvert les paupières que déjà la lumière, pourtant faible, de la torche posée sur le sol, la blessait comme une multitude d'aiguilles plantées dans sa cornée. Dans un geste machinal, elle leva ses poignets attachés pour se protéger.

— Bon sang ! Mais qu'est-ce qui se passe ? lui demanda-t-il en retirant le bâillon.

Elle détourna la tête pour se soustraire à l'éclat lumineux de la torche.

— Qui vous a fait ça ?

Comme elle ne répondait toujours pas, il l'attira à lui.

— Regardez-moi !

Zoé grimaça de douleur.

— Vous êtes blessée ? Laissez-moi voir.

Elle détourna le regard vers le mur opposé pendant qu'il déboutonnait son chemisier. Le tissu glissa sur son épaule. Elle sursauta au contact de ses mains sur sa peau.

— Pardon, dit-il, je ne voulais pas vous faire mal.

Zoé ferma les yeux pendant qu'il se livrait à un simulacre d'examen médical. Elle avait envie de hurler.

— Vous n'avez rien de cassé ni de déplacé, dit-il en guise de conclusion. C'est juste un hématome.

— Comment pouvez-vous le savoir ?

Il parut perplexe.

— Je le sais, c'est tout.

Zoé se décida à le regarder. Le temps que sa vision s'accommode, le visage de l'homme qui la hantait depuis des mois se précisa. Le profil qui avait été établi par les analystes d'Europol précisait qu'il était de race blanche, âgé entre trente et quarante ans, et qu'il inspirait confiance à ses victimes. Ils avaient vu juste. Il était agréable à regarder, malgré ses joues piquées de barbe, ses cheveux en bataille, et son nez légèrement épaté. Une cicatrice barrait son sourcil droit et adoucissait l'expression de son regard. Il avait l'air perdu, innocent. Le genre mauvais garçon qui fait vibrer l'instinct maternel. Pourtant, au fond de ses yeux bleus comme l'océan, elle devinait le tumulte de ses pensées.

— Où est ma sœur ? lui demanda-t-elle à brûle-pourpoint.

Il pencha la tête sur le côté tout en continuant à la dévisager.

— Votre sœur ?

— Gabriela Rossi. Tu l'as enlevée il y a un peu plus d'un an, le jour de la Toussaint.

Elle ne s'était pas aperçue qu'elle le tutoyait. Après des mois à essayer de le cerner, à penser à lui jour et nuit, elle avait pris l'habitude de lui parler. À voix haute, comme une enfant avec un être imaginaire. À présent, il était là, assis par terre. Les yeux fermés, et la tête baissée comme un petit garçon pris en faute.

— Tu l'as tuée, continua-t-elle.

Il leva les yeux pour la dévisager. L'expression de son visage était indéchiffrable. *Tais-toi Zoé, lui soufflait une petite voix. Tais-toi ou il va te faire mal !* Mais elle ne pouvait plus s'arrêter, galvanisée par sa présence, comme si le seul fait de le voir là, en chair et en os, le rendait moins effrayant que le monstre de son imagination. Son cœur battait fort, de peur et d'excitation.

— Tu l'as tuée et tu as abandonné son corps, comme les autres.

— Les autres ?

— Klaudia Nochbauer. Laura Messing. Selma Lorenzen.

Zoé scrutait la moindre expression de son visage, mais ces noms n'évoquaient rien pour lui. Pourquoi le devraient-ils ? Ces femmes n'étaient que des objets destinés à assouvir ses fantasmes.

— Je ne connais aucune de ces femmes. Et je ne connais pas votre sœur. Tout ça, c'est n'importe quoi !

— Ah, oui ? Et la femme que tu as emmenée tout à l'heure ? Tu ne la connaissais pas non plus ?

Il se passa une main dans les cheveux, l'air complètement hagard.

— Elle était prisonnière, comme moi. Là-bas, sur les couvertures.

Il ne bougea pas.

— Tu es venu la chercher, il y a de ça, plusieurs heures déjà.

Elle fit une pause. La voix de sa compagne d'infortune lui revint en mémoire, étranglée par le bâillon qui l'empêchait d'articuler. Des mots indistincts qui pour Zoé résonnaient clairement : elle le suppliait de la laisser vivre. C'était aussi simple que ça. *Non, pitié, pitié !* Voilà ce qu'elle avait cru distinguer au milieu des sanglots.

— Tu l'as emmenée pour la tuer.

Il secouait la tête.

— Vous vous trompez. Ce n'était pas moi.

Zoé n'avait que faire de ses mensonges.

— Tu l'as conduite dans un endroit, à l'écart de la ville et des grands axes de circulation. Aucune carte ne le mentionne, aucune route n'y mène directement. Il faut emprunter un chemin de terre pour s'y rendre. Peut-être même qu'il y avait des bâtiments désaffectés : une maison ou une ferme.

Il écarquilla les yeux.

— Une bergerie, dit-il. Elle était en ruine. Comment pouvez-vous le savoir ?

Zoé s'était appuyée contre le mur humide. La tête en

arrière, elle expira bruyamment pour soulager le poids qui écrasait son thorax depuis qu'elle l'avait entendu revenir.

— Parce que c'est dans des endroits similaires que tes victimes ont été retrouvées. Klaudia Nochbauer a été découverte dans un chalet abandonné, en Italie. Laura Messing c'était dans une grange, en Allemagne, Selma Lorenzen, dans une forêt, en Belgique. Et c'est aussi ce qui est arrivé à ma sœur. Tu l'as tuée, tu l'as...

— Taisez-vous !

Zoé le regarda s'éloigner en direction des escaliers. Mais alors qu'il avait déjà gravi les premières marches, il fit marche arrière.

— Je ne comprends pas ce qui se passe, dit-il comme s'il se parlait à lui-même. Tout ce dont je me souviens, c'est ce bâtiment en pierre, au milieu de nulle part. Une bergerie, je crois. Le vent faisait claquer une des portes et il s'est mis à pleuvoir. J'étais dehors. Par terre. J'avais dû perdre connaissance. J'ai couru jusqu'à la voiture. Les clefs étaient sur le contact.

Il refaisait chaque geste tout en parlant.

— J'ai démarré et là, le GPS m'a demandé où je voulais aller. J'ai répondu à la maison et me voilà !

— Nous ne sommes pas chez vous.

— Quoi ?

— Tu n'emmènes pas tes victimes chez toi. Tu es un tueur itinérant, un opportuniste. Alors, puisque nous ne sommes ni chez moi ni chez toi, j'imagine que c'est la maison de la femme que tu as emmenée tout à l'heure.

— Je n'ai rien fait de tout ça. Je ne suis pas celui que vous croyez !

— Très bien, alors dis-moi. Qui es-tu ?

Il se figea, comme foudroyé par la question.

— Je suis... Je n'en ai pas la moindre idée.

Zoé en avait marre de cette petite comédie. Il allait la tuer de toute façon.

— Je vais te le dire, moi. Tu es un monstre ! Une aberration ! Tu choisis tes victimes au hasard, tu les abordes sans crainte, à visage découvert. Tu sais qu'elles ne se méfient pas de toi. Elles tombent facilement dans les pièges que tu leur tends. Quand elles comprennent à qui elles ont affaire, c'est déjà trop tard. Tu aimes voir la terreur que tu leur inspires. Ça te donne un sentiment de puissance et de contrôle que tu n'aurais pas autrement. Tu les conduis dans des endroits isolés où personne ne pourra les entendre crier pendant que tu les tortures. Ce n'est que lorsqu'elles sont mortes que...

— Assez ! hurla-t-il, avant de lui remettre le bâillon pour s'assurer qu'elle ne prononcerait pas un mot de plus.

Te voilà, pensa-t-elle le cœur battant. Il se montrait enfin. Et maintenant, ça allait être son tour, à elle aussi. Il avait levé le bras. Zoé ferma les yeux, se préparant à l'impact de sa main sur son visage. Mais elle fut surprise par le contact doux d'une caresse sur sa joue.

— Vous vous trompez, murmura-t-il, son visage près du sien. Et je vais vous le prouver.

Elle le regarda s'éloigner. Les marches qui conduisaient à l'étage se remirent à grincer. La porte du sous-sol se referma. Quelques pas, puis le silence. Alors, elle soupira, soulagée d'être encore en vie.

5

Alors qu'il venait de refermer la porte qui menait au sous-sol, il se demanda s'il n'était pas en train de faire un cauchemar. Il avait l'impression de se tenir en équilibre, à la frontière qui séparait ce qui était réel de ce qui ne l'était pas. Le salon traversé par la lumière du jour était réel. Le piaillement des oiseaux dans le jardin l'était aussi. Et la femme du sous-sol ? Peut-être qu'il l'avait imaginée. Peut-être que s'il y retournait, elle aurait disparu. Peut-être... Mais à peine avait-il descendu quelques marches que déjà ses sens avaient détecté sa présence. Il rebroussa chemin. Il devait réfléchir. Que faire ? Appeler la police ? Leur expliquer qu'il s'était simplement réveillé au milieu de nulle part, désorienté, sans le moindre souvenir de qui il était ? Il y avait peu de chances qu'on le croit. S'enfuir alors ? Désemparé, il promena son regard sur le mobilier, les bibelots posés sur le rebord de la cheminée, les livres alignés sur les étagères. Mais cela ne fit que renforcer l'impression d'étrangeté qui l'avait saisi dès qu'il avait franchi le seuil de cette maison, car la femme du sous-sol avait raison au moins sur ce point, ce n'était pas ici qu'il habitait. Pourtant, tout avait un air de déjà-vu, y compris le sac à main qui se trouvait par terre, comme si quelqu'un l'avait jeté dans un coin après l'avoir vidé de son contenu. Sauf qu'il n'était pas vide. À l'intérieur se trouvait un pistolet. Un numéro de série était gravé sur le canon ainsi que la mention *propriété de l'État*. Une arme de fonction de la police ? Il le soupesa, empoigna la crosse. La sensation du pistolet dans sa main ne lui était pas familière. Ce n'était pas le sien, il en était certain. Il le mit de côté, puis saisit le sac et le retourna pour le vider sur la table du salon. Là, au milieu des mouchoirs en papier, rouge à lèvres, crème pour les mains et bonbons sans sucre, il y avait des clefs, une boîte de médicaments qu'il considéra quelques instants, perplexe et enfin un portefeuille qu'il s'empressa d'ouvrir. Une centaine d'euros en coupures de dix et vingt qu'il laissa à l'intérieur, des cartes de fidélités diverses, une carte bleue, un pass Navigo et enfin une carte nationale d'identité. Il la sortit pour mieux l'examiner. La photo d'abord. Elle avait les cheveux plus longs, mais c'était bien elle, la femme qui se trouvait au sous-sol. Zoé Rossi, née à Marseille, le dix-neuf juillet 1992, domiciliée à Paris dans le quinzième arrondissement. *Beaucoup plus jolie en vrai*, pensa-t-il en fixant le portrait. C'était étrange, car il avait la soudaine impression de l'avoir déjà vue. Mais où ? Impossible de renouer le fil cassé de sa mémoire. Il soupira. Puisque le passé se dérobait, il fallait qu'il se concentre sur le présent. D'abord, découvrir qui vivait dans cette maison. Il commença à fouiller le salon, ouvrant les tiroirs, les portes des placards, tout ce qui se présentait. Il trouva des factures de téléphone, d'électricité, des lettres de rappel pour un abonnement à un magazine féminin, de vieilles ordonnances de médicaments. Toutes étaient adressées à une seule et même personne : Marianne Deconti. Il répéta le nom à voix haute et aussitôt un visage s'imposa à lui, celui d'une femme d'une trentaine d'années, blonde, les cheveux coupés court. Il se sentit chavirer. Les mains sur les tempes, il tituba jusqu'au canapé. Peu importaient les efforts qu'il faisait pour la chasser, elle était toujours là, dans sa tête. Donc, il la connaissait. Et après ? C'était peut-être sa petite amie ? Non, se dit-il en y repensant. Elle n'était pas son genre de femme. Une amie, alors, tout simplement, ou bien une collègue de travail ? Et si tel était le cas, que faisait-il avec les clefs de chez elle ? Manon lui avait peut-être fait faire un double ? Manon... c'était comme ça que ses amis l'appelaient. Mais oui, il le sentait, ils étaient amis. Et que faisaient les amis ? Ils partageaient des moments ensemble, se prenaient en photo. Voilà la preuve dont il avait besoin. Une photo de lui avec Manon, levant leurs verres devant l'objectif d'un appareil photo ou d'un téléphone portable. Il balaya le salon du regard, à la recherche de l'un ou l'autre. En vain. Alors, il se mit en quête d'un ordinateur. Il devait forcément y en avoir un quelque part. Il finit par le trouver dans la chambre à coucher. Un PC portable abandonné sur le lit. Il était resté ouvert, l'écran en veille. Il le posa sur ses genoux et enfonça une touche au hasard. L'écran s'illumina et une page Facebook s'afficha. « Retrouvons Gabriela » disait l'entête sur laquelle figurait le portrait de la disparue. Les deux sœurs se ressemblaient, mais de toute évidence, Zoé était la cadette. Il s'intéressa alors à la dernière publication. Zoé Rossi y annonçait son départ pour Bordeaux suite à la découverte d'une quatrième victime du *Faucheur* dans la forêt landaise. Elle indiquait que le signalement pourrait correspondre à Gabriela et qu'elle espérait pouvoir l'identifier. La publication avait été partagée dix-huit fois et comptait trente-deux commentaires, des messages de soutien pour la plupart. Il commença par en lire un, deux… se sentant suffoquer, il se leva pour ouvrir la fenêtre. Il pleuvait toujours. L'air frais était chargé d'une puissante odeur d'herbe mouillée, une odeur familière qui eut pour effet de calmer les battements désordonnés de son cœur. *Le Faucheur*, pensa-t-il en fermant les yeux. *Moi ?* Il secoua la tête. C'était impossible, pourtant il fallait qu'il vérifie. Il retourna devant l'écran et interrogea le moteur de recherche en tapant *le Faucheur, forêt des Landes*. Il craignait de voir son visage apparaître d'un instant à l'autre, au lieu de cela, le titre d'un article sur un tueur insaisissable que l'auteur avait surnommé « *Le Faucheur* » apparut en tête des résultats. Il cliqua sur le lien et commença à lire. À défaut de pouvoir mettre un nom ou un visage sur l'assassin, la police et les journalistes s'étaient attachés à faire un portrait des victimes. Leur corps avait été retrouvé plusieurs semaines après leur disparition, abandonné dans des endroits reculés, loin de toute activité humaine, dans un autre pays que celui où elles avaient été kidnappées. Le caractère transfrontalier des crimes avait conduit Europol à mettre sur pied une équipe commune d'enquête réunissant des policiers des pays concernés, parmi lesquels la France. Les résultats des autopsies n'avaient pas été divulgués au public, car, comme l'expliquait l'analyste comportemental d'Europol, certains détails constituaient la signature du tueur. Ce que l'on savait néanmoins, c'était que toutes avaient été décapitées. À ce jour, aucune des têtes n'avait été retrouvée, ce qui rendait l'épreuve des familles plus difficile encore. Des portraits des victimes, reproductions de photos de famille ou d'identité, illustraient l'article. Il les regarda, priant pour qu'aucune de ces femmes ne lui paraisse familière. Klaudia Nochbauer, 28 ans, agent immobilier, disparue en Allemagne, retrouvée en Italie. Laura Messing, 32 ans, monitrice d'équitation, disparue en France, retrouvée en Allemagne. Selma Lorenzen, 25 ans, coiffeuse, disparue au Danemark, retrouvée en Belgique. Alors qu'il s'attardait sur leurs visages, il se sentit gagner par la nausée. Quelques instants plus tard, il vomissait au-dessus de la cuvette des toilettes.

6

Sans ouvrir les yeux, Anthony Lavera roula sur le côté du lit. Il étendit un bras, cherchant à tâtons le téléphone portable qui ne cessait de sonner et de vibrer sur la table de chevet.

— Allô, répondit-il d'une voix traînante.

D'ordinaire, il aurait regardé son écran pour savoir qui l'appelait avant de décrocher, mais ses paupières étaient trop lourdes pour qu'il ait la force de les soulever.

— Monsieur Lavera ?

La voix nasillarde lui vrilla les tympans.

— C'est pas la peine de hurler...

Il se redressa péniblement dans le lit. Le sang pulsait fort contre ses tempes, comme si quelqu'un jouait du tam-tam dans sa tête. Son interlocuteur continuait de parler, mais il ne l'écoutait pas. Il ne pensait qu'au tube d'aspirine qu'il avait emporté dans sa trousse de toilette.

— Monsieur ?

Anthony traversa la chambre en titubant pour se

diriger vers la salle de bains. L'odeur de vomis lui donna un haut-le-cœur.

— Monsieur ? Vous allez bien ?

Le téléphone portable tomba sur le carrelage. Il eut tout juste le temps de se pencher au-dessus de la cuvette des W.-C. La bile jaillit de sa gorge comme de la lave en fusion, brûlant son œsophage au passage. Quand il eut fini, il s'adossa au mur derrière lui, épuisé. Son regard tomba sur le Smartphone. Apparemment, son interlocuteur était toujours en ligne. Anthony grimaça.

— Putain, mais qui êtes-vous à la fin ? dit-il en essuyant sa bouche humide d'un revers de la main.

Il y eut un court silence.

— Heu... c'est la...

Il le coupa net.

— Qu'est-ce que vous me voulez de bon matin ?

Nouvelle hésitation au bout du fil.

— Il est deux heures et demie, Monsieur. De l'après-midi.

Son interlocuteur voulut à nouveau savoir s'il se sentait bien, mais Anthony ne l'entendit pas. Il avait décollé le téléphone de son oreille et regardait l'écran, incrédule. 14h32. C'était bien l'heure affichée.

— J'ai besoin de savoir si vous êtes bien Monsieur Anthony Lavera, résidant au 15 rue des Pinsons, à Marseille.

Anthony avait bondi sur ses pieds sous l'effet de l'adrénaline qui se déversait dans son organisme. Il était tout à fait réveillé maintenant.

— Vous êtes flic ?

— Adjudant Gauthrie, de la gendarmerie des Landes.

Anthony réfléchissait à toute vitesse. Les Landes...

— Nous avons trouvé un véhicule abandonné. Une Peugeot 2008 de la société Avis, louée à l'aéroport de Bordeaux. Le contrat de location est à votre nom.

Anthony se précipita à la fenêtre de la chambre qui offrait une vue dégagée sur le petit parking de l'hôtel. Il tira les rideaux d'un geste brusque. Un rayon de soleil frappa aussitôt ses rétines, lui arrachant un cri. Comme un vampire surpris par le jour naissant, il battit en retraite.

— Monsieur ?

— Donnez-moi deux secondes, bordel !

Une main en visière, il s'approcha doucement de la fenêtre. Le parking de l'hôtel était presque vide. Trois voitures et un camping-car, mais aucune trace de la Peugeot qu'il avait garée la veille. Il se retourna, avisa son blouson accroché près de la porte d'entrée. Il traversa la chambre à grandes enjambées, fouilla les poches, mais les clefs de la voiture n'y étaient plus. *Et merde !* pensa-t-il très fort.

— Zoé a dû la prendre pendant que je dormais, dit-il alors en s'efforçant de garder son calme.

— Il s'agit de votre femme ?

Anthony se raidit. Il regarda l'alliance qu'il portait toujours à son annulaire.

— Non, finit-il par répondre. C'est ma belle-sœur.

— Quand lui avez-vous parlé pour la dernière fois ?

Il laissa son regard errer dans la chambre en désordre. Une couverture était roulée en boule sur le canapé. C'est là que Zoé avait vraisemblablement passé le reste de la nuit. Des restes de repas à emporter jonchaient le sol, deux gobelets en plastique étaient encore posés sur la table basse. Zoé avait à peine touché au whisky qu'il lui avait servi.

— Monsieur Lavera ?

La voix du gendarme lui paraissait lointaine, assourdie par le tam-tam qui avait repris de plus belle dans sa tête. Zoé ne buvait pas d'alcool, il le savait bien sûr, mais il détestait boire seul, alors il l'avait servie quand même. Il ne savait plus combien de verres il s'était envoyés. Pas assez, en tout cas, pour effacer de sa mémoire leur dispute de la veille. Il avait largement dépassé les limites de ce qui était acceptable entre un homme et sa belle-sœur. Mais ce n'était pas tant ce qu'il avait fait qui le torturait à présent. C'était plutôt ce qu'il avait pu lui dire. Si seulement il pouvait s'en souvenir avec certitude.

— Je lui ai parlé hier soir, finit-il par répondre. Pourquoi ? Qu'est-ce qui se passe ? Est-ce qu'elle a eu un accident ?

Son interlocuteur ne répondit pas tout de suite. On aurait dit qu'il s'adressait à quelqu'un, peut-être un supérieur hiérarchique.

— Voilà ce qu'on va faire, Monsieur Lavera. Vous allez rester où vous êtes. Je vais envoyer quelqu'un vous chercher. Où logez-vous ?

— Dans un hôtel à quelques minutes de l'aéroport.

Il chercha l'adresse exacte et la lui donna.

— Très bien. Cela devrait prendre une trentaine de minutes. En attendant, essayez de trouver une photographie de votre belle-sœur ainsi que sa brosse à dents si possible.

Anthony déglutit avec force. Il savait ce que cela signifiait. Pourtant, il ne voulait pas y croire. Ce n'était pas possible.

— Sa brosse à dents ? répéta-t-il doucement, pour être sûr d'avoir bien compris.

— Oui. C'est pour nos chiens. Ils sont entraînés à détecter l'ADN.

Anthony raccrocha, sonné. Zoé s'était mise en danger et c'était sa faute. Trente minutes. Il prit une douche glacée pour finir de se dessaouler, s'habilla en vitesse, faillit oublier la brosse à dents que Zoé avait laissée dans la salle de bains avec le reste de ses affaires de toilette puis, alors qu'il enfilait son blouson, il réalisa que les clefs de la Peugeot n'étaient pas les seules choses que Zoé lui avait piquées. Son arme de service avait disparu, elle aussi.

7

Le dos appuyé contre le mur humide, Zoé le regarda descendre les marches. Quand il arriva devant elle, elle dut lever la tête pour croiser son regard. Des yeux bleus dans lesquels ses victimes s'étaient perdues. Il avait un plateau dans les mains. Alors qu'il s'agenouillait près d'elle, elle eut un mouvement de recul, heurtant sa tête contre le mur en parpaing. Il posa le plateau sur le sol, avant de s'asseoir en tailleur. Ils étaient à la même hauteur à présent.

— Ne criez pas, dit-il avant de détacher son bâillon.

Elle toussa, essuya la salive du revers de sa manche.

— Ça ne servirait à rien, de toute façon, répondit-elle en le regardant dans les yeux. Personne ne peut m'entendre.

Il soupira.

— Tenez, buvez un peu d'eau.

Il avait amené le verre au contact de ses lèvres. Zoé ne

se fit pas prier. Elle n'avait pas bu la moindre goutte depuis qu'elle avait repris connaissance dans ce sous-sol, il y a plusieurs heures déjà. Dans sa précipitation, elle avala une gorgée de travers et se mit à tousser violemment.

— Doucement, dit-il en la prenant dans ses bras pour contenir les soubresauts de son corps.

D'une main, il tapa doucement entre ses omoplates.

— Ça va ?

Sa voix était douce et son souffle tiède avait effleuré sa joue. Elle se raidit.

— Ça irait mieux si vous me détachiez.

Ils n'étaient qu'à quelques centimètres l'un de l'autre.

— Je suis désolé, mais c'est encore trop tôt. Je vous libérerai quand je sentirai que vous me croyez.

— Mais je vous crois !

Il secoua lentement la tête.

— Vous mentez. Je vous fais encore peur, je le vois bien.

— Tu ne me fais pas peur ! cracha-t-elle. Tu me dégoûtes !

Ses paroles résonnèrent dans le sous-sol, puis le silence retomba. Il détourna la tête, de sorte que Zoé ne put pas voir l'expression de son visage. Elle était en train de jouer avec le feu et elle le savait. D'un autre côté, il n'y avait aucun moyen de savoir quelle attitude adopter. Fallait-il qu'elle soit passive et obéissante ? Ou bien une rebelle, prête à se battre pour rester en vie ? Lequel de ces deux comportements allait lui sauver la vie ? *J'imagine que je vais bientôt le découvrir*, pensa-t-elle tandis qu'il se tournait pour prendre quelque chose sur le plateau. Elle s'attendait à ce qu'il agite devant elle un couteau bien affûté, histoire qu'elle comprenne qui commandait, mais c'est une boîte de médicaments qu'il tenait dans sa main. Il enfonça le blister et fit tomber deux comprimés dans sa paume.

— Je les ai trouvés dans votre sac, dit-il comme si cela allait de soi. J'ai pensé que vous en aviez besoin.

Zoé regarda les comprimés orange qu'elle prenait régulièrement depuis un mois maintenant. Personne n'était au courant, hormis elle et son neurologue. Si ça se savait, elle pourrait faire une croix sur sa carrière de danseuse. Aucune compagnie ne prendrait le risque de faire monter sur scène une danseuse susceptible de faire une crise d'épilepsie en pleine représentation.

— Ils sont bien à vous ?

Elle se mordit la lèvre, hésitante.

— Ne me mentez pas. C'est dangereux d'interrompre le traitement. Votre médecin a dû vous le dire.

Elle baissa les yeux et hocha la tête. Alors, comme une enfant obéissante, elle ouvrit la bouche. Le premier comprimé passa tout seul, mais le deuxième faillit lui rester en travers de la gorge. Il lui redonna un peu d'eau.

— Écoutez, nous nous trouvons tous les deux dans une situation qui nous dépasse. Je vous assure que je ne suis pas l'homme qui vous a kidnappée. Vous devez me faire confiance.

Zoé scrutait son visage à l'affût du moindre signe qui montrerait qu'il n'était pas sincère. Il était en train de se jouer d'elle, elle en était persuadée. Tout ça n'était qu'une mise en scène de plus dans un jeu de rôle dont il était le meneur.

— La mémoire t'est revenue ? demanda-t-elle.

— Non.

Elle avait senti une hésitation.

— Alors, pourquoi te ferais-je confiance ?

— Eh bien, pour commencer, je ne ressens pas le besoin de vous tuer.

— Me voilà rassurée.

Il sourit.

— C'est la vérité. Si j'étais cet homme, ce *Faucheur* comme vous l'appelez, je devrais avoir des pulsions, vous ne croyez pas ?

— Je ne corresponds pas au profil des victimes, s'entendit-elle répondre.

— C'est faux. Et vous le savez. Vous êtes en train de me tester.

Zoé le défiait du regard. C'était plus fort qu'elle.

— J'ai vu les femmes assassinées. Sur Internet, précisa-t-il aussitôt pour dissiper tout malentendu. Aucune ne se ressemble. Klaudia Nochbauer avait les cheveux blonds et les yeux bleus. Laura Messing, était rousse avec les yeux verts. Toutes deux étaient divorcées. Quant à la troisième, Selma Lorenzen, elle était brune avec les yeux marron. Comme vous. Mais elle était célibataire, alors que vous...

Il prit sa main dans la sienne et regarda la bague qui se trouvait à son annulaire.

—... vous êtes mariée.

Zoé retira brusquement sa main. Le torchon rempli de glaçons glissa sur le sol. Il le replaça sur son épaule.

— Ça fait longtemps ? lui demanda-t-il.

— Je ne suis pas...

Zoé se mordit la langue. *Tais-toi ! Ne lui dis pas !* S'il croyait que cette alliance était la sienne, elle avait peut-être une chance de s'en tirer.

— Ça ne vous regarde pas.

— Vous avez raison, pardon.

Il baissa le regard et soupira.

— Et le *Faucheur* ? Vous pensez qu'il est marié ?

— La police ne l'exclut pas. Les hommes comme lui cherchent à se donner l'apparence de la normalité. C'est le meilleur moyen de rester invisible.

Il sourit.

— *Les hommes comme lui.* C'est ce que vous venez de dire. Est-ce que ça signifie que vous envisagez la possibilité que je sois innocent ?

Zoé ne s'en était même pas aperçue. Il fallait qu'elle redouble de vigilance si elle ne voulait pas se laisser manipuler.

— Je voudrais encore un peu d'eau, lui demanda-t-elle.

— Bien sûr.

Elle but quelques gorgées, plus lentement cette fois.

— Vous avez faim ? demanda-t-il en reposant le verre vide sur le plateau.

Elle hésita.

— Je préférerais une cigarette, répondit-elle.

— On ne vous a jamais dit que c'était mauvais pour la santé ?

— Je ne crois pas que cela fasse une grande différence au point où j'en suis.

— Parce que je vais vous tuer ?

— Non. Parce que j'ai une tumeur au cerveau, lâcha-t-elle.

Les mots qui venaient de jaillir de sa bouche lui firent un drôle d'effet, comme si c'était une étrangère qui les avait dits.

— C'est vrai ?

Difficile à admettre en effet. Elle-même n'y avait pas cru quand on le lui avait annoncé. Ce genre de choses n'arrive qu'aux autres, non ? Zoé soupira en détournant le regard. Toute cette conversation devenait ridicule.

— Quoi qu'il en soit, reprit-il, vous devez manger quelque chose.

Il détacha un morceau de sandwich et le colla contre ses lèvres, comme il l'aurait fait avec une enfant pour l'inciter à ouvrir la bouche. Zoé se sentait humiliée. Son estomac vide criait famine. Dans un sursaut d'orgueil, elle détourna ostensiblement la tête.

— Qu'est-ce que vous avez mis dedans ? Un somnifère ? Du poison ?

— Non, ça, c'était dans l'eau que vous avez bu. Je plaisante bien sûr, ajouta-t-il en voyant son regard horrifié. Ce n'est qu'un banal sandwich.

Zoé le regarda engloutir le morceau de pain. Elle avait cru déceler un parfum de thon et de mayonnaise. Son dernier repas remontait à la veille de son enlèvement.

— Vous voyez ? Je suis encore vivant. Encore une fois, je vous le promets, vous n'avez rien à craindre de moi. Mais vous devez manger. J'ai besoin de votre aide et dans l'état de faiblesse dans lequel vous êtes, vous n'allez pas m'être d'un grand secours.

— Comment ça mon aide ?

Il défit les liens qui enserraient ses chevilles et l'aida à se mettre debout.

— Vous allez m'aider à découvrir qui je suis.

8

Comme un spectre sortant de son tombeau, Zoé émergea des profondeurs du sous-sol. Craignant d'être éblouie par la lumière du jour, elle leva les bras dans un mouvement réflexe. Précaution inutile. Tous les rideaux étaient tirés. La maison baignait dans la pénombre. Zoé regarda autour d'elle. Le décor avait une touche résolument féminine.

— Chez qui sommes-nous ? demanda-t-elle.

— Marianne Deconti.

Elle repensa à la femme qui avait partagé son cachot avant qu'il ne l'emmène. Morte, probablement.

— Je la connaissais, ajouta-t-il.

Zoé tressaillit.

— Qu'est-ce qui vous fait croire ça ?

— C'est l'impression que j'ai. C'est tout, répondit-il.

— Une impression ?

— Je sais, ce n'est pas suffisant. Il faut des preuves.

Zoé regarda autour d'elle. Il régnait dans le salon le

même chaos qu'après un cambriolage, si ce n'est que les objets de valeur gisaient encore à terre. De toute évidence, il s'était déjà livré à une fouille en bonne et due forme.

— D'accord. Je vais vous aider.

Elle avait décidé de ne plus le tutoyer. Elle ne croyait toujours pas à son histoire d'amnésie, mais elle avait besoin de gagner du temps. C'était la stratégie qu'elle avait décidé d'adopter. Tant qu'elle lui faisait croire qu'il avait le pouvoir, qu'il la dominait, elle ne courait aucun danger. Du moins, c'est ce qu'elle avait lu dans un de ces nombreux livres consacrés aux tueurs en série. Le moment était venu de comparer la théorie à la pratique.

— Ce serait plus facile si j'avais les mains libres, ajouta-t-elle, convaincue qu'il allait refuser.

Il s'approcha, considéra ses poignets maintenus soudés l'un à l'autre par d'épaisses couches d'adhésif extrafort, chercha une extrémité sur laquelle il aurait pu tirer. En vain.

— Et comment je suis censé faire ça ?

— Il y a probablement un cutter, pas loin. Ça fait sûrement partie du kit de meurtre.

— Un quoi ?

— Un kit de meurtre. Des chaînes, des pinces, des tenailles, de l'adhésif extrafort, des sacs-poubelles peut-être, du tissu pour confectionner un bâillon et un bandeau, une pelle, une pioche…

Il leva les yeux au ciel.

— Venez, j'ai une meilleure idée.

Il la traîna dans la cuisine. Comme dans le salon, Zoé fut frappée par le désordre qui y régnait. La plupart des tiroirs gisaient sur le sol, leur contenu éparpillé. Du bout de sa chaussure, il fourragea parmi les couverts et autres ustensiles de cuisine. Elle le vit hésiter entre une paire de ciseaux aux lames émoussées et un couteau d'office. Il choisit ce dernier.

— Approchez-vous. Posez vos mains ici.

Alors qu'il maintenait ses poignets sur le plan de travail, elle détourna le regard. L'adhésif était si serré qu'elle ne voyait pas comment il allait pouvoir le découper sans trancher dans sa chair.

— Vous êtes prête ?

Elle se contenta de hocher la tête.

— Bon, j'y vais. Ne bougez surtout pas !

Zoé le regardait avec un mélange d'appréhension et de curiosité. Elle n'en était pas tout à fait sûre, mais elle aurait presque juré qu'il était aussi stressé qu'elle à l'idée qu'il pouvait la blesser.

Au bout de trois tentatives, l'adhésif se déchira et Zoé se retrouva libre de ses mouvements. Pendant un bref instant, elle considéra la possibilité de s'enfuir. Elle pourrait le pousser et gagner la porte d'entrée en quelques enjambées. Mais si cette dernière était fermée à clef, alors il la rattraperait.

— N'y songez même pas, dit-il comme s'il avait lu dans ses pensées.

Il pointait un pistolet dans sa direction. Zoé reconnut l'arme de service qu'elle avait empruntée à Anthony.

— Je n'hésiterai pas à m'en servir, croyez-moi. Je n'en ai pas envie, mais si vous tentez quoi que ce soit…

La dernière fois qu'elle avait vu quelqu'un tenir une arme de façon hésitante, c'était lorsqu'elle s'était regardée dans le miroir du salon pendant qu'Anthony lui faisait un cours accéléré sur la façon dont on se servait d'un pistolet. À la différence que, cette fois-ci, le cran d'arrêt était levé. Elle leva ses mains en signe de reddition. Même s'il n'avait jamais tiré de sa vie, cela ne voulait pas dire qu'il ne pouvait pas l'atteindre. On ne plaisante pas avec la chance des débutants.

Ils retournèrent dans la salle à manger. Désordre mis à part, la pièce était meublée avec goût. Un nid douillet pour une femme qui vivait seule. Car où qu'elle regardât, elle reconnaissait une touche féminine. Dans le choix des rideaux, les tons pastel des murs et surtout les accessoires, comme ce vase en cristal ou ces bougeoirs colorés. Elle fit quelques pas, consciente du canon du Sig Sauer qui la suivait dans ses déplacements.

— Est-ce que vous avez regardé dans ce secrétaire ? demanda-t-elle en se retournant.

Il était assis sur un des accoudoirs du canapé, le pistolet négligemment dirigé dans sa direction.

— Oui, il n'y a que des factures. Des papiers administratifs.

— Vous permettez que j'y jette un œil ?

Il haussa les épaules.

— C'est vous l'experte en perquisitions.

Elle se figea. *L'experte en perquisitions ?* D'où il sortait ça ? Le Sig Sauer d'Anthony ! Il croyait qu'elle était flic. Ses neurones s'agitèrent. Vite prendre une décision. Le laisser se fourvoyer ? Ou rétablir la vérité, maintenant, sans attendre ? *Je ne suis pas flic, mais danseuse en sursis à l'Opéra de Paris...* Non, flic c'était bien tout compte fait.

— Zoé ?

— Heu, oui, pardon. Déformation professionnelle.

Vous voyez, fouiller dans les affaires de quelqu'un sans mandat, ça s'appelle commettre une effraction.

Il haussa les sourcils.

— Sans mandat ?

Prise en flag ! Maudites séries américaines !

— Sans commission rogatoire, bien sûr. Bref, vous m'avez comprise.

Elle ouvrit le grand tiroir qui prenait toute la largeur du meuble pour découvrir un fatras d'enveloppes et de papiers en tout genre. Des factures pour la plupart, comme il avait dit, mais aussi de vieilles ordonnances.

— On lui a prescrit de la Paroxétine, lut Zoé.

— C'est un antidépresseur, dit-il sans même réfléchir. On le donne aussi pour traiter certains troubles obsessionnels compulsifs.

— Vous parlez comme un médecin.

Il haussa les épaules.

— Peut-être que j'en suis un.

Elle reposa l'ordonnance et prit une enveloppe non décachetée. À l'intérieur se trouvait une feuille de paie. L'adresse de l'employeur se trouvait en haut à droite.

— Elle travaille à l'hôpital Pasteur, dit-elle.

Elle relut l'adresse. 30, voie romaine, 06000 Nice. Nice ? C'était à plus de huit cents kilomètres de la forêt landaise, pensa-t-elle en s'efforçant de dissimuler son trouble. Elle avait voyagé pendant huit heures et n'en gardait aucun souvenir. L'avait-il droguée ?

— Peut-être que j'y travaille, moi aussi. Ça expliquerait que je m'y connaisse un peu en luxations et en médicaments.

Pour la première fois, Zoé commença à avoir des

doutes. S'était-elle trompée à son sujet ? Marianne Deconti était-elle une collègue de travail, une amie ?

— Nous pourrions aller à l'hôpital, voir si quelqu'un vous reconnaît, proposa-t-elle.

Quelques instants plus tard, Zoé regarda le coffre se refermer sur elle. Attachée et bâillonnée, comme l'avait été Marianne Deconti quelques heures auparavant.

9

L'hélicoptère de la gendarmerie tournoyait au-dessus de la forêt comme un oiseau de mauvais augure. C'était là, dans une réserve naturelle située au cœur du Parc régional des Landes, que la Peugeot de location avait été retrouvée, abandonnée sur une route forestière, portière côté conducteur restée ouverte, les phares encore allumés. Hormis des mégots de cigarettes qui s'entassaient au pied du véhicule, des traces de sang avaient été mises en évidence sur le tableau de bord et les sièges. Les techniciens de l'Identité avaient déjà pu établir qu'il était humain. Du groupe o +. Seuls les résultats de l'analyse comparative d'ADN pourraient dire s'il s'agissait de celui de Zoé.

Assis à l'arrière du Kangoo de la gendarmerie, Anthony essayait de se concentrer sur ce que lui disait l'adjudant Gauthrie, de la brigade de recherches.

— Vous le reconnaissez ? demanda celui-ci, en lui tendant un sachet en plastique transparent.

Anthony le prit à deux mains. C'était un cauchemar. Ce ne pouvait être que ça.

— C'est le téléphone de Zoé.

Sans le sortir du sachet, il tenta de l'allumer.

— On a déjà essayé, fit le gendarme. La batterie est morte.

Il tendit la main pour l'inciter à le lui rendre.

— Vous pouvez me dire ce que faisait votre belle-sœur à plus de cent cinquante kilomètres de votre hôtel ?

— Je… Je ne sais pas.

— Est-ce qu'elle devait y rencontrer quelqu'un ?

— Quoi ?

— Il y avait un deuxième véhicule, garé près de la Peugeot. Nos experts penchent pour un 4x4. On ne connaît pas encore le modèle ou la marque, mais les traces laissées par les pneus nous ont permis d'en effectuer un moulage.

Anthony ne comprenait rien à ce que lui disait le gendarme. Tout ça n'avait aucun sens. À moins que…

— Écoutez, Monsieur Lavera, je ne vous cache pas que la situation ne se présente pas bien. Nous pensons que votre belle-sœur a été agressée, peut-être même blessée.

Ou pire, pensa Anthony sans oser le formuler à voix haute.

— Pour l'instant nous concentrons nos recherches sur les alentours.

— Vous pensez que Zoé pourrait être encore dans la forêt ?

— Son portable a été retrouvé à une dizaine de mètres de la route, donc, il est probable qu'elle y soit allée. La question, c'est de savoir si elle était seule.

L'alternative faisait froid dans le dos. La forêt toute proche offrait un lieu à l'abri des regards et pour l'instant, l'hypothèse la plus probable était que Zoé y avait été emmenée de force et que c'était là qu'il fallait chercher.

— Elle ne vous a vraiment rien dit ? insista l'adjudant Gauthrie.

Anthony secoua la tête, perdu. Il avait beau voir la Peugeot de ses propres yeux, il n'arrivait pas encore à y croire. Son regard se déplaça, cherchant des réponses, vers les techniciens de l'Identité criminelle d'abord, occupés à collecter des indices, vers la forêt ensuite, silencieuse et impénétrable, enfin vers un petit groupe de jeunes, trois garçons et une fille qui fumaient adossés à une Golf d'occasion en attendant que les forces de l'ordre les autorisent à partir.

— Ce sont eux qui ont donné l'alerte, expliqua le gendarme. D'ordinaire, il n'y a pas grand monde qui passe par ici, surtout à cette époque de l'année.

Anthony n'avait aucun mal à le croire. La route, un simple ruban de bitume, serpentait au milieu d'une forêt tellement dense et touffue, qu'il lui était impossible d'imaginer que l'on puisse s'y rendre pour le plaisir.

— Si ça n'avait pas été pour les infos, enchaîna l'officier, il aurait pu s'écouler plusieurs jours avant que quelqu'un ne la remarque.

— Les infos ?

— Eh bien oui ! Une scène de crime, ça attire fatalement les curieux. Peut-être est-ce aussi la raison qui a poussé votre belle-sœur à venir jusqu'ici ? Qu'en pensez-vous ?

Anthony sentit un frisson le parcourir.

— C'est ici que vous avez retrouvé la quatrième victime du Faucheur ?

Le gendarme ne le quittait pas des yeux.

— Monsieur Lavera, pourquoi est-ce que vous ne me dites pas tout de suite ce que vous savez ?

Anthony soupira.

— La quatrième victime... il se pourrait bien que ce soit ma femme, Gabriela.

10

« Dans quatre cents mètres, tournez à droite. »

Penché au-dessus du pare-brise, il regarda l'ensemble de bâtiments qui venait d'apparaître au bout du boulevard. Jusque-là, la ville de Nice, du moins le trajet que lui avait fait prendre le GPS, n'avait rien évoqué de familier. C'était différent maintenant. Il était sûr d'être déjà venu ici. L'hôpital Pasteur se trouvait en périphérie de la ville, à moins de vingt minutes du domicile de Marianne Deconti. C'était ici qu'ils s'étaient rencontrés. Pourtant son esprit n'en avait gardé aucune trace concrète, seulement des impressions confuses. « Vous êtes arrivé à la destination ». Le son du clignotant résonnait dans l'habitacle, comme le tic-tac d'une bombe sur le point d'exploser. Les mains crispées sur le volant, il hésitait à s'engager en direction du parking. Un coup de klaxon retentit. Le conducteur de la voiture derrière lui gesticulait avec impatience, lui faisant signe d'avancer, alors, sans même réfléchir à ce qu'il faisait, il enfonça brusquement la pédale de l'accélérateur. La voiture se retrouva propulsée en avant dans un crissement de pneus. Il enclencha la vitesse supérieure, filant sur l'avenue qui menait à la sortie de la ville. Il ignora les coups de klaxon et le regard des passants, alors qu'il fonçait au milieu d'un croisement en dépit du feu rouge. Toute son attention était focalisée sur le petit miroir du rétroviseur où l'hôpital avait fini par disparaître. Alors, aussi essoufflé que s'il avait piqué un sprint, il ralentit et finit par accoster le trottoir. Son instinct lui commandait de reprendre la route, de quitter la ville sans se retourner. Mais où irait-il ? Pendant qu'il réfléchissait, il croisa le regard d'une vieille femme qui, assise de l'autre côté de la rue, attendait le bus. Il lui sourit. Elle détourna le regard. Que faire maintenant ? S'il faisait demi-tour maintenant, il risquait d'attirer davantage l'attention. D'un autre côté, il avait besoin de savoir qui il était et pour cela, il lui fallait retourner à l'hôpital, au risque d'apparaître encore plus suspect aux yeux d'une gentille grand-mère. Il en était toujours à peser le pour et le contre quand son regard tomba sur l'abribus. Il était vide. Un coup d'œil au rétroviseur lui montra le bus qui s'éloignait avec la petite dame à son bord. Il attendit encore quelques instants au cas où le bus s'arrêterait, le temps que le chauffeur avertisse la police qu'un étrange individu rôdait dans la ville. Mais le bus disparut dans la circulation ainsi que ses peurs. Il démarra. Ignorant les indications que lui donnait le GPS, il décida d'explorer les environs de l'hôpital, à la recherche d'un endroit discret où se garer. Il finit par le trouver à quelques centaines de mètres, de l'autre côté de la rivière du Paillon qui coupait la ville en deux. Il se gara dans une zone qui longeait des entrepôts, non loin d'une gare de triage. Là, à l'abri des regards, il ouvrit le coffre. Zoé Rossi était couchée sur le flanc, sur plusieurs épaisseurs de couvertures, le dos calé contre deux oreillers qu'il avait pris soin de placer contre les parties saillantes de la carrosserie pour amortir les chocs. Mais il pouvait lire dans son regard qu'elle ne lui en était pas forcément reconnaissante :

— Nous sommes à côté de l'hôpital, dit-il. Je vais continuer à pied. Je n'en ai pas pour longtemps.

Elle continuait de se tortiller, malgré les couches d'adhésif qui lui enserraient les chevilles et les poignets. Il vérifia la solidité des liens, et surtout, le bâillon qui l'empêchait de formuler de manière intelligible les insultes qu'il devinait malgré tout.

— Il n'y a personne autour, alors si j'étais vous, j'économiserais mon souffle. Je suis vraiment désolé de vous infliger ça, ajouta-t-il avant de refermer le coffre.

Il regarda autour de lui. Les montagnes d'abord. Omniprésentes, elles formaient un mur d'enceinte naturel tout autour de cette ville qu'il ne connaissait pas. Plus près de lui, un train de marchandises avançait lentement sur la voie ferrée. Il ne pouvait pas encore voir l'hôpital, mais il savait qu'il lui suffirait de remonter en ligne droite. Il y en avait pour dix minutes de marche. Dix minutes et il aurait enfin des réponses. Il venait de dépasser une entreprise de pompes funèbres quand ses pas ralentirent. Sa fréquence cardiaque, lui semblait-il, était inversement proportionnelle à la distance qui le séparait de l'hôpital. Plus il s'en approchait et plus son cœur protestait. Comme pris au piège dans sa cage thoracique, il faisait des bonds, se crispait et lui coupait le souffle pour l'obliger à faire demi-tour, à s'éloigner le plus possible de cet endroit, à fuir. Fuir ? Non. Pas cette fois. Quelques instants plus tard, il s'immobilisait devant l'entrée de l'hôpital. Il n'avait plus que quelques mètres à faire, seulement, ses jambes refusaient de lui obéir. Comment allait-il s'y prendre ? Se présenter à l'accueil et demander si quelqu'un le connaissait ? C'était courir le risque de se retrouver interné en psychiatrie. S'asseoir dans le hall et attendre que quelqu'un le reconnaisse ? Ça pourrait prendre toute la journée et on finirait par trouver son comportement bizarre avec pour conséquence de se retrouver à nouveau en psychiatrie ou au commissariat. Il essayait de trouver d'autres options quand les portes coulissantes s'ouvrirent. À la vue des deux hommes qui venaient d'apparaître devant lui, il comprit qu'il avait commis une terrible erreur. Blouse blanche, stéthoscope autour du cou, ils étaient trop absorbés par leur conversation pour lui prêter attention. Lui, en revanche, ne pouvait pas faire autrement que de les regarder. Leur blouse avait soudain viré au rouge vif, comme si on les avait trempées dans du sang frais. Une odeur qu'il aurait reconnue parmi des milliers. Les arbres étaient rouges. Le ciel était rouge. Tout l'hôpital disparut dans une marée rouge et poisseuse. Et maintenant la vague menaçait de l'emporter, lui aussi.

11

Allongée dans le coffre, genoux repliés et poignets attachés dans son dos, Zoé attendait son retour. L'odeur d'essence et de caoutchouc brûlé qui lui montait aux narines devenait insupportable. Si seulement elle avait pu respirer par la bouche... mais le bâillon, doublé d'adhésif extra-fort, la condamnait à inhaler des goulées d'air nauséabond. Là, dans le noir, elle écoutait le son de sa respiration de plus en plus saccadée. Il avait raison. Il lui avait conseillé d'économiser son souffle. Et sur ces mots, il avait refermé le coffre. *Comme on referme le couvercle d'un cercueil.* Des images se formèrent aussitôt dans son esprit. Des corps en voie de décomposition, des squelettes. Des hommes et des femmes que des trafiquants de drogue ou des maris jaloux avaient cherché à faire disparaître. Autant de cadavres découverts dans des coffres de voiture, au fond d'un ravin, dissimulés par des branchages, dans une forêt, reposant au fond d'un lac ou simplement abandonnés sur le parking d'un centre commercial. Elle avait beau savoir que l'homme qui l'avait kidnappée lui réservait quelque chose de bien plus sophistiqué, elle ne pouvait pas s'empêcher de penser à ces articles qui paraissaient régulièrement dans la colonne faits divers des journaux locaux. Et s'il ne revenait pas ? se dit-elle au bout d'un temps qui lui parut infiniment long. Et si la police la retrouvait, elle aussi, enfermée dans ce coffre, quand l'odeur de son cadavre putréfié finirait par attirer l'attention ? Zoé voulut crier et faillit s'étouffer avec sa salive. La peur déferla dans sa tête, balayant toute pensée rationnelle. Comme un animal pris au piège, elle se débattait, abandonnant ses dernières forces dans un combat perdu d'avance. Ses pensées se brouillaient. Le manque d'oxygène sans doute. Elle n'arrivait plus à respirer, son cœur battait si vite et si fort qu'il lui faisait mal. Mais c'était une sensation différente de celle qu'elle ressentait lorsqu'elle s'effondrait dans les coulisses de l'Opéra, tentant de reprendre son souffle sans faire de bruit pour ne pas gêner les danseurs qui l'avaient remplacée sur scène. C'est ce qu'on leur avait appris. Ne jamais montrer la souffrance, ne jamais montrer au public que c'est difficile, mais sourire, toujours et encore alors que les muscles et les tendons vous font souffrir le martyr. C'était ancré en elle comme une seconde nature. Alors, dans un dernier sursaut de lucidité, elle s'immobilisa. Son cœur décéléra, sa respiration se fit plus régulière. Le calme avant la tempête, car déjà, une autre crise de panique menaçait de l'emporter. Elle essaya de penser aux comptines qui avaient bercé son enfance, mais tout ce dont elle se souvenait, c'était la voix de son père, le soir, quand il rentrait du travail et qu'il criait après sa mère. Ça et son uniforme d'un bleu tellement profond qu'il en était presque noir, du bruit que faisaient les semelles de ses godillots quand il marchait dans l'appartement, de son ceinturon en cuir qui penchait sur sa hanche droite à cause de son arme de service et surtout, de l'éclat de ses galons qui dans ses yeux d'enfant, lui donnaient la même stature qu'un chevalier de conte de fées. Son père était policier. Un bon flic, mais un mari violent qui avait pesé sur son existence jusqu'à ce que des années plus tard, à l'âge de onze ans, elle monte à bord d'un train. Destination : Nanterre. C'était là, dans cette ville de l'Ile-de-France, à plusieurs centaines de kilomètres de chez elle, que se trouvait l'école de danse de l'Opéra de Paris. On ne pouvait y entrer que sur concours et Zoé, qui avait presque atteint l'âge limite pour s'inscrire, n'aurait pas de deuxième chance. Souvent dans les contes de fées, le destin misérable de l'héroïne changeait brusquement grâce à l'entremise d'une bonne fée. Sa bonne fée à elle, c'était Gabriela. Sa grande sœur qui, dès qu'elle rentrait du lycée, la faisait répéter en cachette dans l'espoir de la voir réussir là où elle avait déjà échoué. Jusqu'alors, Zoé n'avait jamais envisagé la danse comme un métier. Au départ, elle avait choisi la danse parce que Gabriela en faisait. C'était un moyen comme un autre de se défouler, d'oublier tous ses soucis. *Si tu réussis, tu partiras en internat, tu comprends ? Tu n'auras plus à vivre ici*, lui avait dit Gabriela pour la motiver. Partir de chez elle ? Loin des coups et des cris ? Voilà qui la tentait bien. Alors durant une année entière, elle s'était entraînée en vue du concours qui sanctionnait l'admission au prestigieux établissement, n'hésitant pas à renoncer aux tartines de

Nutella et autres sucreries, pour perdre les quelques centaines de grammes qui la disqualifiaient d'office en regard de sa taille et de son âge. Elle l'avait réussi de justesse, se classant parmi les derniers de sa catégorie. Qu'importait, lui avait dit sa sœur qui voyait toujours le positif, cela voulait simplement dire qu'elle avait encore une bonne marge de progression et Zoé s'appliqua à ne pas la démentir. Les années qui suivirent furent parmi les plus belles de sa vie. Les plus difficiles aussi car la concurrence était féroce pour garder sa place. Et dans les moments de doute, alors que les autres élèves appelaient leur mère, Zoé, elle, c'était sa grande sœur. Gabriela, encore et toujours, dont la bonne humeur et la confiance en son avenir lui redonnaient de l'énergie pour vaincre tous les obstacles. Ainsi, lorsque ses parents eurent enfin la bonne idée de divorcer, Zoé n'envisageait plus sa vie ailleurs que sur la scène de l'Opéra. *Je deviendrais danseuse étoile*, avait-elle promis solennellement à sa sœur. Zoé sentit des larmes chaudes couler sur ses joues pour aller se perdre quelque part dans les plis des couvertures qui l'enveloppaient comme un cocon. Tout ça n'avait plus d'importance. Elle allait mourir. Peut-être qu'elle reverrait Gabriela, peut-être qu'elle serait là à l'attendre au bout du tunnel, dans la lumière, revêtue de sa tenue de jogging comme le jour où elle avait disparu. Que lui dirait-elle ? Faute de mots, Zoé se mit à fredonner, comme lorsqu'elle avait huit ans, blottie dans les bras de sa sœur, et que ses parents se disputaient dans la pièce à côté. Cela n'avait rien d'un air connu, mais la vibration que produisait sa voix, malgré le bâillon, suffisait à l'apaiser. Elle se faisait l'effet d'un chat qui ronronnait pour apaiser ses angoisses.

D'ailleurs quelles angoisses pouvait avoir un chat ? Son esprit divagua ainsi pendant un temps qui lui parut infiniment long quand un bruit la fit sursauter. Une portière qui s'ouvre et se referme. Le soubresaut de la carlingue sous l'effet des vibrations du moteur que l'on vient de mettre en marche, suivi des pneus qui écrasent le gravier. Le monstre était revenu. Il n'y avait pas de quoi se réjouir et pourtant, contrairement à ce qui se passait d'ordinaire dans les contes de fées, elle en éprouva un réel soulagement, peut-être même quelque chose qui s'apparentait à de la reconnaissance. Elle n'était plus seule. *Il* était revenu.

12

Ses mains pleines de sang se posèrent sur le volant. Il ne savait pas comment il avait réussi à regagner la voiture. C'était une terrible erreur. Il aurait dû faire confiance à son instinct. Il fallait qu'il s'éloigne de cet endroit, qu'il parte le plus loin possible.

Nice avait pris des allures de cité martienne, baignant dans cette atmosphère rouge qui le suffoquait. Il roulait en direction des montagnes, sortit de la ville. Bientôt, il n'y eut plus aucune construction humaine, à l'exception du muret en béton qui jalonnait la route à flanc de colline. Il expira bruyamment. Le ciel était bleu à nouveau ou plutôt gris, à cause des nuages gonflés de pluie. Il s'aperçut alors qu'il avait déjà emprunté cette route, en sens inverse, lorsqu'il était revenu vers la maison de Manon, pensant qu'il s'agissait de la sienne.

Il éteignit le GPS. Cette fois-ci, il savait exactement où il allait.

13

La voiture décélérait et accélérait à chaque changement de direction. Ça n'en finissait plus de tourner et de monter. Une route de montagne, pensa Zoé, comprenant qu'il l'emmenait sur les lieux d'un meurtre. Le sien ? Elle en était sûre maintenant. Son tour était venu et elle allait subir le même sort que toutes les autres. Le visage enfoui dans un des oreillers, elle écouta sa respiration saccadée. Si elle ne se calmait pas, elle risquait de s'étouffer avec sa propre salive. *Par pitié, quelqu'un, aidez-moi !* Voilà les mots qu'elle aurait hurlés si ses lèvres n'avaient pas été scellées par de l'adhésif. Son corps se mit à trembler. Impossible de le contrôler. Elle tremblait toujours lorsque la voiture s'arrêta. Le coffre s'ouvrit. Elle cligna des yeux plusieurs fois. Une silhouette se détachait dans le ciel gris. L'homme qui l'avait kidnappée l'observait, une expression indéchiffrable sur le visage. Il retira la bande adhésive. Délicatement. Pour ne pas lui faire mal ?

— Ça va ?

Zoé ne se donna pas la peine de répondre. Il soupira puis entreprit de défaire ses liens.

— Je vais vous libérer les jambes. Ne tentez rien de stupide.

Il l'aida à se mettre debout. Des montagnes s'étendaient à perte de vue. C'était tellement beau que pendant un court instant, elle oublia la raison pour laquelle il l'avait emmenée ici.

— Où sommes-nous ?

— Je ne sais pas bien.

Il lui indiqua un chemin pentu qui s'enfonçait dans la végétation.

— On ferait mieux d'y aller avant qu'il fasse nuit.

Le soulagement qu'elle éprouva en étirant ses jambes ankylosées la fit sourire malgré elle. C'était avant de sentir le canon du Sig Sauer contre ses côtes et aussi, ce qui l'étonna, un léger tremblement. Ils se mirent en marche, au rythme de leur respiration de plus en plus saccadée et du bruit des cailloux qui roulaient sous leurs chaussures.

— C'est encore loin ? lui demanda-t-elle, entre deux ahanements.

Il leva son bras, l'index pointé vers une petite construction en pierre.

De près, le bâtiment en pierre ressemblait à une ruine prête à s'écrouler au moindre coup de vent. Zoé le vit se baisser pour effleurer l'herbe avec ses doigts. Il posa sa main à plat sur le sol, comme s'il cherchait à prendre le pouls de la terre. Ses cheveux blonds, agités par le vent, lui faisaient penser au blé, doré par le soleil. Il se retourna, croisant son regard alors qu'elle l'observait.

— C'est ici que j'ai repris connaissance, dit-il.

Zoé frissonna, mais c'était moins à cause de l'air frais qui soufflait sur la montagne que pour ce qu'elle savait de son profil criminel. S'il était bien l'homme qui l'avait enlevée, alors le cadavre de Marianne Deconti se trouvait à proximité.

Comme s'il avait lu dans ses pensées, il se leva, promenant son regard sur les alentours. Son attention se fixa sur la bergerie.

Zoé frissonna.

— Vous vous souvenez d'autre chose ?

— Pas encore, répondit-il avant de s'éloigner en direction de la petite bâtisse.

Alors qu'il venait de disparaître à l'intérieur, Zoé retint son souffle. Elle se surprit à espérer que l'édifice branlant s'écroule sur lui, mais c'est un tout autre spectacle auquel elle assista. Et ce qu'elle vit la troubla, car il n'avait passé que quelques secondes à l'intérieur quand il réapparut sur le seuil, livide. Il tituba sur quelques mètres puis s'arrêta. Plié en deux, il vomissait. Zoé était pétrifiée. *Va-t'en ! Pars !* lui disait une voix. Mais son corps ne répondait plus. Tout ce qu'elle était capable de faire c'était d'assister au spectacle de cet homme vomissant ses tripes. Quand il releva la tête pour la regarder à son tour, ses yeux étaient embués de larmes. Qu'est-ce que cela signifiait ? Il s'essuya la bouche du revers la main et se leva pour la rejoindre.

— Est-ce que c'est Marianne ? lui demanda-t-elle quand il se tint devant elle. Répondez !

— Je ne sais pas.

— Comment ça, vous ne savez pas ?

— Il y a bien un corps, mais son visage...

Il ferma les yeux, secoua la tête comme s'il cherchait à effacer ce qu'il avait vu de son esprit. Mais Zoé avait besoin de savoir.

— Je n'ai pas vu son visage, finit-il par répondre. C'était horrible.

Ses yeux brillaient comme s'il était sur le point d'éclater en sanglots. *Ça ne veut rien dire*, se raisonna Zoé, qui refusait d'y voir une réaction émotionnelle. Les tueurs de son espèce n'éprouvaient rien, à l'exception de l'excitation que leur procurait la réalisation de leurs fantasmes. Non. Tout ça n'était qu'une mascarade à son intention. Il cherchait à semer le doute dans son esprit.

— Je veux la voir, dit-elle avec tout l'aplomb dont elle se sentait capable.

— Qu'est-ce que vous dites ?

— Je dis que je veux la voir. J'en ai besoin.

Il se tourna vers la bergerie.

— Vous pensez qu'il pourrait s'agir de votre sœur ?

— Eh bien, il n'y a qu'une façon de le découvrir.

14

Le vantail en bois vermoulu claquait dans le vent, en cadence, comme s'il les invitait à entrer. Zoé ne contrôlait plus les battements de son cœur. Des oiseaux qui avaient niché dans les vestiges du toit s'envolèrent dans un froissement d'ailes. Une plume tournoya lentement, décrivant des arabesques avant de toucher le sol où gisait une femme. Allongée sur le dos, partiellement dénudée, la jupe remontée jusqu'à la taille. Son visage avait disparu sous plusieurs couches de film alimentaire. Elle s'était débattue et lors d'un dernier spasme, avait planté ses doigts dans la terre dans un ultime effort pour se raccrocher à la vie. Zoé s'approcha en tremblant.

— Je n'ai pas fait ça, dit la voix dans son dos. Vous devez me croire. Je n'aurais jamais fait une chose pareille.

Elle se tourna pour le regarder. Le bleu de ses yeux avait disparu sous un voile vitreux.

— Vous ne vous en souvenez pas, c'est différent.

Il soupira.

— Est-ce que c'est votre sœur ?

Zoé s'approcha encore un peu du cadavre.

— Non, fit-elle au bout de quelques instants, incapable de décider si elle était déçue ou soulagée. Gabriela a une tache de naissance sur la cuisse gauche.

Elle tressaillit quand il posa la main sur son épaule, mais ne chercha pas à s'y soustraire. Au-dessus de leurs têtes, à travers le toit éventré de la bergerie, des gouttes de pluie commençaient à tomber. Les indices allaient être perdus.

— Aidez-moi, dit-elle en saisissant la bâche avec ses mains attachées.

Ils recouvrirent le corps et coururent se mettre à l'abri dans la voiture. Il démarra aussitôt. Depuis la banquette arrière, Zoé fixait sa nuque tandis qu'il manœuvrait sur le chemin devenu boueux. La voiture avançait lentement, décrivant un cercle autour de la bergerie. Puis, brusquement, ils s'immobilisèrent.

— J'ai besoin de réfléchir, annonça-t-il, sans couper le contact.

Les essuie-glaces allaient et venaient à la manière d'un métronome. La nuit commençait à tomber quand il brisa le silence.

— On va attendre ici.

— Attendre quoi ?

— Vous voulez dire *qui*. Lui, bien sûr. L'homme qui a assassiné Marianne. Il n'a pas pu terminer ce qu'il avait prévu de faire avec le corps.

Zoé l'observait, perplexe, mais aussi intéressée par ce qu'il avait à lui apprendre.

— Qu'est-ce qu'il avait prévu ?

— Il comptait la déplacer ailleurs. C'est ici qu'il a tué Marianne, or il ne laisse jamais la tête sur la scène de crime. C'est bien ce qu'ont dit les journaux ?

— En effet, convint-elle, de plus en plus intriguée. Mais pour quelle raison n'est-il pas allé jusqu'au bout de son plan à votre avis ?

Il sourit.

— À cause d'un imprévu. Quelque chose l'a interrompu. Ou plutôt quelqu'un.

Elle commençait à comprendre où il voulait en venir.

— Et ce quelqu'un, ce serait vous ?

— Oui. Moi. Je n'étais pas prévu au programme. Peut-être que je l'ai surpris. Peut-être que c'est lui qui m'a frappé à la tête.

Il toucha la plaie au-dessus de son crâne comme s'il avait besoin de s'en convaincre.

Zoé avait très envie de croire cette version, pourtant plusieurs détails ne cadraient pas avec ce scénario. Pour commencer, pourquoi se serait-il trouvé sur les lieux du meurtre ? Ils étaient à des kilomètres de toute activité humaine, alors elle avait du mal à croire qu'il ait pu passer par là, par hasard. Elle essaya néanmoins d'imaginer la chose. En admettant qu'il ait tenté d'empêcher le meurtre, pourquoi l'assassin de Marianne ne l'avait-il pas tué lui aussi, au lieu de le laisser libre de témoigner ? Ça ne tenait pas debout, mais Zoé garda ses objections pour elle. Cependant, elle avait révisé son jugement sur une chose. Elle le croyait, à présent, quand il disait qu'il ne se souvenait pas de qui il était.

15

L*ocaux de la gendarmerie des Landes, 18 h 07*

— Vous êtes sûr que vous ne voulez pas du café ? J'en ai refait du frais.

Anthony secoua la tête.

— Un thé, peut-être ?

— Je... non, ça va aller.

Il goba une nouvelle pastille à la menthe pour faire passer le goût amer de la bile dans sa bouche.

L'adjudant Gauthrie continua de l'observer quelques instants puis se tourna vers l'écran de son ordinateur.

— Donc, vous et Mademoiselle Rossi avez fait le voyage depuis Marseille, reprit-il.

— Zoé habite Paris. Mais elle m'a rejoint dès qu'elle a su qu'une nouvelle victime du Faucheur avait été découverte.

Le gendarme tapota sur le clavier de son ordinateur, le temps de consigner ces derniers éléments.

— Pourquoi pensez-vous que le corps que nous avons retrouvé dans la forêt puisse être celui de votre femme ?

Anthony prit une longue inspiration.

— Gabriela a disparu l'année dernière, à peu près à la même période.

— Hum… Et j'imagine que les circonstances de sa disparition sont similaires à celles des autres victimes.

— Oui.

Anthony se laissa aller contre le dossier de la chaise. Il n'avait aucune envie de faire remonter à la surface les souvenirs de cette journée. Par chance, le gendarme ne le lui demanda pas.

— Lorsqu'elle a appris la nouvelle, Zoé s'est mis en tête que ça ne pouvait être que Gabriela. On a sauté dans le premier avion pour Marseille et…

— Et ?

Anthony était sur le point de craquer.

— Je ne peux pas la perdre, elle aussi…

Le gendarme lui laissa quelques instants pour se reprendre.

— Ce que je ne comprends pas, c'est pourquoi vous n'êtes pas venus directement à la morgue. Après tout, ce que vous vouliez, c'était pouvoir identifier le cadavre de la dernière victime, non ?

— C'est ce qu'on avait prévu. On devait y aller ensemble, aujourd'hui.

— Alors, expliquez-moi pourquoi votre belle-sœur a pris la route au petit matin pour traverser les Landes, et se rendre sur une scène de crime où il n'y a plus de cadavre ?

— Au petit matin ?

— Le gérant du motel a fait installer des caméras de vidéosurveillance à la réception. On y voit Mademoiselle Rossi sortir un peu avant six heures. Pourquoi était-elle si pressée de voir la scène de crime ? Et pourquoi ne vous a-t-elle pas demandé de l'accompagner ?

Anthony soupira. Il savait qu'il serait inutile de mentir, car son interlocuteur avait déjà un certain nombre d'informations à sa disposition. Des infos qu'il cherchait à vérifier pour voir s'il essaierait de lui cacher la vérité.

— Nous nous sommes disputés, avoua-t-il. J'avais trop bu. Je... J'étais stressé à l'idée de devoir me rendre à la morgue pour identifier le corps. C'est de ma femme qu'on est en train de parler, bordel !

— Votre femme... oui. Et pouvez-vous m'expliquer pourquoi vous et votre belle-sœur partagiez la même chambre ?

— Parce qu'il n'y en avait plus de libre. Comme je vous l'ai dit, notre départ a été précipité. Nous n'avions fait aucune réservation.

— Pourtant ce ne sont pas les hôtels qui manquent autour de l'aéroport. Vous auriez pu tenter votre chance dans un autre établissement.

Anthony serra les poings. Il était venu pour avoir des réponses pas pour qu'on lui pose des questions inutiles.

— Il était tard et franchement on avait d'autres choses à penser. Ça vous va ou vous voulez continuer à perdre votre temps et le mien ?

— Excusez-moi. J'essaie seulement de comprendre dans quel état d'esprit se trouvait votre belle-sœur.

Anthony repoussa les images qui affleuraient à sa

mémoire. Celles où ils étaient allongés sur le canapé. Lui sur elle, ses mains impatientes qui tentaient de déboutonner son chemisier. Celles où il avait pesé de tout son poids pour l'empêcher de bouger pendant qu'il plaquait sa bouche sur la sienne en avalant ses cris.

— J'imagine qu'elle était stressée, elle aussi.

— Vous imaginez ?

— Zoé ne se confie pas facilement.

Le gendarme se laissa aller contre son fauteuil, les mains croisées sur son ventre comme après un repas trop copieux, sauf que c'étaient les informations qu'il avait à sa disposition qu'il était en train de digérer. Anthony avait envie de crier. Tout ça était sa faute. Il aurait dû être là. Merde ! Il était toute la famille qui lui restait. Au lieu de ça, il avait trahi sa confiance et elle avait préféré partir sans lui. Mais une question demeurait. Une question à laquelle il n'avait pas encore de réponse. Pourquoi Zoé s'était-elle rendue sur la scène de crime alors qu'il n'y avait plus rien à y trouver ?

— Que fait votre belle-sœur ? Dans la vie, j'entends.

— Heu… elle est danseuse.

— Danseuse ? Comme votre femme ?

— Non, Gabriela donnait des cours de zumba dans un club de sport. Zoé, elle, danse à l'Opéra. Dans les ballets classiques, vous voyez. Ce n'est pas tout à fait le même registre.

Le policier opina de la tête comme s'il y connaissait quelque chose.

— Est-ce que cela a un rapport avec l'enquête ? demanda Anthony.

— Oh non, je ne crois pas. Je suis simplement curieux.

Et vous avez dit que votre belle-sœur vous avait rejoint à Marseille depuis Paris ? reprit l'adjudant, l'air toujours pensif.

— Oui. Elle a débarqué chez moi sans prévenir en me pressant de l'accompagner à Bordeaux.

— C'est bien ce que je pensais. Donc, c'est elle qui vous a appris la nouvelle.

— Oui. Et alors ?

— Alors… C'était quand exactement ?

— Hier, dans l'après-midi. J'ai tout juste eu le temps de rassembler quelques affaires avant de partir pour l'aéroport. Pourquoi ? Qu'est-ce qu'il y a ?

Le visage du gendarme afficha une expression indéchiffrable.

— Il y a que la découverte du corps n'a été divulguée au public qu'hier soir, aux infos de vingt heures. J'ai vérifié.

Anthony en resta muet quelques instants.

— Peut-être qu'il y a eu des fuites sur les réseaux sociaux, proposa-t-il. Ce ne serait pas la première fois que les journalistes se feraient prendre de vitesse par des badauds munis d'un Smartphone et d'un compte Twitter.

— C'est vrai… Cependant vous connaissez les lieux à présent. À l'exception de la personne qui a fait la macabre découverte, je ne vois pas qui d'autre aurait pu s'y trouver.

— Une personne, c'est largement suffisant pour créer le buzz sur Internet.

— J'en doute. La personne en question est un professeur de Sciences naturelles à la retraite, un passionné d'ornithologie qui avait décidé de partir à la recherche d'une espèce de volatile au nom latin imprononçable. Il ne s'attendait pas à trouver le cadavre d'une femme. Il était très secoué et à mon avis il ne s'en est pas encore remis. Bien sûr, il a pu en parler autour de lui, mais même si c'était le cas, si quelqu'un de son entourage avait fait fuiter la nouvelle sur Internet, je ne vois pas comment celle-ci serait parvenue jusqu'à votre belle-sœur en un si court laps de temps.

Les deux hommes se turent, méditant sur la question.

— Attendez une minute, dit Anthony. Zoé a une page Facebook et un compte Twitter aussi.

— Vous pensez que quelqu'un a pu la contacter par ce biais ?

Anthony hocha la tête.

— Deux mois après la disparition de Gabriela, elle a décidé de lancer des appels à témoins sur Internet.

— Eh bien, on va vérifier ça tout de suite.

Quelques instants plus tard, Anthony, pâle comme un mort, regardait le gendarme téléphoner au laboratoire d'identification criminelle de Bordeaux.

16

Zoé ne voulait pas s'endormir. Le bruit de la pluie qui martelait la carrosserie l'avait gardée éveillée jusque-là, mais sa volonté commençait à faiblir. Le visage plaqué contre le verre froid de la vitre, elle sondait l'obscurité. Où qu'elle regardât, ce n'étaient que ténèbres. Il n'y avait aucune lumière à des kilomètres à la ronde. Aucun phare de voiture, aucun lampadaire, aucune habitation aux fenêtres allumées, ni étoiles ni lune dans le ciel qui grondait au-dessus de leur tête. La montagne avait disparu, elle aussi, engloutie dans la nuit. Pourtant Zoé ne pouvait s'empêcher de penser à Marianne Deconti dont le corps gisait à quelques dizaines de mètres à peine. Marianne qui n'avait plus peur, qui n'avait plus faim ni sommeil ni…

— Vous avez froid ?

Elle sursauta, surprise dans ses pensées.

— Heu, non. Ça va.

— Ce n'est pas vrai. Je vous entends grelotter.

Zoé entendit un bruissement de tissu qui se froisse et de ressorts qui grincent tandis qu'il quittait la place conducteur pour venir la rejoindre à l'arrière.

— La température va encore baisser, dit-il dans un murmure, tandis qu'il se collait contre elle.

Il l'avait entourée de ses bras pour la caler contre lui.

— Arrêtez de lutter Zoé, murmura-t-il contre sa joue. Laissez-vous aller.

Elle ferma les yeux, tentant de retenir ses larmes. Puis elle réalisa qu'il ne pouvait pas la voir pleurer. Alors, pour la première fois depuis qu'elle avait été enlevée, elle pensa à Anthony. Elle se demandait si lui aussi était éveillé, s'il s'inquiétait pour elle. Il était devenu le frère qu'elle n'avait jamais eu, quelqu'un sur qui compter en cas de coup dur. Il n'en avait pas toujours été ainsi. C'était même le contraire. Lorsque Gabriela le lui avait présenté, elle avait ressenti à son égard une antipathie immédiate. Et même après leur mariage, elle n'avait pas réussi à lui pardonner de lui avoir volé sa sœur. Après tout, il était la raison pour laquelle elle était restée à Marseille au lieu de la rejoindre à Paris comme convenu.. À présent, elle savait qu'elle n'aurait jamais tenu le coup sans lui. La disparition de Gabriela les avait rapprochés. Pourquoi avait-il fallu qu'il gâche tout ? Après ce qui s'était passé dans la chambre d'hôtel, elle s'était jurée de couper les ponts. Et pourtant, en ce moment même, elle donnerait tout pour revoir son visage une dernière fois. Elle l'imaginait répondre aux questions des journalistes faisant le portrait de la jeune artiste prometteuse qu'elle était devenue en quelques années, une future danseuse étoile selon les dires des spécialistes. Il y aurait une photo, ses collègues seraient interviewés, eux aussi, ainsi que ses proches. Il en résulterait un portrait peu flatteur d'une jeune femme sans attaches, que son ambition avait accaparé au détriment de sa vie sociale et sentimentale. Une jeune femme sans homme dans sa vie, du moins aucun qui ne compte vraiment, sans véritables amis et dont la famille avait fini par accepter l'absence. Zoé avait pitié de cette idiote qui avait oublié de vivre. Elle n'avait même pas l'espoir de s'en sortir. Elle avait vu de quoi était capable l'homme dont le corps réchauffait le sien tout en lui glaçant les veines. Zoé écoutait sa respiration régulière. Peu à peu, gagnée par la chaleur qui émanait de lui, elle parvint à se détendre. Elle ferma les yeux. Juste cinq minutes, se dit-elle. Quand elle les rouvrit, le soleil perçait à travers les nuages. Elle se redressa dans le siège et constata qu'elle était seule. La bergerie, pensa-t-elle avec un frisson. Il est retourné auprès de Marianne. Sans perdre un instant, elle actionna les poignées les unes après les autres quand elle vit qu'il avait laissé les clefs sur le contact. C'était le moment qu'elle attendait. Mais il y avait un problème de taille. Ses mains étaient toujours attachées. Impossible de conduire dans ces conditions. Elle regarda autour d'elle. La route. C'était sa seule chance de s'en sortir. Si elle partait maintenant, elle prendrait suffisamment d'avance. Elle s'éloignerait pour ne devenir qu'une forme indistincte dans le paysage. Il serait incapable de deviner dans quelle direction elle s'était enfuie. Le cri perçant d'une buse qui décrivait des cercles au-dessus de sa tête lui rappela que la mort rôdait. Zoé regardait le chemin qui menait à la bergerie. Tout son être lui criait de prendre la fuite. Mais une toute petite partie d'elle-même était curieuse de savoir ce qu'il était en train de faire. Et s'il avait dit vrai ? S'il était vraiment innocent ? Elle avait besoin de le vérifier. Incapable de résister, elle s'approcha avec précaution et trouva un poste d'observation à l'arrière de la bergerie. Elle colla son œil au niveau de l'interstice qui séparait deux pierres. Ce qu'elle vit alors lui donna l'impression d'épier à travers le trou de serrure des Enfers.

17

Agenouillé près du corps, il tentait de se souvenir. Le visage de la morte était dissimulé sous plusieurs couches de film étirable. Il avait besoin de la voir. Peut-être qu'alors, la mémoire lui reviendrait. Lentement, il souleva la tête entre ses mains et commença à dérouler le film. Lorsqu'il retira la dernière épaisseur, il crut entendre un filet d'air s'échapper de la bouche de Marianne, comme si son dernier soupir avait été emprisonné sous le masque de plastique. Il l'observa avec plus d'attention. Sa peau était violacée, ses traits congestionnés, son regard injecté de sang. À la base de son cou, deux marques de trois à cinq centimètres se faisaient face, symétriques. Il sentit un frisson le parcourir tandis qu'il comprenait leur signification. Des empreintes, laissées par les pouces de l'homme qui l'avait étranglée.

— Est-ce moi qui t'ai fait ça ? murmura-t-il à son oreille.

À son tour, il plaça ses doigts autour du cou de la

jeune femme, faisant coïncider ses pouces avec les marques bleutées laissées par l'assassin. Lui. Car au moment où il entra en contact avec l'épiderme en voie de décomposition, des images envahirent son esprit. Oui... Ça ressemblait à un souvenir. Quelque chose qu'il avait déjà vu. Déjà vécu... Il repoussa cette sensation de toutes ses forces, mais elle s'accrochait, tenace, s'imposant dans ses pensées où désormais, passé et présent se télescopaient. Marianne Deconti était toujours là, allongée sur le sol, mais vivante. Terrorisée, elle se débattait, le frappait tandis qu'il essayait de la maintenir immobile. Il la gifla. Surprise, elle sembla se calmer, plongée dans l'hébétude. Puis elle recommença à lutter pour sa vie. Elle avait planté ses ongles dans ses avant-bras. La douleur lui fit lâcher prise et les images qui avaient envahi son esprit avec tant de force s'estompèrent pour céder la place au cadavre de la jeune femme. Il retroussa ses manches pour découvrir les traces profondes qu'avaient laissées dans ses chairs les ongles de Marianne Deconti. Épuisé, il s'allongea aux côtés de la femme qu'il avait étranglée. Il leva ses bras en l'air et contempla ses mains dans la lumière du jour. Il les ferma, les rouvrit, délia ses doigts comme un pianiste avant une représentation. Son intellect ne pouvait plus ignorer la vérité. Il était un assassin. Pourtant, son cœur lui disait le contraire. Il se sentait incapable d'infliger de telles souffrances à une autre personne. Il était en train de se faire cette réflexion lorsqu'un cri résonna dans la bergerie. Pendant un court instant, il se demanda si ce n'était pas un écho du passé, mais il comprit que cela venait de l'extérieur.

— Zoé !

18

Anthony avait veillé tard dans la nuit, mais le coup de fil qu'il attendait n'était arrivé que le lendemain. L'adjudant Gauthrie lui avait promis de le tenir au courant et c'est ce qu'il fit. En raison de nouveaux éléments, le sort de Zoé était désormais entre les mains d'Europol ou plutôt entre celles du capitaine Didier Dorsey, officier de la section de recherches de Caen détaché auprès de l'équipe commune d'enquête depuis le meurtre de Laura Messing, la monitrice d'origine anglaise qui avait disparu de son domicile en Normandie, avant d'être retrouvée en Allemagne. Cheveux blancs, coupés en brosse, une chemise à carreaux bleus et blancs, jeans usés et des lunettes à monture écaille de tortue qui lui donnaient un air triste, c'est lui qui vint l'accueillir dans les locaux de l'Institut de médecine légale, au CHU de Bordeaux.

— Monsieur Lavera ? Je suis le capitaine Dorsey. Venez avec moi.

Le gendarme le fit entrer dans un bureau vacant.

— Qu'est-ce que vous comptez faire pour la retrouver ? lui demanda Anthony de but en blanc.

— Asseyez-vous, Monsieur Lavera.

Anthony soupira.

— Ce n'est pas en restant le cul sur une chaise que...

L'officier leva la main, l'arrêtant dans son élan.

— À l'heure où nous parlons, une équipe cynophile de la gendarmerie appuyée par un de nos hélicoptères est en train de passer la forêt au peigne fin. Si votre belle-sœur s'y trouve encore, on ne pourra pas la manquer.

Anthony avait perçu, à l'intonation de sa voix, qu'il n'y croyait pas.

— Dites-moi ce qui se passe ! C'est quoi ce nouvel élément dans l'enquête ? Vous avez trouvé quelque chose dans son téléphone, c'est ça ?

— Chaque chose en son temps, Monsieur Lavera. D'après ce que vous avez déclaré, vous et votre belle-sœur avez fait le voyage depuis Marseille pensant que votre femme pouvait être la quatrième victime du Faucheur.

Anthony sentit son pouls s'accélérer.

— C'est pour ça que vous m'avez fait venir ici ?

— Oui. Le légiste nous attend, alors dès que vous vous sentez prêt...

Anthony fit claquer ses mains sur ses genoux avant de se mettre debout aussi prestement que s'il était monté sur ressort.

— Très bien. Finissons-en !

Anthony se sentait observé. Le capitaine Dorsey se tenait à ses côtés, le dépassant d'une bonne tête. Il guettait sa réaction. C'est ce que font tous les flics, observer le comportement humain, les criminels comme les victimes.

— Vous êtes au courant de ce qu'il lui a fait, je suppose, dit alors le légiste.

Bien sûr qu'il était au courant. Zoé avait rassemblé tellement d'informations au sujet des autres victimes et de leur meurtrier potentiel qu'elle en était devenue une experte. Toutes avaient été décapitées au moment de leur mort. Donc oui, Anthony savait que qui que fût cette femme enfermée dans le sac devant lui, elle n'avait plus de tête.

— Vous êtes prêt ?

Anthony inspira puis bloqua sa respiration, un réflexe pour ne pas se laisser surprendre par les relents de putréfaction.

Le légiste fit coulisser la fermeture éclair qui s'ouvrit comme une plaie béante pour découvrir le corps.

Anthony fit quelques pas pour s'approcher de la table.

— Ce n'est pas elle, dit-il d'une voix blanche.

— Vous êtes sûr ? Vous l'avez à peine regardée.

Le capitaine Dorsey fit signe au légiste de ne pas insister.

19

Zoé courait, le buste penché en avant comme les sprinters avant de franchir la ligne d'arrivée. Elle respirait en cadence, luttant contre son envie de se retourner pour voir s'il était derrière elle. Elle courait depuis une bonne minute quand une deuxième respiration, saccadée, résonna à quelques mètres derrière elle.

— Zoé !

Son cœur manqua un battement. Il se rapprochait. Bientôt elle serait à portée de tir. Elle en était presque soulagée. Cela valait toujours mieux que de mourir comme ces autres femmes dont elle avait découvert la terrible agonie au fil des articles parus dans les journaux.

— Zoé !

Cette fois, la voix avait éclaté tout près de son oreille. Comme un papillon frappé en plein vol, elle se retrouva plaquée au sol. Ils luttèrent quelques instants, à bout de souffle.

— Arrêtez !

Ils se faisaient face à présent. Elle, allongée sur le dos, lui, au-dessus, pesant de tout son poids pour l'empêcher de bouger. Elle était à sa merci. Pourtant, Zoé sentit peu à peu l'étreinte se desserrer. Ils se regardaient, les yeux dans les yeux.

— Je me souviens, dit-il doucement. Je me tenais au-dessus d'elle, comme maintenant. Je cherchais à l'immobiliser pour…

— L'étrangler ?

Il la lâcha brusquement pour rouler sur le côté. Allongés dans l'herbe mouillée, ils tentaient de reprendre leur souffle.

— Je ne l'ai pas tuée. Il y a sûrement une autre explication.

Zoé tourna légèrement la tête dans sa direction, s'attardant quelques instants sur son profil tandis qu'il regardait vers le ciel.

— Laquelle ?

— Je ne sais pas. J'ai peut-être essayé de l'aider et elle m'a frappé pensant que j'étais lui.

Zoé soupira.

— Vous ne vous êtes pas demandé pourquoi il n'est pas revenu cette nuit ? dit-elle avec un air de défi. C'est simple pourtant. Il n'avait pas besoin de revenir, parce qu'il était déjà là.

Ils échangèrent un regard chargé de tension.

— Vous avez raison. Si je suis cet homme, alors j'ai fait exactement ce que vous attendiez de lui, n'est-ce pas ?

Zoé ne pouvait pas nier que l'équipe d'analyse comportementale avait émis l'hypothèse que l'assassin avait des tendances nécrophiles, que c'était la raison pour laquelle il prenait soin de cacher les têtes de ses victimes. Son intention était de revenir leur rendre une petite visite pour pouvoir s'adonner à des activités sexuelles qu'il était incapable d'avoir avec un corps encore tiède. Zoé promenait son regard sur son visage en se demandant comment un être aussi abject pouvait se dissimuler sous les traits d'un homme qui, malgré son nez de boxeur et son drôle de regard, elle trouvait séduisant. Un beau monstre, voilà ce qui le définissait bien. Les exemples dans la nature ne manquaient pas, à commencer par les fleurs carnivores qui se paraient de leurs plus beaux atours pour attirer leurs proies.

— Je sais que les apparences sont contre moi, continua-t-il.

— Et moi, je sais ce que je viens de voir.

— Ce que vous croyez avoir vu. Nuance. Mais je peux vous assurer que je ne l'ai pas touchée. Pas dans le sens dans lequel vous l'entendez. Je voulais seulement voir son visage. J'essayais de me souvenir. Je voudrais tellement que vous me croyiez.

— Pourquoi ?

Il la regarda, interloqué.

— Quelle importance que je vous croie ou non ? poursuivit-elle. Cela ne fait strictement aucune différence puisque vous ne me laisserez pas partir.

Il se leva, épousseta son jean.

— Je ne tiens pas à ce que mon portrait se retrouve à la une de tous les journaux et sur toutes les chaînes de télévision. Or, c'est exactement ce qui se passera si je vous libère. On m'arrêtera avant que je n'aie eu le temps de découvrir qui je suis. Osez me dire le contraire.

Comme elle gardait le silence, il l'aida à se relever.

— Allez, venez ! Il faut partir d'ici.

— Non.

— Quoi ?

— Je refuse de vous suivre.

— Zoé...

— Je n'ai pas peur de vous.

Il sourit.

— Enfin une bonne nouvelle !

— Je ne plaisante pas.

— Moi non plus. Quoi que... est-ce que les tueurs en série ont le sens de l'humour ? demanda-t-il, un léger sourire flottant sur ses lèvres.

— Il n'y a que vous qui trouvez ça drôle.

— Dommage. Je pensais avoir trouvé un solide argument pour vous convaincre que je ne suis pas cet homme.

— Rien de ce que vous pouvez faire ou dire ne me fera croire le contraire.

Elle regarda autour d'elle, exaspérée.

— Sérieusement ! Nous sommes au milieu de nulle part et vous voulez me faire avaler que vous avez assisté à un meurtre, comme ça, en passant tout à fait par hasard. Expliquez-moi pourquoi quelqu'un viendrait se perdre ici?

— C'est justement ce que j'espère découvrir. Je n'ai plus de souvenirs, mais il me reste des sensations, dit-il en regardant en direction de la bergerie. Et j'ai la sensation que j'étais ici pour une bonne raison.

— Laquelle ?

— Je cherchais quelque chose. Je ne sais pas encore quoi, mais je vais trouver.

20

Le capitaine Dorsey alla prendre place derrière son bureau.

— Vous voulez quelque chose à boire ? proposa-t-il. Il y a un distributeur à côté. Et des snacks aussi, si vous avez faim.

Anthony déclina l'offre et s'assit à son tour.

— Je suis désolé de devoir insister, mais comment se fait-il que vous soyez si sûr qu'il ne s'agit pas de votre femme ?

— Gabriela avait une tâche de naissance en haut de la cuisse gauche, répondit-il. Et elle n'a jamais été opérée de l'appendicite.

Le capitaine Dorsey opina du chef sans montrer la moindre émotion compatissante.

— Vous avez déclaré que votre femme avait disparu après être partie faire son jogging matinal...

Anthony changea de position, faisant grincer sa

chaise. De toute évidence, le gendarme attendait qu'il lui en dise plus.

— Je dormais encore lorsqu'elle a quitté la maison, commença-t-il comme s'il récitait un texte écrit pour quelqu'un d'autre. Quand je me suis réveillé, elle n'était toujours pas rentrée. J'ai essayé de la joindre sur son portable pour m'apercevoir qu'elle l'avait oublié en partant. Ce n'était pas une première, alors je ne me suis pas inquiété et je suis parti pour prendre mon service.

— À la brigade des stups, le coupa le capitaine Dorsey qui en savait plus qu'il ne laissait paraître.

— Oui. C'était plutôt calme ce matin-là, alors j'en ai profité pour rattraper mon retard côté paperasse. Rapports préliminaires, etc..

Le gendarme afficha l'air complice de celui qui partageait le même quotidien.

— Bref, vers neuf heures, je reçois un coup de téléphone. C'est le propriétaire de la salle de gym où ma femme travaille. J'apprends qu'elle n'est pas venue donner son premier cours de la journée et qu'elle ne s'est toujours pas présentée pour le suivant. J'essaye d'appeler chez moi, mais ça ne répond pas. Un de mes coéquipiers m'accompagne, mais très vite je comprends que Gabriela n'est jamais revenue de son jogging.

Le capitaine Dorsey s'était calé dans son fauteuil, les sourcils froncés.

— Comment votre belle-sœur a-t-elle fait le lien entre la disparition de sa sœur et le Faucheur ?

— À cause d'un article dans le journal. On y mentionnait que le tueur envoyait un colis à la famille contenant un bijou ayant appartenu à sa victime.

Le gendarme se redressa brusquement.

— C'est ce qui est arrivé ? On vous a envoyé quelque chose ?

— Oui. L'alliance de Gabriela.

— Vous avez gardé l'enveloppe ?

— Il n'y avait aucune raison. Pour moi, le message était clair. Ma femme ne voulait plus rien avoir à faire avec moi.

— Et ça ne vous a pas semblé étrange ? Je veux dire... elle aurait pu simplement demander le divorce.

— C'est vrai. Mais ma femme n'était pas quelqu'un de simple.

Le capitaine Dorsey cachait mal sa déception.

— Bon et quand avez-vous reçu ce colis ?

— Environ un mois après sa disparition.

— Et c'est tout ?

— Comment ça ?

— Vous n'avez rien reçu d'autre ?

— Comme quoi ?

— Une lettre ? Ou une carte postale ?

Anthony se figea.

— Les medias n'en ont jamais parlé, dit-il médusé. C'est ce qui s'est passé avec les autres victimes ?

— Répondez-moi d'abord.

— Non. Je n'ai rien reçu, à part l'alliance. À moins que...

— Oui ?

— Mon adresse a changé peu après.

— Vous avez déménagé ?

Accablé par la tristesse, Anthony baissa les yeux.

— Oui. Ma femme et moi avions récemment fait l'achat d'une maison.

— Trop de souvenirs, j'imagine, commenta l'officier.

Anthony se contenta de hocher la tête.

— Où çà ?

Anthony n'était pas sûr d'avoir compris la question.

— Pardon ?

— Dans quel arrondissement de Marseille ?

— Le septième.

Dorsey se laissa aller contre le dossier de sa chaise.

— Le septième ? répéta-t-il avec emphase. Ça fait cher le mètre carré, non ?

Anthony se crispa, à deux doigts de l'envoyer paître. Puis, il se raisonna, se disant que ce n'était pas une bonne idée de s'en faire un ennemi, surtout s'il voulait qu'on l'associe aux investigations concernant la disparition de Zoé.

— C'était une affaire, se défendit-il. Tout est allé très vite. Les propriétaires, un couple d'anglais, étaient pressés de vendre. Gabriela était aux anges, alors on a signé le compromis et dans la foulée, on a donné congé à notre bailleur et payé l'acompte pour l'entreprise de déménagement.

— Et puis elle a disparu.

Anthony se contenta de hocher la tête.

— J'aurais pu tout annuler, mais à dire vrai, j'étais content de quitter notre ancien appartement.

— Trop de souvenirs, j'imagine.

Dorsey leva les yeux au plafond, pensif, comme s'il cherchait à retrouver le fil de ses pensées.

— Et vous n'avez pas fait le suivi d'adresse ?

— Si, justement. Mais le courrier a très bien pu se perdre.

Le gendarme ne semblait pas convaincu.

— Nous pensons que le tueur envoie tout en même temps. Normalement, vous auriez dû recevoir le colis et la carte postale, à un ou deux jours près.

— C'est si important ?

Il frappa un coup sur son bureau avec le plat de sa main.

— Vous n'avez pas idée ! Si vous aviez reçu cette carte postale, alors votre belle-sœur ne serait jamais tombée dans le piège qu'on lui a tendu et on ne serait pas assis là à en discuter.

— Un piège ?

Dorsey pivota sur sa chaise pour fouiller dans un classeur.

— Quelqu'un l'a contactée par message privé sur sa Page Facebook, la veille de sa disparition.

Il lui tendit une feuille imprimée.

Anthony lut le contenu du message. Un certain Frank affirmait avoir vu le visage du tueur en série.

« [...] Je me promenais avec mon chien ce jour-là. Je suis photographe amateur et j'avais décidé de me rendre en forêt pour prendre quelques clichés de la faune sauvage. J'étais en train d'ajuster ma focale pour prendre en photo un magnifique renard quand j'ai entendu des bruits de pas. J'ai d'abord pensé qu'il pouvait s'agir d'un autre animal, puis je les ai vus. Un homme et une femme. De là où je me trouvais, on aurait dit qu'ils étaient bras dessus bras dessous. Mais quelque chose clochait. Leurs vêtements ou plutôt les vêtements de la femme. Elle n'avait pas de veste. Elle était habillée comme pour faire du jogging, mais il n'y a pas de pistes dans cette partie de la forêt qui est restée sauvage. Lorsque j'ai vu les infos, j'ai compris que c'était elle, la victime qui venait d'être retrouvée, sauf que quand moi je l'ai vue, elle était encore vivante. J'ai encore les photos. La plupart sont floues, mais sur l'une d'elles on peut mieux voir le visage de l'homme qui était avec elle. Je n'ai encore rien dit aux flics parce que j'ai un casier pour braconnage et que le seul fait de devoir me rendre dans un commissariat me rend malade. Mais si vous pensez que cela peut aider à arrêter le meurtrier de votre sœur, alors je veux bien vous les donner à vous. »

La suite du message proposait un rendez-vous avec des coordonnées GPS. Pile-poil où la Peugeot de location avait été retrouvée.

Le gendarme lui tendit d'autres feuilles sur lesquelles étaient imprimées plusieurs photographies. La première était celle d'un homme de soixante ans, les cheveux blancs et une barbe de deux jours, posant aux côtés d'un labrador. Il souriait face à l'objectif. Quant aux autres, il s'agissait de paysages, a priori sans intérêt particulier.

— C'est un faux profil, annonça, sans surprise le capitaine Dorsey. Le nom est emprunté à un acteur de film d'horreur de série B, quant au type avec le chien, c'est une photo libre de droits trouvée sur Internet.

— Et celles-là ?

Anthony désigna les autres clichés. Ceux qui représentaient des scènes de nature.

— Eh bien, certains sont issus de sites de photographies libres de droits, cependant il y en a deux qui pourraient bien être authentiques.

Il les désigna du bout de son stylo.

— Les analystes d'Europol travaillent dessus en ce moment même, mais ici, il pourrait bien s'agir de la forêt de Soignes, en Belgique et là, du parc national de Gran Paradiso, en Italie. On y distingue assez bien les sites de sépulture où deux précédentes victimes ont déjà été trouvées. Or, l'emplacement exact n'a jamais été révélé au grand public.

— Donc, vous êtes en train de dire que l'homme avec qui Zoé avait rendez-vous...

—... n'est autre que le tueur qu'Europol pourchasse depuis des mois. Mais il y a quand même une bonne nouvelle. Nous avons l'adresse IP de l'ordinateur dont il s'est servi pour envoyer le message. Ce qui signifie que nous avons aussi une adresse et un nom : Marianne Deconti. Une infirmière qui travaille dans un hôpital, à Nice.

Anthony écarquilla les yeux de surprise.

— Nice ? Sur la Côte d'Azur ?

Le capitaine Dorsey acquiesça.

— On a essayé de la joindre, mais elle ne répond pas. L'hôpital nous a confirmé qu'elle était de repos jusqu'à demain. Je pars dans une heure. Vous pouvez m'accompagner si vous le souhaitez.

21

C'était un cauchemar sans fin. C'est ce que se disait Zoé alors que la voiture avançait péniblement sur le chemin boueux. Allongée sur la banquette arrière, saucissonnée comme il se doit, elle écoutait la voix synthétique du GPS qui scandait les instructions. Après un trajet éprouvant pour redescendre le flanc de la montagne et rejoindre la départementale, la voiture roulait enfin à une allure régulière. Ils se dirigeaient vers l'A8, en direction de Marseille. Il avait déjà pris un risque en renonçant à l'enfermer dans le coffre, mais emprunter l'autoroute, c'était carrément inconscient. Elle avait disparu depuis vingt-quatre heures. Toutes les polices du pays devaient être à sa recherche à l'heure qu'il était. Il ne pouvait pas ne pas y avoir pensé. Peut-être qu'il comptait sur le fait que personne ne le recherchait, lui, en particulier, ou la voiture de Marianne Deconti dont la disparition ne serait remarquée que le lendemain, quand elle ne se présenterait pas à l'hôpital pour prendre son service. Ou peut-être qu'il était trop obnubilé par sa quête d'identité. Quoi qu'il ait pu lui passer par la tête, cela ne l'empêchait pas de suivre les instructions du GPS qui les emmenaient loin de la bergerie et de Marianne.

Après tant d'émotions, Zoé se sentait comme étourdie. Elle se pelotonna sous la couverture et ferma les yeux. Ça sentait bon la lessive. Celle que Marianne Deconti utilisait avait des notes de jasmin. Marianne qu'ils avaient abandonnée à la merci des prédateurs… Fermant les yeux plus forts, elle essaya de s'imaginer allongée sur son lit, à des centaines de kilomètres de là, dans son studio parisien de la rue de Lourmel, dans le quinzième arrondissement, à quelques stations de métro de l'Opéra. C'était son tout premier appartement, un arrangement temporaire en attendant de trouver mieux dès que ses cachets le lui auraient permis. Les années avaient passé, et sa situation financière s'étant nettement améliorée, elle aurait déjà pu déménager, et c'est ce qu'elle aurait fait si elle avait trouvé le temps de faire le tour des agences immobilières. Mais entre les cours de danse, les répétitions et les représentations qui s'enchaînaient à un rythme endiablé, elle n'avait même pas un instant pour acheter de quoi remplir son frigo. Ainsi, bien que trop petit, trop bruyant, trop cher (mais avec une vue imprenable sur la tour Eiffel, si l'on se penchait suffisamment sur le côté depuis le balcon), c'était devenu son chez elle. La certitude qu'elle ne le reverrait probablement jamais la fit frissonner. Elle n'irait plus toquer à la porte des voisins du dessus pour leur demander de faire moins de bruit. Elle ne discuterait plus avec Madame Song, sa voisine coréenne qui lui offrait des plats préparés qu'elle ne mangeait jamais, mais qu'elle était incapable de refuser. Elle ne se disputerait plus avec le facteur qui avait la fâcheuse tendance à égarer ses colis. Elle ferma les yeux plus forts. Une larme roula sur sa joue. Alors, avec la résignation d'une bête en route vers l'abattoir, elle cessa de lutter et s'endormit.

— On va bientôt manquer d'essence.

Zoé tressaillit, surprise dans son sommeil par la voix qui venait de résonner dans l'habitacle.

— On n'est plus très loin de Valence, enchaîna-t-il.

Valence ? Elle n'arrivait pas à croire qu'elle avait dormi tout ce temps et pourtant son corps endolori après être resté si longtemps immobile, lui disait le contraire.

— J'ai besoin de me dégourdir les jambes, dit-elle alors. Et je dois aller aux toilettes aussi.

Il ne répondit rien, mais au bout de quelques instants, il enclencha le clignotant. La voiture décéléra et finit par s'arrêter.

— C'est bon, il n'y a personne, dit-il en l'aidant à se redresser sur la banquette arrière.

Zoé découvrit une aire de repos toute simple, de celles qui ont des tables de pique-nique en béton et des toilettes à la turque.

— Il va falloir faire vite, dit-il en la détachant.

Il l'aida à sortir de la voiture. Un vent glacial balayait les feuilles mortes et faisait se pencher les branches des arbres. Zoé sentit sa peau se couvrir de chair de poule. Le tissu léger de son chemisier était un bien faible rempart contre le froid.

— Tenez, prenez ma veste.

— Mer... merci, dit-elle entre deux claquements de dents.

Ils coururent jusqu'aux toilettes. Zoé ne fut pas surprise qu'il la suive chez les femmes. Il ouvrit toutes les portes pour s'assurer qu'il n'y avait personne puis lui indiqua un box vide.

— Ne vous enfermez pas, dit-il en retenant la porte.

Zoé se raidit en voyant qu'il la maintenait ouverte.

— Il est hors de question que je me déshabille devant vous.

— Je ne vous regarderai pas.

— Il n'y a pas que ça.

Il soupira.

— Très bien, mais ne poussez pas le verrou. Si vous n'êtes pas sortie d'ici cinq minutes, je défonce la porte, que vous ayez fini ou pas.

Dès qu'il eut refermé derrière elle, Zoé déboutonna son jean en toute hâte et s'accroupit en essayant de faire abstraction de la puanteur qui montait du trou d'évacuation.

— Vous avez fini ?

Elle tressaillit.

— Je n'y arrive pas, dit-elle.

— C'est parce que je suis là ?

Elle leva les yeux au ciel.

— À votre avis !

— Bon, je vous attends à la sortie. Ne faites pas de bêtises.

Zoé essaya de se détendre. Entre le froid et le stress, les muscles de sa vessie semblaient paralysés. Soudain, elle entendit un bruit d'eau qui coule, comme si quelqu'un avait ouvert un robinet. Et alors, comme par magie, elle put enfin se soulager.

Quand elle sortit des toilettes, elle ne put faire autrement que de croiser son regard.

— Ça va mieux ? lui demanda-t-il, l'air content de lui.

— Oui, merci, le truc du robinet, c'était bien vu.

— Tant mieux. Mais allons-y maintenant.

— Et vous ?

— J'irai à la station-service. J'en profiterai pour faire l'essence et acheter de quoi manger.

Il lui fit signe d'attendre pendant qu'il vérifiait qu'aucune voiture ne s'était arrêtée dans l'intervalle.

— Allez, venez !

Il sortit les clefs, tout en regardant autour de lui.

— Tournez-vous. Les bras derrière le dos.

Elle sentit la corde mordre ses chairs tandis qu'il l'enroulait autour de ses poignets. Lorsqu'elle pivota à nouveau pour lui faire face, elle le vit qui ouvrait le coffre.

— Vous êtes sérieux ? lui dit-elle, incrédule. Je vous ai déjà dit que je ne tenterai plus rien.

— Je sais, mais je ne veux pas courir le risque que quelqu'un vous voie lorsqu'on s'arrêtera à la station-service. Je ne vous attacherai pas les jambes, cette fois. Ça vous va ?

— Est-ce que j'ai le choix ?

Ce n'était qu'une question rhétorique. Alors qu'elle reprenait sa place dans son cercueil de métal, il déroula un dernier morceau de sparadrap extrafort.

— Je suis désolé, dit-il en le collant sur ses lèvres. Mais moi non plus je n'ai pas confiance en vous.

. . .

Le trajet jusqu'à la station-service ne dura qu'une dizaine de minutes. La voiture ralentit et finit par s'immobiliser. Une odeur d'essence s'engouffra par les interstices du coffre. Zoé entendit le ronronnement de la pompe qui délivrait le carburant puis le bouchon du réservoir qu'il venait de remettre en place. La portière s'ouvrit à nouveau, claqua encore une fois. Puis ce furent des bruits de pas qui s'éloignaient. Le silence ne dura pas. Des voix lui parvenaient, assourdies. Une mère et sa fille, lui semblait-il, trop occupées à se disputer pour s'intéresser à la femme kidnappée qui se trouvait juste à côté d'elles. Elle aurait pu essayer d'attirer leur attention, mais elle n'en fit rien. La menace qu'il avait proférée avant de refermer le coffre résonnait encore dans son esprit. Si elle tentait à nouveau de s'enfuir ou de se faire remarquer, des gens mourraient. Peut-être qu'il bluffait. Peut-être que non. Dans le doute, elle resta immobile, sagement blottie sous la couverture, tandis que mère et fille poursuivaient leur querelle au sujet d'une soirée à laquelle l'adolescente voulait absolument se rendre. « Tu es trop jeune » « Tu as cours demain » disait la mère, suivis de contre arguments imparables de sa fille « Je te rappelle que j'ai seize ans » « toutes mes copines y vont » « je peux bien manquer le cours d'EPS ». L'échange dura encore quelque temps, puis les voix s'estompèrent. Mère et fille étaient remontées en voiture et continuaient probablement leur conversation animée sur le chemin de la maison. Zoé entendit des pas se rapprocher. Il était revenu.

La voiture redémarra et alors qu'elle fermait les yeux dans l'espoir de s'abîmer dans l'oubli du sommeil, elle ne tarda pas à comprendre qu'ils faisaient une nouvelle halte. Cette fois, quand elle émergea du coffre, un nouveau décor apparut. Des champs moissonnés à perte de vue, avec çà et là, des reliefs de montagnes qui surgissaient à l'horizon comme des icebergs au milieu d'un océan d'herbes sèches. Et bien sûr, aucune habitation en vue.

— Alors, c'est ici que vous comptez le faire ?

— Quoi donc ?

— Me tuer.

Il soupira.

— Je vous ai emprunté cinquante euros, annonça-t-il. Juste assez pour payer l'essence et de quoi manger. Et aussi, ça.

Il fourragea dans un sac plastique frappé du logo de la station-service et en sortit un t-shirt.

— Je ne savais pas quelle couleur vous aimiez, alors je l'ai pris blanc. En taille trente-six. Mais d'abord, mangeons.

Il mit le t-shirt de côté et replongea sa main dans le sac plastique.

— Thon mayonnaise ou poulet crudités ? demanda-t-il, un sandwich dans chaque main.

— Peu m'importe du moment que ça se mange.

Il ouvrit l'opercule en plastique et brisa le sandwich en morceaux.

— Approchez.

Zoé pouvait sentir l'odeur de poulet grillé. Sa bouche s'emplit de salive. Elle détestait ça.

— Je préférerais que vous me détachiez, dit-elle en se redressant, histoire de paraître plus digne. J'ai passé l'âge qu'on me donne la becquée.

Il pencha la tête, comme elle l'avait déjà vu faire lorsqu'il était indécis.

— Pas encore. Plus tard, peut-être.

— Alors, vous pouvez vous le garder, votre sandwich !

— Arrêtez de faire l'enfant et mangez!

Il fit une nouvelle tentative, mais elle détourna la tête, regardant ostensiblement du côté opposé.

— Vous êtes toute pâle, je vous assure qu'un peu de sucre vous fera du bien.

C'était le comble. Voilà qu'il voulait lui faire croire qu'il se faisait du souci pour elle. Il la manipulait, l'appâtait avec du miel, ou plutôt avec un sandwich plein d'additifs et de conservateurs. Mais elle ne s'y laisserait pas prendre. C'est alors qu'il la déstabilisa une nouvelle fois.

— Très bien, Zoé. Vous avez gagné.

Avant qu'elle comprenne ce qu'il allait faire, il la fit pivoter sur elle-même. Zoé se raidit, fermant les yeux dans un réflexe. Allait-il la punir pour lui avoir désobéi ?

— Vous êtes gauchère ou droitière ?

Elle rouvrit les yeux.

— Pardon ?

— J'imagine que vous êtes droitière d'après l'endroit où vous portez votre montre. C'est parfait.

Il récupéra une paire de ciseaux dans le sac à dos qu'il gardait sur le siège passager, celui qui contenait de la corde, de l'adhésif et Dieu sait quoi d'autre et lui fit signe de tendre ses poignets. Zoé n'en revenait pas. Il la libérait enfin. Mais alors qu'elle s'apprêtait à le remercier, il prit sa main dans la sienne et commença à enrouler l'adhésif autour de leurs deux poignets, de sorte qu'au final, ils se retrouvèrent attachés l'un à l'autre. Lui par la main gauche, elle par la main droite.

— Comme ça, s'il vous prend l'envie de reprendre la poudre d'escampette, vous serez obligée de me traîner avec vous.

Sur ces mots, il plaça le sandwich dans sa main libre.

— Mangez !

À court d'arguments, Zoé obtempéra. Voici donc ce que le légiste trouverait dans son estomac : des restes à moitié digérés de sandwich au poulet, du café et une barre chocolatée. Il y avait pire comme dernier repas.

— Vous ne m'avez pas répondu tout à l'heure, dit-elle la bouche pleine.

Il prit un air surpris.

— À quel sujet ? Ah oui ! Vous vouliez savoir si je comptais vous tuer ici. Désolé, mais je n'en ai toujours pas envie.

— Quand alors ?

Il cessa de manger pour la dévisager.

— Vous êtes si pressée de mourir ?

— Je veux savoir combien de temps il me reste à vivre, c'est différent.

— Je vois. Eh bien, arrêtez de fumer, continuez à prendre votre traitement et vous verrez que vous vivrez assez longtemps pour raconter cette histoire à vos petits enfants.

Zoé n'était pas d'humeur à plaisanter.

— C'est ce que vous dites à toutes vos victimes ? Vous leur donnez de faux espoirs ? Et elles vous croient bien sûr ! Elles ont besoin de vous croire ! Je les comprends, mais moi je ne marche pas. Je...

Il colla sa bouche sur la sienne. Zoé en eut le souffle coupé. Une voiture les dépassa en klaxonnant tandis qu'il l'enlaçait.

— Pourquoi vous avez fait ça ? demanda-t-elle, en le repoussant d'une main.

— Je ne sais pas... j'ai paniqué.

— Quoi ?

— Oui... j'ai entendu la voiture arriver. Je ne voulais pas qu'on pense qu'on était en train de se disputer.

— Se disputer ? Vous m'avez kidnappée. Vous...

Il posa son index sur ses lèvres.

— Je vous demande pardon, d'accord ?

Elle secoua la tête.

— Ne recommencez jamais !

Il s'écarta. Zoé aurait voulu faire taire son cœur qui continuait de cogner dans sa poitrine comme s'il cherchait à lui dire quelque chose. Quelque chose qu'elle était décidée à ignorer.

Elle se tourna de l'autre côté pour ne pas lui laisser voir le trouble sur son visage. Heureusement, il changea de sujet.

— Quand j'étais à la station, j'ai acheté un atlas routier.

Zoé l'observa en coin.

— Pour quoi faire, puisque vous avez un GPS ?

— Parce que le GPS c'est pratique uniquement si on sait où on va. Moi, je ne sais pas. Alors, ça m'a donné une idée. Je me suis dit qu'en parcourant le nom des villes, je finirais par reconnaître un lieu familier.

— Et ça a marché ?

— Non, mais j'ai eu une autre idée.

Il posa l'atlas routier sur ses genoux et le feuilleta.

— Nous sommes ici, dit-il en posant son doigt à quelques millimètres à peine du point qui matérialisait la ville de Valence.

Zoé se pencha pour mieux voir, mais il avait déjà tourné la page.

— Marianne se trouve là, à une heure de voiture de chez elle.

Il marqua chaque emplacement d'une croix et traça un trait pour les relier. Maintenant, j'aimerais que vous me disiez où se trouvaient les autres victimes.

Zoé déglutit avec force.

— Vous comptez retourner sur les lieux ?

— Je ne sais pas encore. Peut-être que ça pourrait m'aider à me souvenir.

Avec sa main libre, elle feuilleta l'atlas à son tour.

— Klaudia Nochbauer a été retrouvée dans le nord de l'Italie, ici, dit-elle en posant son index sur le papier glacé, à quelques centimètres de la ligne qui matérialisait la frontière franco-italienne.

Il se pencha pour lire la légende.

— Parc national de Gran Paradiso, dit-il avec lenteur, comme s'il cherchait à goûter chaque sonorité.

— Ça vous dit quelque chose ?

— Non.

Néanmoins, il marqua l'emplacement d'une croix.

— Et où habitait-elle ?

— Munich.

— Munich, répéta-t-il, avant de faire une nouvelle croix.

Six cent cinquante kilomètres séparaient les deux croix. Soit sept heures de route, plus ou moins.

Ils procédèrent de la même façon pour la deuxième victime, Selma Lorenzen. Disparue à Amsterdam, Pays-Bas et retrouvée cette fois, à deux cent vingt kilomètres de là, en Belgique, dans la forêt de Soignes. Idem pour la troisième, Laura Lassister, une Anglaise installée en Normandie et retrouvée en Allemagne, en pleine Forêt noire. Enfin vint le tour de la quatrième.

— Son corps a été retrouvé cette semaine dans les Landes, dit Zoé.

— Les Landes...

Elle le regarda parcourir l'index pour trouver le numéro de page correspondant.

— Mais je ne sais pas comment elle s'appelait et encore moins où elle habitait.

C'est d'ailleurs la raison pour laquelle je me suis rendue à Bordeaux.

Il délaissa l'atlas pour la regarder.

— Vous pensiez qu'il pouvait s'agir de votre sœur ?

— Et pourquoi pas ? Gabriela a été enlevée à Marseille, soit à sept heures de route environ de l'endroit où la victime non identifiée a été retrouvée.

Il baissa à nouveau le regard sur la carte.

— En effet, ça aurait pu coller avec le schéma des autres meurtres, si ce n'est que toutes les victimes qui ont été retrouvées jusqu'à présent, ont été enlevées dans un pays pour être tuées dans un autre. En général, un pays frontalier. Klaudia Nochbauer enlevée en Allemagne, retrouvée en Italie. Laura Messing enlevée en France, retrouvée en Allemagne, Selma Lorenzen, enlevée aux Pays-Bas et retrouvée…

—… en Belgique ! Je sais déjà tout ça, mais cela reste une possibilité. Et si vous… si je n'avais pas été enlevée à mon tour, se reprit-elle au dernier moment, j'aurais pu me rendre à l'institut médico-légal de Bordeaux pour voir son corps.

— Ce n'était pas votre sœur, dit-il au bout d'un moment.

— Et comment vous pouvez le savoir ? lança-t-elle avant de se rendre compte de l'énormité qui venait de franchir ses lèvres. S'il y avait bien une personne qui savait où était sa sœur, c'était lui.

— La femme retrouvée dans la forêt des Landes s'appelait Inès Monteya. Enlevée il y a quatre mois, à Malaga, en Espagne.

Zoé déglutit en le regardant mettre les croix aux deux emplacements qu'il venait de citer.

— Puisque la mémoire vous est revenue, dites-le-moi. Dites-moi où est ma sœur ! S'il vous plaît ! Tout ce que je vous demande c'est de me mener à elle. Je veux la voir une dernière fois. Après, vous pourrez faire de moi ce que bon vous semble.

— Je ne sais pas où elle est. Et vous vous trompez. Je n'ai pas retrouvé la mémoire.

— Alors, comment avez-vous su ?

— Lorsque j'étais à la station-service, le gérant avait la télé allumée. Ils ont parlé de la dernière victime et de vous aussi. Votre visage est sur toutes les chaînes, ajouta-t-il après une pause.

— Je vois. Alors, j'imagine que vous n'allez pas tarder à vous débarrasser de moi.

Il secoua la tête en levant les yeux au ciel.

— C'est vrai que je commence à vous trouver agaçante. Mais ça ne mérite pas que je vous torde le cou pour autant. Si ?

Et sans attendre qu'elle lui réponde, il feuilleta l'atlas, s'arrêtant aux pages qu'il avait marquées d'une croix. Alors, comme un peintre prenant du recul devant un tableau qu'il vient d'achever, il s'arrêta sur chacune d'elles. Que voyait-il ? Un enchevêtrement de lignes, de caractères d'imprimerie et de touches de couleur ? Vert pour les forêts, marron pour les montagnes, bleu pour les lacs, les rivières et la mer. Ou bien les voyait-il, *elles* ? Klaudia disparaissant sous les pelletées de terre tandis qu'il comblait sa tombe ? Selma tressautant à chaque coup de scie tandis qu'il la décapitait ? Laura, Gabriela… Zoé, pour sa part, ne les oublierait jamais. Bientôt, elle irait les rejoindre et c'est sur son cadavre que les analystes se pencheraient. Soudain, elle comprit. C'était à elle qu'il pensait, pas aux autres. Il était en train de choisir l'endroit où il se débarrasserait de son corps.

Et comme pour lui confirmer ses craintes, il lui montra un point sur la carte.

— Forêt des Louves, en Normandie, lut-elle avec gravité.

— Ça ne vous dit rien ?

Zoé secoua la tête.

— Et vous ? osa-t-elle demander après quelques instants d'hésitation.

— J'ai le sentiment que ce que je cherche se trouve là-bas, dans cette forêt. Et une fois que je l'aurai trouvé, je saurai qui je suis.

— Qu'est-ce que vous pensez y trouver ?

— Je l'ignore. J'imagine qu'on le saura une fois sur place.

Il referma l'atlas puis saisissant à nouveau la paire de ciseaux, trancha dans l'adhésif qui enserrait leurs deux poignets.

— Tournez-vous, s'il vous plaît.

Résignée, elle plaça ses mains derrière son dos pour qu'il puisse l'attacher à nouveau. Mais alors qu'elle s'attendait à ce qu'il la fasse descendre de voiture, il l'abandonna sur la banquette arrière pour aller reprendre sa place derrière le volant. Il tapota sur le GPS, entrant leur nouvelle destination : Forêt des Louves, Normandie. L'appareil lui proposa plusieurs trajets. Son choix se porta sur le plus long, celui qui ne les ferait passer que par des départementales, évitant autoroutes et nationales.

Temps de trajet : 10 h 19.

— C'est une longue route qui nous attend, dit-il en se retournant pour la regarder. Je n'ai pas envie de vous enfermer dans le coffre pour les heures qu'il nous reste à faire, même si j'ai probablement tort.

— Merci, dit alors Zoé.

Et elle était sincère, car il venait aussi de lui donner une raison d'espérer, même si elle ne comprenait pas bien pourquoi il l'avait fait. Il aurait pu lui mentir, lui dire que sa disparition n'intéressait pas suffisamment les médias nationaux. Elle l'aurait cru. Personne ne s'était jamais intéressé à elle, alors pourquoi est-ce que cela changerait ? Elle se coucha sur le flanc, repensant à ce qu'il venait de lui apprendre. Tout le monde était à sa recherche. C'était une bonne nouvelle, pourtant, elle n'arrivait pas à se réjouir. *Ça suffit*, se sermonna-t-elle. Elle allait s'en sortir. Elle ne savait pas encore comment, mais ce n'était qu'une question de temps maintenant.

22

Zoé ouvrit les yeux, les sens en alerte. Le ronronnement du moteur qui l'avait bercée jusque-là s'était mué en un toussotement inquiétant. Elle roula sur le côté, secouée par les à-coups de la voiture qui perdait de la vitesse. Des gravillons ricochaient sur la carrosserie tandis qu'ils se déportaient sur le bas-côté. La voiture ralentit avant de s'immobiliser dans un dernier sursaut. Le moteur se tut. Seuls les phares restés allumés perçaient les ténèbres environnantes.

— Panne sèche, annonça-t-il. Nous allons passer la nuit ici.

Zoé était coincée sur la banquette arrière, les genoux repliés sur le côté et les mains attachées dans le dos.

— J'aimerais faire quelques pas à l'extérieur.

Elle allait se mettre à hurler s'il ne la détachait pas.

— Bien sûr.

Il l'aida à sortir de la voiture et coupa l'adhésif autour de ses poignets. Zoé soupira en fermant les yeux. Ces dernières heures, elle n'avait rêvé que de cela, de ce moment où elle pourrait enfin étirer ses bras au-dessus de sa tête. Les efforts qu'elle faisait pour rester calme et ne pas céder à la panique avaient pompé toute son énergie. Elle était épuisée. Tout comme lui. Il venait de conduire huit heures d'affilée, ne s'arrêtant que quelques minutes pour se dégourdir les jambes ou pour répondre à l'appel de la nature.

— J'ai besoin de marcher, dit-elle et sans attendre qu'il lui donne sa permission, elle commença à s'éloigner.

Un déclic métallique la fit tressaillir. Elle savait que si elle se retournait, elle verrait le Sig Sauer pointé dans sa direction.

— Restez là où je peux vous voir.

Elle fit encore quelques pas, bien en vue dans le cône de lumière des phares. Puis, elle s'immobilisa. Ils étaient sur une petite route de campagne, bordée de champs. S'il y avait des fermes dans le coin, elles étaient trop éloignées pour pouvoir en distinguer les lumières. Elle repensa à la carte. Si ses calculs étaient bons, alors ils étaient quelque part entre Clermont-Ferrand et Blois. Des villes qui n'étaient pas parmi les plus chaudes du pays. Et de fait, elle frissonna, transpercée par l'air glacial. Alors, elle recommença à marcher pour faire circuler le sang dans son corps. La voix trop familière de son ravisseur ne tarda pas à résonner dans son dos.

— Vous comptez aller loin comme ça ?

Zoé avait parcouru une vingtaine de mètres quand il la rejoignit.

— Il gèle dehors, dit-il en lui enveloppant les épaules

avec la couverture. On ferait mieux d'aller se mettre à l'abri avant d'entrer en hypothermie.

Ils s'apprêtaient à remonter dans la voiture quand le bruit d'un moteur les fit se retourner. Un véhicule approchait. Un vieux modèle d'utilitaire Citroën, qui s'immobilisa à leur hauteur. La vitre côté conducteur se baissa par à-coups.

— Z'êtes en panne ? demanda le chauffeur, un homme d'un certain âge.

Zoé avait aperçu la carabine posée sur le siège passager. Elle n'était pas la seule. Lui aussi l'avait remarquée et le regard qu'il lui lança valait tous les avertissements. Elle savait que si elle tentait quoi que ce soit, cet homme mourrait. Alors qu'elle s'apprêtait à inventer une quelconque excuse pour qu'il reparte, son ravisseur la prit de vitesse :

— Nous nous sommes, perdus, expliqua-t-il. Ma femme et moi cherchions un hôtel, mais on a dû mal nous renseigner.

L'homme retira sa casquette pour se gratter le crâne.

— Un hôtel ? Dans le coin ? Çà, pour sûr, vous allez avoir du mal à trouver ! Y'en n'a pas !

— Le problème, c'est qu'on a grillé toute notre essence en essayant de retrouver notre chemin.

L'homme partit d'un rire tonitruant.

— Allez ! Grimpez ! Vous passerez la nuit chez moi. C'est mieux qu'à l'hôtel, vous verrez !

Il allongea le bras pour saisir la carabine qu'il fit glisser sur son flanc gauche, côté portière.

— Vous avez des bagages ?

Zoé sentit les doigts de son ravisseur se crisper autour

de sa main. Comment expliquer qu'ils n'avaient aucune valise avec eux ?

— J'suis bête ! Bien sûr que vous avez des bagages. Malheureusement, faudra les laisser ici, j'ai plus de place derrière. De toute façon, y'a tout ce qui faut à la maison.

Le véhicule utilitaire étant dépourvu de places à l'arrière, Zoé et son ravisseur n'avaient d'autres choix que de se serrer l'un contre l'autre sur l'unique siège passager. Il la tenait dans ses bras, l'obligeant à se plaquer contre lui au point qu'elle pouvait sentir les battements de son cœur au travers du fin tissu de sa chemise. Ainsi il en avait un tout compte fait, et il battait au moins aussi vite que le sien, remarqua Zoé. Étrange... Les hommes comme lui n'étaient pas censés éprouver d'émotions hormis celles que leur procuraient leurs meurtres. Pourtant, l'homme qui la serrait dans ses bras avait peur.

— Je m'appelle Roger ! annonça gaiement leur sauveur. Roger Pasteur. Vous savez, comme le chercheur qui a découvert la pénicilline.

Il y eut un silence gênant et Zoé comprit que c'était à leur tour de se présenter.

— Zoé, répondit-elle machinalement avant de se mordre la lèvre.

Elle croisa brièvement le regard de l'homme qui avait sa vie et celle de ce pauvre Roger entre ses mains.

— Johan, répondit celui-ci, après un instant d'hésitation. Et c'est le Britannique Alexander Fleming qui a découvert la pénicilline, ajouta-t-il.

Roger écarquilla les yeux.

— Oh, merde ! Alors, ça fait des années que je raconte des conneries ?

Et il partit dans un nouvel éclat de rires qui ne tarda pas à se muer en quinte de toux.

— Et Louis Pasteur, alors ? fit-il, quand il eut repris son souffle. Qu'est-ce qu'il a découvert ?

Zoé, elle aussi, se surprit à y réfléchir. C'était le genre de truc qu'on apprenait au collège et que l'on tenait pour acquis. Mince ! Elle avait la réponse sur le bout de la langue.

— Il a inventé la vaccination, répondit Johan, ou quel que soit son vrai nom. En 1885, il a sauvé un enfant mordu par un chien enragé en lui inoculant le vaccin de la rage, le premier vaccin à être testé sur un être humain.

Roger hochait la tête en plissant les yeux.

— Je vois, je vois, donc vous êtes docteur...

Johan se tut. Deuxième silence gênant, compta Zoé. À ce rythme-là, ça allait mal finir.

— Et comme ça, vous êtes de la Côte ?

Zoé et Johan échangèrent un regard perplexe.

— La Côte ? répéta Johan.

— Zéro six. C'est la Côte d'Azur ça, non ?

Zoé sentit les doigts de son ravisseur se crisper autour de sa taille. Ainsi, Roger ne s'était pas laissé échapper la plaque d'immatriculation de la voiture de Marianne Deconti.

— Pourtant, vous n'avez pas d'accent. Vous n'êtes pas vraiment du Sud, je me trompe ?

— Vous avez raison, répondit Johan. Je suis normand.

Ce fut au tour de Zoé de se raidir. Se pouvait-il que ce soit la vérité ? Si c'était le cas, alors cela signifiait qu'il était en train de retrouver la mémoire.

— Ah, la Normandie, hein ? J'y suis allé il y a quelques

années pour la foire agricole. Et d'où exactement ?

Il faut que j'intervienne, se dit Zoé. Il fallait qu'elle mette fin à ce rituel des présentations, inoffensif en d'autres occasions, mais trop dangereux dans la situation présente.

— Caen, improvisa-t-elle. C'est justement là que nous nous rendons. C'est l'anniversaire de mariage de mes beaux-parents et il y a une grande fête familiale de prévue. Comme ce sont nos seules vacances avant longtemps, on s'est dit qu'on allait faire le trajet en voiture pour pouvoir nous arrêter au gré de nos envies. C'est ma faute si on s'est perdus. Je voulais voir les châteaux de la Loire. Vous devez connaître, non ?

— Les châteaux ? Pour sûr ? Ma femme me les a tous fait visiter.

— Lesquels nous conseillez-vous ?

Roger fit glisser sa casquette en arrière pour se gratter le haut du front.

— Oh, ben, faudra poser la question à ma femme. Moi, ce que je peux vous conseiller, ce sont quelques fermes qui font de la vente directe de leurs produits. Je suis sûr que ça ferait un beau cadeau pour vos beaux-parents. Ce sont des collègues et si vous leur dites que vous venez de ma part, ils vous feront sûrement une ristourne.

— Ce serait parfait. Quel genre de produits ?

Zoé avait inversé les rôles. Comme elle l'avait espéré, Roger était trop occupé à lui répondre pour continuer à poser des questions. Elle n'avait même pas besoin de relancer la conversation. Leur chauffeur était au moins aussi bavard qu'il était curieux, un vrai moulin à paroles, intarissable sur tous les sujets qui touchaient de près ou de loin au terroir de sa région. La Citroën vira brusquement pour s'engager sur un chemin de terre et Zoé sentit les bras de Johan se resserrer autour d'elle pour l'empêcher de glisser vers l'avant. Les amortisseurs grinçaient comme les articulations d'un vieillard sur une piste de randonnée.

— La ferme est juste là, sur votre droite, leur annonça Roger en mettant le clignotant, plus par habitude que par réelle nécessité puisqu'il n'y avait personne d'autre sur la route à part eux.

Un panneau « à vendre » indiquait l'entrée de la propriété. Huit cents hectares de terre dévolue à la culture du soja et du maïs. Sa femme et lui étaient trop vieux pour continuer à l'exploiter. Ils espéraient trouver un acheteur avant le début de la saison prochaine pour pouvoir passer leur retraite plus près d'Aurélie, leur fille. À une centaine de mètres de là, les fenêtres éclairées d'une maison brillaient dans la nuit. Une femme apparut sur le seuil, emmitouflée dans une veste polaire. Elle les regarda descendre du véhicule avec un mélange de curiosité et d'appréhension.

— J'en ai pour une petite minute, dit alors Roger sur un ton d'excuses. Vous savez comment sont les femmes.

Zoé et son ravisseur restèrent devant la Citroën, observant le couple. Quand son mari lui eut expliqué dans les grandes lignes la situation dans laquelle ils se trouvaient, l'agricultrice se fendit d'un sourire et dévala les quelques marches du perron pour les accueillir.

— Venez à l'intérieur, mes enfants ! Vous allez attraper la mort ! dit-elle en entourant Zoé de ses bras maternels et protecteurs.

23

Marianne Deconti habitait dans une maison de ville située dans un quartier reculé de Nice, à fleur de colline. Il n'y avait pas de place de parking, chaque maison disposant de son propre garage. Le capitaine Dorsey n'avait pas d'autre choix que de se coller au plus près du mur pour ne pas gêner la circulation qui, de toutes les façons, était quasi inexistante, la route n'étant empruntée que par les riverains.

— Je vais aller voir, dit-il en se tournant vers Anthony. Restez ici.

Celui-ci le suivit du regard jusqu'au moment où il tourna dans l'impasse qui menait à l'entrée de la maison. Alors, sans perdre une minute, il retira sa ceinture de sécurité et sortit de la voiture. Il venait d'arriver devant l'entrée quand il aperçut Dorsey, immobile sur le seuil. En le voyant dégainer son arme, il comprit que quelque chose n'allait pas.

— Qu'est-ce qui se passe ?

D'un geste brusque, l'officier lui intima l'ordre de se taire et d'un autre de rester à l'écart. Mais Anthony n'avait aucune intention de retourner à la voiture. Son regard se posa sur la porte d'entrée. Celle-ci était restée entrouverte. Alors, sans même réfléchir à ce qu'il faisait, il se rua à l'intérieur, bousculant le gendarme au passage.

— Zoé !

Il traversa le couloir en trombe.

— Zoé !

Personne dans le salon.

— Zoé ?

La cuisine était sens dessus dessous. Quelque chose s'était passé ici, mais Anthony n'arrivait plus à réfléchir tant ses pensées se télescopaient au rythme des battements de son cœur.

— Merde, Lavera ! Vous tenez à vous faire trouer la peau ? Sortez d'ici tout de suite !

— Il faut trouver Zoé ! Elle est peut-être dans une des chambres à coucher !

— Je m'en occupe, d'accord ? Retournez à la voiture et appelez du renfort.

Anthony le regarda disparaître dans le couloir. S'il avait eu son arme sur lui, il l'aurait suivi. Moins d'une minute plus tard, le gendarme lui annonçait que la maison était vide.

— Dites ! Je ne vous avais pas dit de retourner à la voiture ?

Le capitaine Dorsey rengaina son arme.

— Et derrière cette porte ? demanda brusquement Anthony. Vous avez regardé ?

Le gendarme sembla la remarquer pour la première

fois. Un miroir était collé sur toute la hauteur du battant, ce qui expliquait qu'on ne la remarquait pas au premier abord. Ce pouvait être un débarras ou, comme il le découvrit en abaissant la poignée avec précaution pour ne pas laisser ses empreintes, un accès au soubassement. Une volée de marches en bois apparurent sous le halo jaunâtre d'une ampoule qui pendait depuis le plafond. Quelqu'un y était descendu récemment, car la lumière était restée allumée. Anthony avait peur de ce qu'il allait découvrir, mais son instinct lui disait qu'il fallait qu'il aille voir.

— Je passe le premier, dit alors le gendarme qui avait compris ses intentions.

Les bras tendus en position de tir, le capitaine Dorsey descendit une première marche, puis une seconde. Lorsque ses chaussures touchèrent le sol en béton, il rangea son arme.

— Vous pouvez venir.

Anthony dévala les escaliers en moins de temps qu'il ne faut pour le dire. Ce qu'il découvrit alors le cloua sur place. Des couvertures roulées en boule gisaient à terre ainsi qu'un plateau avec les restes d'un repas. Zoé avait été séquestrée ici. Il en était certain. Il percevait les notes florales de son parfum, emprisonnées dans l'air confiné de la cave.

— Nous sommes arrivés trop tard, dit-il la voix brisée par l'émotion.

Il se laissa tomber à genoux. Tout ça, c'était sa faute.

— Hé, Lavera ! Venez voir par là.

Les deux hommes se faisaient face, accroupis, observant une boucle d'oreille restée accrochée au fil de trame de la couverture.

— C'est à Zoé !

— Vous êtes affirmatif ?

— Oui. J'en suis sûr. Alors, qu'est-ce qu'on fait maintenant ?

Dorsey se remit debout.

— Je vais contacter mes collègues de la police nationale. Il faut faire venir l'identité judiciaire. Et il va falloir interroger les voisins pour voir s'ils ont vu quelque chose, un véhicule par exemple.

Anthony se redressa à son tour.

— En bref, vous me dites qu'il va falloir attendre.

— Je suis désolé, mais c'est ce qu'il y a de mieux à faire pour l'instant.

24

Chantal Pasteur avait disparu dans la cuisine, laissant à son mari le soin de s'occuper de leurs invités. Celui-ci s'était empressé d'enfourner de nouvelles bûches dans la cheminée.

— Approchez-vous. Venez vous réchauffer.

Zoé et son ravisseur se tenaient debout près de l'âtre. Il lui avait entouré les épaules comme l'aurait fait un mari avec sa jeune épouse. Mais Zoé percevait sa crispation. Il était aux aguets, prêt à se servir de l'arme dont la crosse se devinait à l'arrière de son jean, tout juste recouverte par les pans de sa chemise. Peut-être qu'elle pourrait essayer de s'en emparer. Tandis qu'elle échafaudait un plan pour passer à l'action, son regard s'attarda sur le linteau de la cheminée où des photos encadrées retraçaient les événements qui avaient marqué la vie d'Aurélie, la fille unique de leurs hôtes. Aurélie, bébé dans les bras de Roger à la maternité, à deux ans faisant ses premiers pas, à huit arborant un sourire édenté, à seize, le visage constellé de boutons d'acné. Le cliché le plus récent montrait une jeune femme épanouie, en robe de mariée, posant aux côtés de son mari. Zoé n'avait aucun mal à imaginer la suite. Elle verrait bien une photo de Roger à nouveau un bébé dans les bras, sauf que cette fois-ci, il s'agirait de sa petite fille. Et la boucle serait bouclée. À condition qu'ils ne se fassent pas tous tuer cette nuit, raison pour laquelle elle décida de ne rien tenter. Pour le moment...

— Comment s'appelle-t-il ? demanda alors Johan en désignant le chien qui venait de se frotter contre sa jambe en remuant lentement la queue.

— Toufou, répondit le fermier.

Zoé regarda l'animal qui fermait les yeux sous les caresses de Johan. Lorsqu'elle avait aperçu le panneau "attention au chien" à l'entrée de la propriété, elle s'était attendue à un molosse tout en muscles et crocs baveux, mais c'est un épagneul au grand âge qui avait pointé le bout de son museau avant de retourner à l'intérieur.

— Oui, je sais qu'il n'en a pas l'air comme ça, enchaîna son maître. Il faut dire qu'il a douze ans.

Toufou semblant avoir eu son quota de caresses pour la soirée, retourna doucement dans son panier, près de la cheminée.

— Bon sang ! Ça va nous faire tout drôle quand il sera plus là. Hein, mon vieux ?

L'épagneul leva un sourcil avant de refermer les yeux en soufflant. On aurait dit un pépé qu'on avait dérangé pendant sa sieste.

— Y'a plus d'eau chaude ! hurla Chantal depuis la cuisine où elle s'affairait pour finir de préparer le dîner.

— J'y vais ! hurla Roger en retour.

Puis, se tournant vers ses invités, il ajouta, plus posément cette fois :

— Je vais relancer la chaudière, comme ça, vous aurez de l'eau chaude si vous souhaitez prendre une douche avant de vous coucher.

Zoé et son ravisseur se retrouvèrent seuls dans le salon. La pièce était encombrée de meubles de famille qui la faisaient paraître plus petite que ce qu'elle était en réalité. Bibelots divers et trophées de chasse, se disputaient le moindre centimètre carré. Et au milieu de ce capharnaüm d'un autre âge, un téléviseur à écran plat faisait figure d'intrus. Son ravisseur l'avait remarqué lui aussi. Leurs regards se croisèrent et elle sut alors qu'il se posait les mêmes questions qu'elle. Le couple avait-il regardé les infos ? Et si oui, avaient-ils fait le rapprochement entre elle et cette femme disparue ?

Un bruit de vaisselle cassée attira leur attention. Chantal Pasteur était stressée par leur présence, mais pas nécessairement pour les raisons qu'ils avaient imaginées.

Une assiette en porcelaine gisait en morceaux sur le linoléum de la cuisine.

— Quelle gourde je fais !

Chantal avait sorti le service qu'elle réservait aux grandes occasions. Elle tenait à les recevoir comme il se devait. À quatre pattes, elle s'échinait à ramasser les tessons de porcelaine.

— Laissez, je vais le faire, dit alors Zoé, mais Johan la devança.

Il aida Chantal à se relever et lui demanda une pelle et une balayette. Zoé l'observait tandis qu'il ramassait les fragments épars. Il lui tournait le dos. La crosse du pistolet faisait une saillie sous sa chemise. La tentation était trop grande. Il fallait qu'elle saisisse sa chance. Cela ne prendrait que quelques secondes. Elle pouvait le faire. C'était maintenant ou jamais. Elle délia ses mains, se baissa légèrement, cessa de respirer. *À trois j'y vais*, se dit-elle. *Un, deux...*

— Qu'est-ce que t'as encore fait !

Roger venait de faire irruption dans la cuisine. Au bord de la crise cardiaque, Zoé avait reculé jusqu'à ce que son dos heurte le plan de travail.

— Non, mais ça va pas de crier comme ça ! hurla Chantal qui avait fait tomber une autre assiette. Tu pourrais prévenir quand même ! Regarde ce que tu m'as fait faire!

Seul Johan restait impassible, absorbé, semblait-il, dans la contemplation d'une goutte de sang qui s'était formée au creux de sa paume.

— Oh, mais vous vous êtes coupé ! s'exclama Chantal. T'as vu ? C'est ta faute ça.

— Je suis désolé, bredouilla le mari.

— Oh, mais va donc chercher la trousse de premiers secours au lieu de rester planté là !

Zoé croisa le regard de Chantal. De toute évidence, celle-ci attendait qu'elle joue son rôle de parfaite épouse. Ce qu'elle fit.

— Fais voir, *chéri*, dit-elle alors à cet homme qui n'avait rien à envier au diable.

Il était pâle. Était-ce la vue du sang qui le perturbait ou bien tout cela n'était-il qu'un jeu d'acteur parfaitement maîtrisé ? S'était-il aperçu de son manège quand elle avait essayé de lui prendre son arme ?

— Ce n'est rien, Zoé.

Elle le gratifia d'un sourire forcé tandis qu'elle l'accompagnait jusqu'à l'évier. Sans le quitter des yeux, elle guida sa main sous le jet d'eau froide. Le saignement sembla se tarir, alors il examina la plaie, avec une froideur clinique, comme s'il s'agissait de la main de quelqu'un d'autre, écartant doucement les bords de l'entaille pour en apprécier la profondeur.

— Voilà, j'ai tout ce qui faut ! annonça Roger qui avait probablement eu son lot de blessures à la ferme.

Il avait ramené un carton plein à ras bord. Antiseptiques, antibiotiques, gaze stérile, sparadraps, pommades, aspirine et même différents sirops pour la toux. Il avait littéralement vidé leur pharmacie.

L'air grave, Johan fit mine de regarder dans le carton.

— Est-ce que vous avez du fil et une aiguille ?

Les fermiers échangèrent un regard perplexe.

— Je plaisante, Roger. Un simple pansement fera l'affaire.

Chantal porta une main à sa poitrine.

— Oh, bon sang vous nous avez bien eus ! s'exclama Roger. J'ai vraiment cru que vous vouliez vous recoudre. Comme Rocky dans...

— Mais non, voyons, tu te trompes de film.

— Ben, si, c'est bien Stallone qui se recoud tout seul. Il enfonce l'aiguille dans sa peau, là, comme ça, fit-il en joignant le geste à la parole.

— Oui, mais c'est dans Rambo, pas Rocky.

— T'es sûre ?

— Ben oui. N'est-ce pas que j'ai raison les enfants ?

Et la conversation dériva sur d'autres films du même

genre tandis qu'ils passaient à table. Zoé observait Johan tandis qu'il aidait Chantal à mettre le couvert. C'était difficile de ne pas se laisser séduire par son numéro de charme. Leurs hôtes, en tout cas, étaient conquis.

— Ça fait tellement longtemps qu'on n'a plus de visites, dit alors Chantal en mettant la cocotte au centre de la table.

Il flottait dans l'air un parfum de pain chaud et de ragoût qui avait mijoté plusieurs heures.

— C'est un plat tout simple, sans chichis, ajouta-t-elle avec une pointe de regret dans la voix.

— Ça sent très bon, dit Zoé qui faisait de son mieux pour paraître normale.

C'est alors que Johan, c'est en tout cas de cette façon qu'il fallait le nommer, que ce soit son véritable prénom ou un simple emprunt, se pencha au-dessus de la cocotte pour en soulever le couvercle.

— Oh ! fit-il en humant le fumet, les paupières mi-closes. Ça me fait penser à un plat que faisait ma mère. On va se régaler.

Cela avait suffi à redonner le sourire à Chantal qui, pleine d'entrain, les incita à prendre place autour de la table. Zoé laissa Johan la servir. Il avait l'attitude du mari prévenant, mais elle savait que cette sollicitude n'était qu'une manière de la contrôler. Néanmoins, dans l'intérêt des parents d'Aurélie, elle s'efforçait de donner le change, croisant les doigts pour que leur petit numéro soit suffisamment convaincant. Assis côte à côte, ils écoutaient Roger. Le fermier avait des tonnes d'anecdotes à raconter. Tel un vétéran parlant de ses blessures de guerre, il commença par leur raconter comment il s'était brisé la hanche en tombant d'une échelle, enchaîna sur un autre accident qui lui avait coûté une phalange. Chantal qui les avait déjà entendues un bon millier de fois, se leva pour emporter la cocotte vide dans la cuisine.

— Alors, comment vous êtes-vous rencontrés ? demanda-t-elle en revenant avec un plateau de fromages qu'elle posa au centre de la table.

Roger se tut, intéressé lui aussi par la réponse. Zoé s'apprêtait à inventer quelque chose quand Johan, lui pressa doucement la main.

— J'ai vu son portrait, répondit-il.

Chantal et Roger attendaient la suite.

— Oui… nous avons un ami commun, expliqua Zoé, prenant le relais. Un artiste peintre… J'avais posé pour lui et il a gardé le tableau chez lui…

— C'était un dessin, pas une peinture, rectifia Johan en la dévisageant. Une étude au crayon pour être tout à fait précis.

Zoé fronça les sourcils. Pourquoi faisait-il cela ? Pourquoi avait-il fallu qu'il invente une histoire aussi compliquée, ajoutant des détails inutiles qu'il leur serait trop facile d'oublier au risque d'éveiller les soupçons de leurs hôtes ? S'il y avait bien une règle à respecter en matière de mensonge, c'était celle de s'en tenir à des généralités. Trop tard, il lui fallait improviser.

— Oui, comme tous les peintres, il…

— Albert, l'interrompit à nouveau Johan.

— C'est ça, Albert avait d'abord fait une esquisse. J'avais emporté le tableau fini chez moi, mais il avait gardé le dessin. Tu l'as vu un jour en allant chez lui, n'est-ce pas ?

Johan l'écoutait à peine.

— Je l'ai tenu dans mes mains, dit-il sans la quitter des yeux. J'étais subjugué. Je me demandais qui elle était.

Son regard parcourait les lignes de son visage comme s'il le superposait mentalement à ce dessin qui n'avait jamais existé ailleurs que dans leurs mensonges.

— Tes cheveux étaient différents, ajouta-t-il.

Zoé ne put s'empêcher de tressauter quand il glissa ses mains dans sa nuque pour retirer l'élastique qui avait maintenu ses cheveux jusque-là.

— Ils ondulaient sur tes épaules. Comme ça...

Doucement, il ramena les mèches indisciplinées vers l'avant comme s'il cherchait à faire correspondre le portrait avec son modèle. Leurs regards se croisèrent à nouveau et Zoé sut alors qu'il ne jouait pas la comédie. Ou alors il méritait un Molière.

Consciente que leurs hôtes les observaient toujours, elle s'empressa de conclure.

— Et Robert... je veux dire, Albert, nous a permis de nous rencontrer en nous invitant tous les deux à un de ses vernissages. Et voilà ! On s'est revus, on est tombés amoureux et...

— Vous vous êtes mariés, dit Chantal en lui prenant la main.

Tandis qu'elle examinait l'alliance qu'Anthony lui avait passée au doigt la veille de son enlèvement, Zoé en profita pour changer de sujet. Il fallait faire diversion, et vite !

— Et votre fille, Aurélie ? Ça fait longtemps qu'elle est mariée ?

Comme elle l'avait espéré, Chantal mordit à l'hameçon avec enthousiasme.

— Va chercher l'album, ordonna-t-elle à son mari qui en profita pour faire un détour aux toilettes.

Décidée à tout connaître de la vie d'Aurélie, Zoé s'employait à relancer la conversation en leur posant toutes sortes de questions. Où avait-elle étudié ? Aimait-elle son métier ? Voulait-elle des enfants ? Le sujet était inépuisable, lui semblait-il. Non pas que la vie de cette Aurélie ait été particulièrement intéressante ou passionnante, mais parce que c'était encore la meilleure façon de détourner l'attention de leurs hôtes. Plus ils étaient occupés à parler d'eux-mêmes et moins ils leur poseraient de questions. Le dîner touchait à sa fin et Zoé pensa que le danger était passé. Mais c'était sans compter sur la curiosité de Chantal.

— Et vous ? Est-ce que vous voulez des enfants ?

Zoé et Johan tressaillirent, décontenancés par la question.

— Heu...

Zoé avait ouvert la bouche en premier, mais ne savait pas quoi répondre. Johan avait les yeux rivés sur ses lèvres, comme s'il essayait de deviner ce qu'elle allait dire, mais justement, elle était à court d'histoires bidon. Elle était trop fatiguée pour continuer à s'inventer une vie de couple avec l'homme qui tôt ou tard mettrait un terme à la sienne. Elle se tourna vers celui-ci, mais lui non plus ne semblait pas plus à l'aise. Heureusement, Roger vola à leur secours.

— Arrête un peu de les enquiquiner ! Tu vois bien

qu'ils sont trop polis pour te dire de te mêler de tes oignons !

Il se leva et d'un regard complice, les incita à l'imiter. Il se dirigea d'un pas traînant, souvenir de sa fracture de la hanche, vers les escaliers qui menaient à l'étage.

— Venez, je vais vous montrer votre chambre.

25

La chambre d'Aurélie se trouvait au premier étage, au fond du couloir. Spacieuse et confortable, dotée d'un lit double flambant neuf, elle était toujours prête au cas où leur fille déciderait de débarquer à l'improviste avec son mari, ce qui ne devait pas arriver aussi souvent qu'ils l'espéraient étant donné l'odeur de renfermé qui flottait dans l'air. Roger ouvrit un placard. Côté étagères se trouvaient des draps propres et du linge de bain. Côté penderie, des vêtements passés de mode qu'Aurélie n'avait pas emportés dans ses valises lorsqu'elle avait quitté l'exploitation familiale pour prendre son envol vers la grande ville.

— Prenez ce que vous voulez, dit alors Roger en se tournant vers Zoé. Surtout, ne vous gênez pas. Elle ne les met plus de toute façon.

Chantal venait de les rejoindre dans la chambre, les bras chargés de vêtements d'homme.

— Je crains qu'ils ne soient trop larges pour vous, dit-elle à l'attention de Johan. En tous les cas, ils sont propres si vous les voulez quand même.

Zoé avait de la chance puisque Aurélie faisait une taille trente-six, comme elle.

Roger dut encore insister pour faire sortir sa femme de la chambre et referma la porte en leur adressant un clin d'œil.

Zoé faisait mine de s'intéresser à un chemisier, mais dès que la porte se referma, le cintre lui glissa des mains.

— Je crois que je vais vomir, lâcha-t-elle en se laissant tomber sur le lit.

Johan restait debout, près de la porte. Elle n'aurait jamais cru se sentir aussi soulagée de se retrouver seule avec lui. Le plus dur était passé. Demain, ils s'en iraient et les gentils fermiers s'en sortiraient sains et saufs. Pourtant, Zoé était mal à l'aise. Chantal l'avait dévisagée toute la soirée. Son portrait avait dû être diffusé sur les chaînes de télévision et elle était à peu près certaine que la femme de Roger avait remarqué la ressemblance entre elle et la jeune femme disparue que tout le monde recherchait. Restait à savoir si Johan, ou quel que soit son vrai nom, l'avait remarqué lui aussi. C'est alors qu'elle se dit que *Johan* était un prénom bien singulier pour qu'il l'ait inventé. Dans le cas contraire, cela signifiait qu'il était en train de recouvrer la mémoire.

— Restez ici, dit alors l'homme qui occupait ses pensées.

— Où allez-vous ?

Il disparut dans le couloir sans lui répondre.

— Qu'est-ce que vous faites ? demanda-t-elle, en le rattrapant en haut des escaliers.

Il se tourna vers elle, l'index posé sur les lèvres pour lui indiquer de ne pas faire de bruit. Roger était redescendu rejoindre sa femme au rez-de-chaussée. Leur conversation était entrecoupée de bruits de vaisselle qui s'entrechoque. Ils firent encore quelques pas pour écouter. Cette fois, des mots leur parvenaient plus distinctement. À aucun moment il ne fut question de prévenir les gendarmes ou encore de la ressemblance entre Zoé et cette femme disparue, mais plutôt de faire réparer la chaudière ou d'appeler leur fille pour prendre de ses nouvelles.

— Je prends le côté gauche si ça ne vous fait rien, dit Johan quand ils eurent regagné la chambre.

Il verrouilla la porte et mit la clé dans sa poche. Assise au bord du lit, Zoé le regarda poser le pistolet sur la table de chevet. Mais, alors qu'il croisait son regard, il se ravisa et le coinça à nouveau dans son jean, à portée de main.

— Ça va nous faire du bien de dormir dans un vrai lit, dit-il en s'allongeant sur la couette.

Le matelas pencha aussitôt de son côté et Zoé glissa imperceptiblement vers lui jusqu'à ce que leurs coudes se touchent. Elle se redressa brusquement. Trop sans doute, car la tête lui tournait.

— Nous avons encore de la route à faire demain, poursuivit-il.

Zoé se demandait comment il allait trouver de l'argent pour faire le plein. D'après ses estimations, ils étaient encore à trois heures de route de la Forêt des Louves. Il devait sûrement avoir un plan. Les hommes comme lui avaient toujours un plan. Peut-être qu'il avait prévu de voler la C15 de Roger demain matin, après s'être débarrassé de celui-ci et de sa femme. Peut-être que...

— Vous devriez vous détendre.

Zoé tressaillit, surprise dans ses pensées par cet homme qui ne cessait de l'intriguer.

— Qu'est-ce qu'il y a là-bas, dans cette forêt ? demanda-t-elle.

— Vous m'avez déjà posé la question.

— Je sais, mais vous auriez pu vous souvenir de quelque chose.

Il se tourna vers elle.

— Me souvenir ? C'est à cause de ce que j'ai dit à table ? À cause du portrait ?

Zoé n'avait jamais envisagé que cela puisse être un réel souvenir.

— Non, ça vous l'avez inventé.

— Comment pouvez-vous en être si sûre ?

— Parce que si j'avais posé pour un peintre, nommé Albert de surcroît, je crois que je m'en souviendrais.

Il se tut quelques instants, comme s'il réfléchissait à la question.

— Peut-être que ce portrait a été réalisé à votre insu, à partir d'une photo, par exemple, ou d'une vidéo.

— Vous voulez dire que vous avez vraiment vu un dessin me représentant ?

Il hésita puis secoua la tête.

— Probablement pas. L'important c'est que Chantal et Roger y aient cru, non ?

Il lui prit la main comme l'avait fait la fermière pendant le dîner.

— Chantal a raison, c'est une belle bague, dit-il. Est-ce que c'est Anthony qui vous l'a offerte ?

Zoé sentit le sang refluer de son corps.

— Qui vous a parlé de lui ?

— Vous. En dormant.

— Quoi ?

— Et vous ronflez aussi.

— Je ne vous crois pas.

— Ah si, je vous assure. Anthony ne vous l'a jamais dit ?

Zoé était abasourdie. Que savait-il d'autre sur sa vie ?

— Vous m'avez espionnée ! C'est ça ? Depuis combien de temps préparez-vous mon enlèvement ?

Il mit une main sur sa bouche, étouffant ses paroles. La tête tournée vers la porte, il écoutait, mais leurs hôtes n'avaient, semblait-il, pas entendu ses éclats de voix.

— Je vous ai dit la vérité, dit-il tout bas. Vous avez prononcé son prénom plusieurs fois dans la voiture, quand nous avons passé la nuit à côté de la bergerie.

Zoé baissa le regard.

— Vous me croyez ?

Elle hocha la tête. Il avait toujours sa main plaquée sur sa bouche.

— Vous êtes calmée ?

Nouveau hochement de tête.

Il retira sa main et la regarda tandis qu'elle s'essuyait les lèvres.

— Vous êtes tout le temps en train de la tripoter, reprit-il. C'est comme si vous essayiez de l'enlever.

Zoé baissa le regard et vit ses doigts qui trituraient l'alliance. Un geste machinal dont elle n'avait pas eu conscience jusque-là.

— C'est parce que vous me rendez nerveuse.

Il soupira et plaça un bras derrière sa tête tout en regardant le plafond.

— Il est flic, n'est-ce pas ? enchaîna-t-il. Et ce pistolet, c'est le sien, pas le vôtre. Vous, vous êtes danseuse. Je l'ai lu dans le journal, à la station-service.

— Ça ne veut pas dire que je ne sais pas me servir d'une arme.

Johan sourit.

— Je vois. J'imagine que votre mari vous a donné des cours particuliers.

Zoé se tut, le cœur battant.

— Est-ce que vous avez des enfants ?

— Quoi ?

— Je repensais à la question de Chantal, au sujet des enfants.

Zoé devait avouer que la question s'était en effet posée pour plusieurs de ses collègues, mais pas pour elle. Plus maintenant, en tout cas.

— Ah… heu… Non. Pas encore.

— C'est à cause de votre carrière… ou de votre tumeur ?

Zoé resta interdite. Comment pouvait-il savoir ? L'avait-il lu dans le journal ? Pendant un court instant, elle imagina son neurologue répondre aux questions des reporters. Ce secret qu'elle avait réussi à garder au cours de ces derniers mois aurait-il été révélé au su et au vu de tous ?

— C'est vous qui me l'avez dit, vous ne vous en souvenez pas ? dit-il alors.

Elle croisa les bras sur sa poitrine.

— Je vous faisais marcher, dit-elle sur la défensive.

Il planta son regard dans le sien.

— Les tumeurs au cerveau peuvent provoquer des crises d'épilepsie, continua-t-il. C'est pour ça que vous prenez un traitement préventif.

— Pensez ce que vous voulez.

— Depuis quand le savez-vous ?

Zoé se força à le regarder dans les yeux, prête à mentir à nouveau, quand l'expression de son visage l'arrêta. Était-il inquiet à son sujet ? Triste ?

— Pourquoi est-ce que vous faites çà ? Pourquoi est-ce que vous faites semblant de vous intéresser à moi ?

— Je ne fais pas semblant. Je pensais que vous l'aviez compris. Mais je comprendrais que vous ne vouliez pas en parler.

— Je le sais depuis trois mois. Voilà. Vous êtes content ?

— Comment l'avez-vous découvert ?

Elle soupira.

— J'ai fait une chute pendant les répétitions d'un ballet dans lequel je devais tenir un rôle de soliste. Mon partenaire n'a pas assuré sa prise et je suis tombée en avant, tête la première. C'est aux urgences qu'on me l'a annoncé. Un gliome de bas grade.

Il sourit faiblement.

— C'est une tumeur bénigne.

— Il paraît. Cependant le neurologue que j'ai consulté peu après m'a expliqué que cela pouvait évoluer en cancer et que je devais me faire opérer. Le problème c'est que la tumeur est mal située. Si j'accepte l'opération, alors il se pourrait que je ne puisse plus jamais danser.

Il fronça les sourcils.

— Et ce serait si terrible ?

Elle le regarda comme s'il venait d'une autre planète, ce qui était vrai, d'une certaine façon. Que pouvait-il savoir des heures d'entraînement qu'elle faisait subir à son corps, de la concurrence farouche avec les autres danseuses de la compagnie qui, toutes, rêvaient de briller. Elle ne pouvait pas se permettre d'arrêter, ne serait-ce que quelques mois.

— Vous ne pouvez pas comprendre.

— Alors expliquez-moi.

Elle prit une lente inspiration, cherchant les mots adéquats pour exprimer ce qu'elle ressentait.

— Lorsque je suis sur scène, mon corps ne m'appartient plus. La douleur physique et la tristesse s'envolent. Mon esprit se vide pour communier avec la musique et les autres danseurs. Je deviens une autre. C'est grisant. J'en ai besoin pour me sentir bien. C'est comme…

— Une drogue, dit-il.

Elle se tourna vers lui, souriant malgré elle.

— Je ne pourrais pas m'en passer. Danser, c'est toute ma vie.

Il hocha la tête, comme un psychiatre méditant les dernières paroles de sa patiente.

— Quoi ? fit-elle à demi amusée. Vous me prenez pour une folle ?

— Vous êtes passionnée, ce n'est pas pareil. Je me demandais seulement si ça valait la peine de mourir pour une passion.

—Je n'ai pas dit que je ne me ferais jamais opérer. Seulement, je trouve que c'est trop tôt pour mettre un terme à ma carrière. Après tout, je me sens bien. Je me disais que dans la mesure où je n'avais pas de symptômes, je pourrais continuer à danser jusqu'à l'âge de la retraite.

Il faillit s'étrangler de surprise.

— Ne faites pas cette tête ! Chez nous, la retraite c'est quarante-deux ans. Ce qui me laisse un répit de (elle fit mine de compter sur ses doigts) disons, quinze ans, ce qui est largement suffisant pour que je réalise mon rêve.

— Votre rêve ?

— Devenir danseuse étoile, bien sûr. À quoi d'autre peut bien aspirer une danseuse ?

— Et si vous n'y parvenez pas ?

Zoé ne répondit pas. L'échec n'était pas une option à laquelle elle voulait penser.

— Vous jouez avec le feu. Ce genre de tumeur est assez imprévisible.

— Eh bien, vous avez un avis bien tranché sur la question, à croire que vous avez fait ça toute votre vie.

Il se tut et Zoé vit la confusion dans son regard, car de toute évidence ses connaissances médicales étaient bien au-dessus de la norme.

— C'est l'avis d'un spécialiste qu'il vous faut, pas le mien.

Elle soupira.

— Si ça peut vous rassurer, mon neurologue m'a adressée à un neurochirurgien réputé pour s'occuper des cas difficiles. Il paraît qu'il n'y a pas mieux sur la place.

— Ah… et que vous a-t-il dit ?

— Rien. Je ne l'ai pas rencontré. L'hôpital m'a appelée la semaine dernière pour me dire que le rendez-vous était annulé et qu'on me recontacterait pour convenir d'une nouvelle date. J'attends toujours…

— Et Anthony, il en pense quoi ?

Zoé tressaillit, surprise.

— Il ne sait rien. En fait je ne l'ai dit à personne. Vous êtes le premier à qui j'en parle…

— Votre mari a le droit de savoir, vous ne croyez pas ?

Zoé leva les yeux au plafond.

— Mon mari… Je n'ai pas de mari. Anthony est mon beau-frère, avoua-t-elle en frappant le matelas du plat de sa main.

Johan se redressa sur son coude pour la dévisager.

— Votre beau-frère ? Alors, lui et vous…

Ce fut au tour de Zoé de soupirer.

— Cette bague appartenait à Gabriela.

— Comment se fait-il que vous ayez l'alliance de votre sœur en votre possession ?

— Vous ne le savez vraiment pas ?

Johan se redressa complètement et finit par s'asseoir en tailleur.

— Je ne vois pas ce que ça a à voir avec moi. À moins que…

Il se tut.

— Ça a un rapport avec sa disparition, c'est ce que vous voulez dire ? reprit-il, l'air consterné.

— Toutes les familles des victimes ont reçu un objet ayant appartenu à la personne disparue. Pour Klaudia c'était des boucles d'oreilles, pour Selma, un collier, pour Laura, un bracelet.

— Et dans le cas de votre sœur, son alliance.

— C'est Anthony qui l'a reçue, précisa-t-elle. Un mois après la disparition de Gabriela.

— Ça a dû être un choc. Je suis vraiment désolé.

Ses paroles de réconfort semblaient si naturelles que pendant un instant, Zoé oublia qu'elles venaient de l'homme qui était responsable d'autant d'horreurs.

— Et ce n'est pas le pire, dit-elle. Il y a aussi les cartes postales avec un message rédigé dans la langue maternelle de la victime. Un message adressé aux familles qui disait "Je vous aime". Il s'est avéré que chacune d'entre elles indiquait l'endroit où se trouvait le corps.

— Mais alors, vous devriez savoir où se trouve votre sœur, non ?

Zoé secoua lentement la tête.

— Non, dans notre cas, il n'y avait que la bague.

Elle regarda à nouveau le bijou. Une alliance en or, sertie de huit diamants, qui n'avait rien à faire à son doigt.

— Vous permettez ?

Zoé lui abandonna sa main une nouvelle fois.

— C'est une belle bague, reprit-il. Mais de toute évidence, elle n'est pas à votre taille.

Et comme pour illustrer son propos, il appuya sur l'extrémité de son annulaire, au niveau de la partie charnue. Zoé se redressa, surprise.

— Je n'ai rien senti.

— Je sais. Il faudrait la retirer. Elle vous coupe la circulation.

Zoé avait déjà essayé, mais elle préféra garder ce détail pour elle.

— Venez.

Il l'entraîna vers la salle de bains. Il frotta sa main avec du savon et en badigeonna son doigt jusqu'à ce qu'il soit complètement recouvert de mousse.

— Ça risque de vous faire mal, fit-il en plantant son regard dans le sien.

Zoé ne trouva rien à dire. Sa sollicitude envers elle la déstabilisait.

— Prête ?

Elle hocha la tête. Il fit tourner l'anneau, le faisant glisser vers le haut, tirant doucement sur l'articulation. Elle étouffa un gémissement.

— Ça va ?

Elle se contenta de hocher la tête, examinant son doigt boursouflé. Il rinça la bague et l'essuya avant de la lui rendre. Zoé regarda l'anneau qui reposait au creux de sa main. Des larmes coulaient sur ses joues.

— Zoé…

Elle s'essuya vivement le visage avec ses mains.

— C'est rien, dit-elle, sans le regarder. Sans doute la fatigue et le stress.

Il effleura sa joue. Il avait de belles mains, pensa-t-elle. Fines et agiles comme celles d'un pianiste ou d'un peintre. Elle ferma les yeux, laissant aller sa joue contre sa paume. Aucune callosité, aucune rugosité. De toute évidence, il n'exerçait pas un travail manuel, pas comme un artisan ou un ouvrier pourrait le faire en tout cas. Là encore, ça ne correspondait pas. L'homme que recherchait Europol exerçait un travail manuel, peu qualifié, mais méticuleux, dans le bâtiment ou la restauration, par exemple. Soit le profil était faux, soit l'homme qui la tenait dans ses bras n'était en définitive pas l'assassin de sa sœur. En cet instant, elle avait besoin de le croire. Aucun homme, à commencer par son propre père, ne s'était montré aussi attentionné envers elle. Elle tressaillit lorsque ses doigts caressèrent sa nuque. Chaque fois qu'il la touchait, elle se sentait comme après un bain chaud, à la fois apaisée et vidée de toute énergie. Anesthésiée.

— J'ai envie de vous embrasser.

Les mots qu'il venait de prononcer restèrent suspendus dans l'espace.

Elle secoua la tête, voulut reculer, mais son corps resta immobile, comme coulé dans du plomb alors qu'il s'avançait vers elle. Il l'attira contre lui, caressa son dos, enserra sa taille. Zoé aurait voulu protester, mais déjà son corps s'enflammait tandis que leurs langues se cherchaient, s'emmêlaient. Elle aurait dû le mordre, le griffer. Mais au lieu de cela, elle lui rendit son baiser tandis que sa main se faufilait sous sa chemise. C'est alors que le souvenir de Marianne Deconti s'immisça entre eux. Elle imagina ces mêmes doigts, longs et fins qui s'enroulaient autour du cou de l'infirmière, et la surprise qui avait dû la saisir en comprenant qu'il était en train de la tuer.

— Vous tremblez, dit-il en la repoussant doucement.

C'était un euphémisme. Son corps entier, à présent, était parcouru de secousses incontrôlables. Sans un mot, il l'entraîna dans la chambre, la fit basculer sur le lit, l'aida à allonger ses jambes et remonta la couverture sur elle.

— Je reviens tout de suite.

Zoé eut un soubresaut.

— Pitié ! Ne leur faites pas de mal ! lança-t-elle d'une voix sourde.

Il la regarda, une expression douloureuse sur le visage.

— Ça ne m'a même pas traversé l'esprit.

Il referma la porte derrière lui, la laissant seule dans la chambre. Il allait les tuer, elle le savait. Il fallait qu'elle l'en empêche. Elle trouva la force de se lever. Elle aurait voulu courir dans les escaliers pour voler à leur secours, au lieu de ça elle avançait à tout petits pas, traînant ses pieds sur le parquet. Arrivée à l'escalier, elle s'agrippa à la rampe, attentive au moindre bruit. Elle qui s'attendait à entendre des cris entrecoupés de coups de feu, fut rassurée par la voix calme de Chantal qui répondait à Johan. Impossible de saisir la teneur de leur conversation. Elle s'apprêtait à regagner la chambre quand une idée la traversa soudainement. Il fallait qu'elle trouve de quoi écrire !

Lorsqu'il la rejoignit dans la chambre, quelques instants plus tard, elle était allongée sur le lit, dans la même position, faisant de son mieux pour ne pas paraître essoufflée. Le mot qu'elle avait rédigé à la hâte était sur la table de chevet, plié entre deux pages d'un livre qui avait appartenu à Aurélie. Un exemplaire de poche de *la Princesse de Clèves* que la fille de Chantal et Roger n'avait pas emporté avec elle. Le genre de bouquin qu'on lit au lycée et que, par nostalgie sans doute, on refuse de revendre ou de donner. Zoé l'avait lu, elle aussi. Une histoire d'amour qui se termine mal, mais qui allait peut-être lui sauver la vie.

Johan s'approcha. Il avait rapporté un verre d'eau.

— Tenez, dit-il en s'asseyant au bord du lit.

Il prit sa main et y déposa un comprimé.

— Qu'est-ce que c'est ?

— C'est pour votre bien.

Elle déclina l'offre, mais il insista.

— C'est un myorelaxant, rien d'autre. Je ne voudrais pas que vous fassiez une crise d'épilepsie. Vos médicaments sont restés dans la voiture, mais çà, ça fera l'affaire. Si vous ne me croyez pas, on n'a qu'à appeler Chantal. C'est elle qui me l'a donné pour vous.

Zoé secoua la tête. Moins ils avaient de contact avec les habitants de la maison, mieux c'était. Elle mit le comprimé dans sa bouche et but quelques gorgées d'eau.

— Parfait, dit-il en lui reprenant le verre des mains.

Il l'avait posé sur la table de chevet, juste à côté du livre où elle avait dissimulé son message de détresse. Zoé se raidit. L'intensité de son regard l'avait-elle trahie ? C'est ce qu'elle pensa quand il prit le livre pour le retourner et lire la quatrième de couverture. Il fallait qu'elle trouve un moyen de détourner son attention, avant qu'il ne l'ouvre pour le feuilleter.

— Qui est Camille ? demanda-t-elle à brûle-pourpoint.

Il délaissa *La princesse de Clèves* quelques instants pour la regarder.

— Vous aussi vous parlez en dormant, ajouta-t-elle devant son air perplexe.

— Je ne sais pas.

Il mentait. Zoé en jurerait. Mais déjà son regard revenait au livre.

— J'ai besoin de prendre une douche, dit-elle à court d'idées pour qu'il lâche ce fichu bouquin.

— Bien sûr. Chantal m'a dit qu'il y avait à nouveau de l'eau chaude.

Mais Zoé regrettait déjà son idée. Et si jamais il feuilletait le livre pendant qu'elle était sous la douche ?

Consciente qu'il l'observait, elle décida que c'était un risque à courir. S'il découvrait le mot avant Chantal ou Roger, il pourrait toujours le détruire. Elle entra dans la salle de bains et s'apprêtait à refermer derrière elle quand il leva le bras :

— Laissez la porte ouverte ! C'est une simple précaution, ajouta-t-il plus calmement. Je vous promets que je ne regarderai pas.

— C'est pourtant ce que vous faites, dit-elle alors qu'elle s'apprêtait à déboutonner son chemisier.

Il se tourna de l'autre côté et resta dans cette position pendant qu'elle finissait de se déshabiller. Lorsque leurs regards se croisèrent à nouveau, elle put lire le désir qu'elle lui inspirait. Un sentiment banal chez un homme normalement constitué face à une femme qu'il trouve attirante. Pas pour un homme comme lui, qui détestait les femmes et n'éprouvait du plaisir qu'à travers la domination et le contrôle, la torture et le meurtre.

— Je suis désolé, dit-il alors en se levant.

Il avait disparu de son champ de vision, mais elle n'avait pas entendu la porte de la chambre s'ouvrir ni se refermer. Il était toujours là. Tout près.

— Vous êtes une très belle femme, Zoé. Je ne voulais pas vous mettre mal à l'aise.

Et sur ces mots, il referma la porte de la salle de bains pour lui laisser son intimité. Zoé sentit son cœur faire des bonds dans sa poitrine tandis qu'elle se glissait sous le jet d'eau tiède. Elle qui avait rêvé de cet instant où elle pourrait enfin prendre une douche, c'est tout juste si elle se savonna. *Dépêche !* se dit-elle, en se frictionnant aussi vite que possible. Mais bizarrement, son corps fonctionnait au ralenti. Le savon lui glissa des mains, et elle faillit perdre l'équilibre en sortant de la baignoire. Elle s'épongea maladroitement et pour finir, elle enfila son t-shirt à l'envers.

Lorsqu'elle sortit de la salle de bains, les cheveux encore ruisselants, elle le trouva allongé sur le lit. Malgré ses efforts, elle ne put s'empêcher de regarder vers la table de chevet. Le livre était toujours fermé, mais il lui était impossible de déterminer s'il l'avait feuilleté. Faisant de son mieux pour paraître détendue, elle le rejoignit tandis qu'il se poussait pour lui faire de la place. Zoé s'allongea, s'efforçant de ne pas penser au livre, elle qui n'avait qu'une envie, l'ouvrir pour vérifier que le mot s'y trouvait encore. Si seulement elle pouvait se retrouver seule dans la chambre quelques instants seulement.

— Vous ne prenez pas de douche ? dit-elle alors avec le plus de naturel possible.

— Plus tard.

Il ne détachait pas son regard d'elle. C'était comme s'il attendait quelque chose. Zoé étouffa un bâillement. Elle se sentait engourdie tout à coup, probablement à cause du vin rouge que Roger avait tenu à leur faire goûter, à moins que...

— Qu'est-ce que vous m'avez fait prendre ? parvint-elle à articuler.

— Chhh... Laissez-vous aller. Vous avez besoin de vous reposer.

Il lui caressait doucement les cheveux comme on le fait avec un enfant pour l'aider à s'endormir.

— Ne luttez plus Zoé. Tout ça sera bientôt fini.

Elle résista encore quelques instants, puisant dans le

peu d'énergie qui lui restait, regardant le visage de son ravisseur disparaître dans un trou noir.

26

Zoé avait fermé les yeux depuis seulement cinq minutes, pourtant sa respiration lente et régulière lui indiqua qu'elle dormait profondément. Il s'allongea à ses côtés, calé sur son coude pour pouvoir mieux la contempler. C'était la première fois qu'il pouvait vraiment la regarder, étudier chaque détail de son visage, respirer son odeur, sans que cela suscite sa terreur. Il fit planer sa main au-dessus de son visage, jouant avec les ombres sur sa peau, avant de poser son index au sommet de son front. Il descendit doucement, glissant jusqu'à l'arête de son nez, suivant son profil, dessinant ses lèvres du bout de son doigt, s'attardant sur les petites imperfections, traçant l'ovale de son visage. Ce n'était pas le fruit de son imagination. Ce dessin existait bel et bien. Un portrait fidèle à l'original, poussant la ressemblance jusqu'aux moindres détails, comme cette petite cicatrice de varicelle sur son front. Il ne se souvenait ni où ni quand il l'avait vu. Il n'avait aucune idée de qui l'avait dessiné et dans quelles circonstances, mais l'émotion qu'il avait éprouvée en découvrant son visage pour la première fois, couché sur une feuille de papier Canson, était toujours là. Cette même émotion, à présent décuplée par la présence en chair et en os de cette femme qu'il était destiné à rencontrer. Il remonta la couverture sur elle et se leva. Il récupéra les vêtements que Chantal lui avait apportés et entra à son tour dans la salle de bains, laissant la porte ouverte pour pouvoir jeter un œil de temps à autre sur *la Belle au bois dormant*. Il essuya la buée faisant apparaître son visage dans le miroir. Sa barbe de deux jours disparut sous un nuage de mousse à raser. Il commença par la joue gauche, se tournant de trois quarts pour suivre le trajet du rasoir. Au troisième passage, la lame ripa sur son menton, entaillant sa peau.

— Qui es-tu ? demanda-t-il à l'homme au visage ensanglanté qui lui rendait son regard interrogateur.

Bien que superficielle, la plaie saignait abondamment. Les traces rouge vif qui maculaient l'émail du lavabo réveillèrent en lui à nouveau ce sentiment de déjà-vu, de déjà-vécu. Sa vision se troubla quelques instants. Il chancela sur ses jambes, sentit le sol se dérober sous ses pieds. Les mains agrippées au lavabo, il ferma les yeux quelques instants. Dans sa tête, des images et des sons tournoyaient, dispersés par un vent mauvais. Des souvenirs, impressions confuses d'un passé qui refusait de se révéler, se heurtaient avec fracas aux parois de son crâne, explosaient en une multitude de fragments indistincts. La nausée l'obligea à rouvrir les yeux. La salle de bains tournait autour de lui comme s'il était au centre d'un manège ensorcelé. Il s'obligea à respirer profondément en espérant que ça passe. Peu à peu, le mouvement décéléra et le décor se stabilisa à nouveau. Il fouilla dans les tiroirs à la recherche de cotons ou de gaze, trouva des disques démaquillants avec lesquels il tamponna doucement sa plaie.

Alors, dans un sursaut, il ouvrit le robinet. Sang et eau se mêlèrent, emportés dans un tourbillon rose pâle. Il ferma le robinet, écouta la tuyauterie éructer comme un ogre après un repas de viande fraîche.

Zoé dormait toujours. Les muscles de son visage étaient relâchés. Les rides qui plissaient son front chaque fois qu'elle posait son regard sur lui avaient disparu, la faisant paraître plus jeune, presque sereine. Il s'allongea à ses côtés. Il l'enviait. Lui aussi aurait voulu pouvoir s'abîmer dans la torpeur du sommeil, mais il avait encore à faire. Chantal et Roger, qui n'avaient pas l'habitude de veiller aussi tard, ne devraient plus tarder à aller se coucher. Mais il lui faudrait encore patienter quelques heures, c'était plus prudent, avant de pouvoir se promener à sa guise dans la maison assoupie.

En attendant, il éteignit la lumière. Les yeux grands ouverts, il se laissait bercer par la respiration de Zoé. « Qui est Camille ? », lui avait-elle demandé.

— Camille, dit-il tout bas.

Et les ténèbres se teintèrent de rouge.

27

Quand elle rouvrit les yeux, Johan était debout, torse nu, regardant par la fenêtre le jour qui se levait sur les champs. Sur son dos, elle distingua un imposant tatouage, des ailes gigantesques recouvraient ses omoplates, se prolongeaient sur la face postérieure de ses bras de sorte que, s'il les écartait, cela donnerait l'impression qu'elles se déployaient comme celles d'un héros mythologique ou d'un ange, prêt à prendre son envol.

— Bien dormi ? lui demanda-t-il, en se retournant.

Deux serpents dardaient leurs regards hypnotiques sur elle, la mettant au défi de répondre. Il y en avait un sur chaque bras, enroulé comme autour d'un tronc d'arbre, la tête épousant le relief de ses épaules. Deux tatouages magnifiques que le jeu des muscles roulant sous sa peau rendait presque vivants.

— Ça ne va pas ? demanda-t-il, inquiet.

Il avança vers le lit. À chacun de ses mouvements, les

serpents semblaient s'enrouler davantage, resserrant leur étreinte mortelle autour de ses bras. Il tendit la main pour lui toucher la joue. La gueule du reptile s'ouvrit un peu plus, comme pour lui dévorer l'épaule. Zoé était subjuguée par la qualité des détails, les écailles luisantes, la langue fourchue qui jaillissait du gosier affamé, les crocs acérés gorgés de venin. C'est alors qu'elle prit conscience de l'engourdissement dans ses muscles, comme si elle avait bel et bien été mordue par un des deux crotales. Elle souleva le drap, éprouvant le besoin de vérifier qu'elle était toujours en un seul morceau, ce qui le fit sourire.

— Vous m'avez droguée, dit-elle.

Son ton accusateur lui fit froncer les sourcils.

— Vous auriez préféré que je vous attache ?

Zoé voulut se mettre debout, mais à peine se trouva-t-elle en position verticale que le sang reflua brutalement dans ses jambes, laissant une sensation de vide dans sa tête. Prise de vertiges, elle s'agrippa à lui pour ne pas perdre l'équilibre. Il sentait bon le savon et elle comprit qu'il avait attendu que la substance qu'il lui avait fait ingérer fasse effet pour prendre une douche à son tour.

Elle se dégagea de son étreinte.

— Vous aviez les nerfs à fleur de peau, hier soir, dit-il.

Elle craignait qu'il fasse allusion au baiser qu'ils avaient échangé avant que son corps ne proteste, puisque sa tête avait refusé de le faire. Il n'en fit rien.

— Vous aviez besoin de dormir, reprit-il. Nous en avions tous les deux besoin.

Il s'écarta. Zoé le suivit du regard tandis qu'il allait vers le fauteuil pour prendre les vêtements que lui avait apportés Chantal, la veille. Elle en profita pour regarder vers la table de chevet. Le livre y était toujours, mais un détail la chiffonnait. Il était posé, couverture en dessous, de sorte que le portrait de la Princesse de Clèves n'était plus visible. Était-ce comme cela qu'il était hier soir, avant qu'elle ne sombre dans un sommeil sans rêves ? Elle ne s'en souvenait pas.

— Vos tatouages sont vraiment très beaux, dit-elle pour meubler le silence. Est-ce qu'ils ont une signification particulière ?

Il haussa les épaules et les ailes dans son dos frémirent.

— Je l'ignore. Je ne savais même pas que je les avais.

Son torse finement musclé avait disparu dans la chemise de Roger, deux fois trop grande pour lui. Zoé observait ses longs doigts agiles fermer les boutons un à un.

— Ça a dû demander des heures de travail, reprit-elle. Et ça a dû être douloureux.

— C'est une chance que je ne m'en souvienne pas alors. Et vous, vous avez eu mal quand on vous a fait le vôtre ?

Zoé sentit son visage s'empourprer. Il l'avait vu bien sûr, un papillon dessiné en haut de sa cuisse droite, tout près de l'aine, qu'elle s'était fait faire à vingt et un ans. Un motif banal, mais qui remplissait bien sa fonction, dissimuler une tache de naissance qu'elle avait toujours trouvée disgracieuse. La séance chez le tatoueur avait duré un peu moins d'une demi-heure, mais la douleur avait été si intense que chaque minute lui avait semblé interminable.

— Disons que je me suis juré de ne plus jamais recommencer, répondit-elle enfin.

Il hocha la tête comme s'il comprenait. Les pans de tissu excédentaires pendouillaient sur son jean pour mieux dissimuler le pistolet qu'il ne risquait pas d'oublier.

— Quand j'ai vu mes tatouages, dit-il au bout de quelques instants, je me suis demandé s'ils n'étaient pas l'œuvre d'Albert, l'artiste qui avait fait votre portrait.

Zoé se tut. Cette histoire de portrait l'intriguait. Et c'était probablement le but. Il voulait qu'elle doute, qu'elle se pose mille questions. Il cherchait à endormir sa vigilance, comme les serpents leur proie. Poser des questions aurait signifié qu'elle accordait une certaine crédibilité à son histoire. Il n'y avait probablement pas de portrait, pas de mystère à résoudre, rien à découvrir. Il allait la conduire dans la forêt pour la tuer, un point c'est tout. Son seul espoir était que Chantal ou Roger découvre son message. Tout en s'habillant, elle surveillait le livre du coin de l'œil, espérant trouver un moment pour l'ouvrir et vérifier que le mot s'y trouvait encore, mais c'était trop risqué. Elle profita de ce qu'il lui tournait le dos pour le glisser sous l'oreiller. C'était la seule idée qui lui était venue pour amener Chantal à trouver le livre. Il ne restait plus qu'à espérer que la curiosité de la fermière lui fasse regarder à l'intérieur des pages.

— On ferait mieux de descendre, dit-elle.

Au rez-de-chaussée, les préparatifs du petit-déjeuner allaient bon train. Ça sentait bon le café et le pain grillé. Zoé en eut les larmes aux yeux.

— Ça ne va pas, mon petit ? s'inquiéta la vieille dame à qui, décidément, rien n'échappait, ou presque.

Zoé afficha un sourire forcé.

— Ne faites pas attention à moi. Je ne sais pas ce que j'ai en ce moment, mais un rien me fait venir les larmes aux yeux.

— Oh, mais alors c'est que vous êtes peut-être enceinte.

Elle échangea un bref regard avec Johan.

— Peut-être.

Chantal lui serra l'épaule, un grand sourire aux lèvres.

— Je me souviens que lorsque j'attendais Aurélie, je me mettais à pleurer pour un rien. Tu te souviens, Roger !

Le fermier leva les yeux au ciel.

— Je ne suis pas sourd, chérie. Inutile de parler si fort.

Le petit-déjeuner fut pris rapidement. Levés aux aurores comme à leur habitude, Chantal et Roger avaient déjà pris le leur et Zoé n'avait pas envie de s'éterniser plus longtemps à la ferme. Tant qu'ils étaient là, le gentil couple de fermiers était en danger.

Roger déplia une carte de la région :

— Nous sommes ici, dit-il en indiquant un point dans le département du Loir-et-Cher, à proximité de Blois.

La station-service la plus proche, elle, se trouvait à une dizaine de kilomètres. C'était bien à mi-chemin, se dit Zoé tout en aidant Chantal à débarrasser la table du petit-déjeuner. Profitant du fait que Johan était occupé à étudier la carte routière, elle saisit la main ridée dans la sienne et la serra doucement. Johan s'était détourné de Roger pour les regarder.

— Merci pour tout, Chantal !

— Oh, mais je vous en prie, c'est normal !

— Je suis désolée de vous laisser la chambre sens dessus dessous.

Elle cherchait un moyen d'amener Chantal à s'intéresser au livre et plus encore à l'ouvrir pour y trouver le mot. Mais comment faire ? Johan semblait occupé avec Roger, pourtant elle savait qu'il ne perdait pas un mot de leur conversation. Finalement, malgré ses efforts, elle dut se résoudre à s'en remettre au sort. Elle fit ses adieux à Chantal, prit le Thermos de café et les sandwichs qu'elle leur avait préparés pour la route et monta dans la vieille Citroën, reprenant sa place sur les genoux de l'homme qui l'avait embrassée la veille et qui la tuerait aujourd'hui, probablement.

Le trajet du retour lui parut moins long, peut-être parce qu'elle découvrait le paysage pour la première fois à la lumière du jour. Des champs s'étendaient à perte de vue. Des océans de terre labourée, figés sous les rayons du soleil automnal.

La Mégane était toujours là où il l'avait laissée la veille. La fine pellicule de givre qui recouvrait la carrosserie leur fit mesurer la chance qu'ils avaient eue de tomber sur Roger. La nuit, la température pouvait chuter de plusieurs degrés en dessous de zéro, leur confirma celui-ci en dévissant le bouchon du réservoir. Il vida un premier jerrycan d'essence, puis un deuxième.

— Ça devrait amplement suffire pour atteindre la station-service, dit-il satisfait.

Après les embrassades d'usage, il leur remit la carte de la région avec toutes les informations et les regarda démarrer.

. . .

Zoé observait le fermier leur faire signe de la main. À mesure qu'ils s'éloignaient, il semblait rétrécir dans le rétroviseur pour se fondre dans le décor. Elle savait qu'elle ne le reverrait probablement jamais.

28

Pierre Valmeur régla sa course au chauffeur de taxi et descendit de voiture. Son vieux sac à dos à l'épaule, il leva les yeux vers le commissariat central et sa façade défraîchie. Il était encore temps de faire demi-tour, pensa-t-il. Peut-être qu'il avait tort de s'en mêler. Peut-être valait-il mieux laisser les choses suivre leur cours. Mais à la simple pensée de ce qui allait arriver, ses doutes s'envolèrent. Johan avait besoin de lui et c'est tout ce qui comptait. C'est donc d'un pas décidé qu'il gravit les quelques marches qui menaient au hall d'entrée. Deux agents en uniforme se chargeaient d'aiguiller les personnes vers le bon service. Pierre Valmeur se plaça dans la file d'attente. Une dizaine de personnes se trouvaient devant lui et au rythme où allaient les choses, ça prendrait plus d'une heure avant que son tour n'arrive.

— Excusez-moi, dit-il alors en interpellant une jeune femme en uniforme. Il faut vraiment que je parle à un enquêteur.

— Si c'est pour porter plainte, il va falloir retourner faire la queue, Monsieur.

— Non, non. Ce n'est pas ça. C'est au sujet de la femme qui a disparu. Je peux vous aider à la retrouver.

Pierre Valmeur restait assis, stoïque face au cercle d'officiers des forces de l'ordre qui s'était formé autour de lui.

— Vous voulez bien répéter ?

— Mon fils a disparu lui aussi. C'est la raison pour laquelle je suis venu à Nice. Et j'ai de bonnes raisons de croire que lui et cette jeune femme sont ensemble. Mon fils n'est plus lui-même depuis quelque temps. Et si on ne les retrouve pas, je crains que ça finisse très mal.

Le capitaine Dorsey s'avança pour lui montrer un cliché de Marianne Deconti.

— Est-ce qu'il s'agit de cette femme ?

Pierre Valmeur observa la photo avec intensité.

— Je peux ? dit-il en tendant les mains.

L'officier lui laissa prendre la photographie.

— C'est déjà trop tard pour elle, dit-il alors.

— Comment ça ?

— Elle est morte.

Il toucha une nouvelle fois la photographie.

— Mais je peux vous conduire jusqu'à l'endroit où se trouve son corps.

29

Je m'appelle Zoé Rossi. L'homme qui m'accompagne me retient contre ma volonté. Il est dangereux et armé. Nous nous rendons dans la forêt des Louves, en Normandie.

P.S. Si vous trouvez ce mot avant que nous soyons partis, surtout ne tentez rien. Il n'hésitera pas à nous tuer tous !

30

Le soleil se levait à l'horizon tandis que la voiture avalait les kilomètres. Zoé avait compté une quinzaine de minutes depuis qu'ils avaient quitté la ferme. Elle se demandait si Chantal avait trouvé son mot. Elle voulait le croire. Elle imaginait la vieille dame froncer les sourcils en découvrant le livre au milieu des draps défaits. Elle ne pourrait pas s'empêcher de l'ouvrir et trouverait le mot. Elle le lirait bien sûr, apprenant la vérité sur ce gentil petit couple qu'elle et son mari avaient abrité pour la nuit. Alors, toute tremblante, les joues rougies par le choc, elle appellerait son mari. « Roger ! Oh mon Dieu... Roger ! ». Il y aurait cette intonation d'angoisse dans sa voix que son mari ne lui connaissait pas. Elle lui dirait : « Tu vois, je te l'avais bien dit. J'étais sûre que son visage m'était familier. » Roger relierait plusieurs fois le mot, détaillant chaque phrase, à la fois excité et soulagé d'avoir survécu à une telle épreuve. Puis, il décrocherait son téléphone et appellerait les gendarmes. Le couple n'aurait pas fini de raconter sa mésaventure. La télévision locale d'abord, puis les médias nationaux s'empareraient de cette incroyable histoire arrivée à un couple d'agriculteurs qui ne souhaitait qu'une chose, prendre une retraite bien méritée. Peut-être que cela leur permettrait de vendre leur exploitation en fin de compte. Un mal pour un bien en quelque sorte. Zoé leva les yeux vers le rétroviseur. La route semblait disparaître, avalée par une brume légère, mais tenace, qui l'empêchait de savoir si d'autres voitures se trouvaient derrière eux. Alors, elle tendit l'oreille, attendant le moment où le hurlement d'une sirène viendrait les surprendre, celle d'un véhicule de gendarmerie accélérant dans leur direction pour tenter de les rattraper. À moins qu'ils ne tombent sur un barrage routier plus en amont. Au pire, il y aurait un comité d'accueil à l'entrée de la forêt.

— Johan ?

— Oui ?

— Dans combien de temps arrivons-nous ?

— Pourquoi ?

— Parce que plus vite on arrive, plus vite tout ça sera fini.

Il quitta la route des yeux le temps de planter son regard bleu dans le sien. Un contact bref et intense qui lui donna des frissons.

— J'espère avant midi.

Zoé cala sa nuque contre l'appuie-tête et ferma les yeux. Bientôt, l'habitacle s'emplit de musique. Elle sourit malgré elle en constatant qu'ils avaient les mêmes goûts musicaux.

— Je sais ce que vous essayez de faire, dit-il alors.

Zoé sentit le sang se figer dans ses veines.

— Quoi ?

Tout en conduisant, il se pencha sur le côté pour atteindre la poche arrière de son jean. En quelques secondes, Zoé vit toutes ses chances de survie anéanties, broyées comme le bout de papier qu'il serrait entre ses doigts. Sans même réfléchir à ce qu'elle faisait, elle défit sa ceinture et la main sur la poignée, chercha à ouvrir la portière. La voiture fit une embardée tandis qu'il quittait la route des yeux pour la retenir.

— Vous êtes folle ? Vous voulez vous tuer ?

Il avait ralenti pour se garer sur le bas-côté. Les gravillons ricochèrent sur la carrosserie.

— Quitte à mourir, je préfère encore que ce soit de ma main !

Zoé gicla hors de la voiture et se mit à courir au milieu de la route. Elle ne fit que quelques mètres avant qu'il ne la rattrape.

— Vous l'aurez voulu ! dit-il en l'agrippant par le bras.

Mais Zoé résistait. Il était hors de question qu'elle retourne dans le coffre. Elle n'avait plus rien à perdre. Elle était prête à se jeter sous les roues de la première voiture si l'occasion se présentait, mais il n'y avait personne d'autre sur la route, à part eux. Il la lâcha.

— Très bien, Zoé. On arrête là !

Il alla s'asseoir sur le bord de la route.

— Je vous laisse partir. Vous êtes libre.

Zoé se demandait s'il était sérieux ou pas. Le bleu de ses yeux avait pris des teintes sombres, la couleur de la mer agitée. Un regard difficile à déchiffrer.

— Je ne vous crois pas.

— À pied, vous devriez mettre deux à trois heures pour retourner à la ferme. D'ici là, je serai suffisamment loin. Je disparaîtrai sans laisser de trace. Je ne saurai jamais qui je suis, mais vous non plus. Ou alors…

Les cris perçants d'un corbeau résonnèrent au-dessus de leurs têtes. Zoé avait croisé les bras sur sa poitrine dans une tentative de faire barrage au froid humide qui lui glaçait les os.

— Ou alors quoi ?

Il se leva.

— Ou alors vous m'accompagnez et vous prenez le risque de découvrir la vérité. Choisissez, mais faites-le maintenant.

Il était retourné s'installer derrière le volant et mit le contact. Le moteur tournait dans le vide, exhalant une fumée blanchâtre par le tuyau d'échappement.

Zoé n'arrivait plus à réfléchir. Sauver sa peau ou avoir enfin des réponses ?

La voiture démarra, s'écartant lentement du bas-côté pour rejoindre la route.

— Attendez !

Il freina. Les feux arrière rougeoyèrent comme les yeux d'un dragon.

Elle ouvrit la portière et se pencha pour bien le regarder en face.

— Je viens à une seule condition. Je ne retourne pas dans le coffre.

Ni sur la banquette arrière. Et je ne veux plus être attachée.

— Çà, ça fait trois conditions.

— C'est à prendre ou à laisser.

Il allait protester, mais elle n'avait pas fini.

— Si je dois prendre un risque, alors vous aussi. Vous devez prendre le risque de m'avoir à vos côtés dans la voiture, libre.

Son visage se détendit et il sourit. Une fossette creusa instantanément sa joue droite.

— D'accord.

Elle hésita.

— Vraiment ?

— Oui, Zoé. Pendant un court instant, j'ai cru que vous vouliez que je vous rende votre arme.

— Vous l'auriez fait si je vous l'avais demandé ?

Il haussa les épaules.

— Je ne sais pas. Peut-être.

Zoé reprit sa place, la mine renfrognée.

— Allez, ne faites pas cette tête. Je vous promets que vous ne le regretterez pas.

Zoé, elle, n'en était pas si sûre.

31

Le corps de Marianne Deconti gisait sous la bâche en plastique, au milieu de la bergerie. La tête encore attachée au reste du corps. C'était une première. Et pour la première fois aussi, la scène regorgeait d'indices matériels, de quoi occuper les techniciens de l'identité criminelle pour les prochaines heures.

Sous bonne garde, Pierre Valmeur attendait debout, près d'un des véhicules de gendarmerie.

— Je ne sais pas si je dois vous remercier ou vous arrêter, dit alors le capitaine Dorsey en le rejoignant.

— Il est encore trop tôt pour me remercier. Quant à m'arrêter, je vous laisse seul juge. Je vous ai dit tout ce que je savais. Je suis conscient que c'est difficile à croire, mais c'est la vérité. Vous pouvez m'arrêter le temps de vérifier que les informations que je vous ai fournies sont exactes. Mais ça va être une perte de temps.

Anthony se tenait à bonne distance, mais suffisamment près pour entendre la conversation entre les deux hommes. Ce type surgi de nulle part lui foutait les jetons.

— Et votre fils, vous êtes sûr qu'il est avec Zoé ? demanda-t-il, interrompant leur échange.

Pierre Valmeur se retourna pour lui faire face. Ses yeux ressemblaient à ceux d'un chat tapi dans la pénombre. Ils étaient comme deux petits miroirs auxquels il était difficile de se soustraire. Anthony craignait d'y voir son reflet s'il s'y attardait. Il fit mine de tousser pour essayer de dissimuler son trouble, mais l'homme ne bougea pas. Comme un sniper verrouillé sur sa cible, il continuait de l'observer. Même à cette distance, Anthony se sentit transpercé par le regard étrange du vieil homme.

— Aussi sûr que je vous vois, répondit celui-ci comme s'il avait lu dans ses pensées. Et si on ne les retrouve pas bientôt, je crains que le pire ne soit à venir.

32

Zoé se redressa dans le siège. La route filait en ligne droite et semblait ne pas avoir de fin. Pourtant, comme le lui avait indiqué un panneau un peu plus tôt, ils étaient bien arrivés à leur destination. Les pins centenaires, dressés en rang serré de part et d'autre de la route, avaient remplacé les étendues de terre labourée. La forêt était si dense qu'elle faisait barrage au soleil, obligeant les quelques véhicules qu'ils croisaient à rouler avec les phares allumés. Soudain la route se mit à tourner et Zoé put apercevoir un ruban argenté, un ruisseau qui renvoyait son reflet au ciel. Elle était sans voix. L'endroit était magnifique, comme tous les sites choisis par le tueur pour y abandonner ses victimes...

« Vous êtes arrivé à la destination », annonça la voix synthétique de l'ordinateur de bord, comme ils arrivaient à un carrefour. Ils quittèrent la route goudronnée pour emprunter un chemin de terre. La voiture bringuebalait, les amortisseurs couinaient, le moteur gémissait. Zoé saisit la poignée de maintien au niveau de la portière et l'estomac au bord des lèvres, regarda le paysage s'agiter tout autour d'elle. À mesure qu'ils progressaient, la végétation se faisait plus compacte. Les arbres, hostiles, se penchaient sur leur passage, leurs branches frappant et raclant la carrosserie, comme s'ils essayaient de freiner leur progression. La boue, projetée par les roues, avait formé une épaisse couche gluante et opaque que les essuie-glaces avaient de plus en plus de mal à retirer.

— Attention ! cria Zoé, en apercevant la masse sombre qui leur barrait la route.

Un arbre déraciné que Johan parvint à éviter de justesse. Son coup de volant brutal envoya la voiture dans le décor.

— Merde !

Il tenta de faire marche arrière, le pied sur l'accélérateur, mais les roues tournaient sans qu'ils ne bougent d'un centimètre. Ils étaient embourbés.

Zoé se cala dans le siège.

— Qu'est-ce qu'on fait maintenant ?

— On va continuer à pied.

Il se pencha de son côté pour ouvrir la boîte à gants.

— Je peux savoir ce que vous cherchez ? lui demanda-t-elle.

— Une torche, répondit-il sans cesser de farfouiller dans les affaires que Marianne Deconti avait accumulées au fil des ans.

— Je peux déjà vous dire qu'il n'y en a pas dans le coffre.

Il s'interrompit pour lui lancer une œillade. Elle soutint son regard quelques secondes avant de détourner la tête pour regarder vers le ciel qui se couvrait de nuages. Ce n'était pas d'une torche dont ils avaient besoin, mais d'un parapluie.

— J'aurais dû penser à en acheter une lorsque nous nous sommes arrêtés à la station-service.

Zoé se tourna vers lui.

— Vous avez regardé sous les sièges ?

Il leva un sourcil.

— Sous les sièges ?

— En général, c'est là que finissent la plupart des choses que je ne trouve plus. En tout cas, c'est comme ça dans ma voiture.

Il abandonna la boîte à gants et suivit son conseil. Penché en avant, il tâtonna la moquette qui tapissait le sol sous le siège conducteur. Zoé fit de même côté passager.

— Ah, je crois que je l'ai.

Elle arbora triomphalement une torche. Une de celles qui ressemblent davantage à une matraque qu'à une lampe de poche, avec un boîtier en métal alourdi par six ou huit piles format AAA. Johan avait cligné rapidement des yeux, comme quelqu'un sur le point d'être frappé. Zoé réalisa alors que cette idée ne lui avait même pas traversé l'esprit. Elle n'avait plus peur.

— Tenez, dit-elle.

Il soupesa l'objet oblong, pensant probablement qu'il aurait pu facilement lui ouvrir le crâne comme un œuf à la coque. Son pouce glissa sur l'interrupteur. Cette fois c'est Zoé qui cligna des yeux, éblouie par le puissant faisceau lumineux. Il appuya une nouvelle fois sur l'interrupteur, et l'habitacle parut sombrer dans l'obscurité.

— D'après le GPS, il nous faut suivre la route encore sur six cents mètres.

— Et après ? demanda-t-elle, comme il ouvrait la portière.

Il sortit de la voiture, sans lui répondre. Zoé attrapa la parka sur la banquette arrière avant de sortir à son tour. Ils contournèrent l'arbre mort et marchèrent au milieu du chemin pendant une bonne dizaine de minutes quand Johan s'arrêta.

— Ça devrait se trouver ici, dit-il.

Zoé l'observait tandis qu'il hésitait sur la direction à prendre. Que ce soit à droite ou à gauche du chemin, il n'y avait aucune différence. La forêt était dense et on ne distinguait aucun sentier.

— Est-ce qu'on s'est perdus ? demanda-t-elle au bout de quelques instants.

Johan ne semblait pas l'avoir entendue. Il faisait encore jour au-dessus de leur tête, et malgré les nuages qui défilaient comme emportés par un tapis roulant céleste, on y voyait encore suffisamment clair. Pourtant il alluma la torche et éclaira les arbres qui bordaient le chemin sur sa droite, puis ceux sur sa gauche. Leurs branches, agitées par le vent, se tordaient comme des membres arthritiques. *Par ici*, semblait indiquer l'un d'eux. *Non, par là*, disait son voisin, pointant une brindille semblable à un index noueux dans la direction opposée. Johan poursuivit ainsi sur quelques mètres, scrutant la forêt de part et d'autre du chemin, la torche à bout de bras. Soudain, il s'arrêta.

— J'ai trouvé ! s'écria-t-il.

Des points scintillaient dans le faisceau de la lampe.

Ils donnaient l'impression de flotter dans l'espace, tous à la même hauteur. On pouvait presque les relier entre eux par une ligne droite qui semblait se perdre dans les profondeurs de la forêt.

— Qu'est-ce que c'est ? demanda Zoé.

— Je ne sais pas.

Il baissa la torche vers le sol tout en regardant vers les arbres. Lorsque le faisceau de la lampe ne les éclairait pas, les points disparaissaient, devenant invisibles à l'œil nu.

— Allons voir.

Ils sautèrent au-dessus de l'ornière. Johan passa en premier, escaladant l'épais talus recouvert de fougères. Zoé essayait de le suivre, mais ses chaussures de ville n'avaient aucune prise sur le sol meuble.

— Donnez-moi la main, dit-il en se retournant.

Zoé tendit le bras pour qu'il puisse la hisser à son niveau.

Ils étaient à l'orée de la forêt. Johan braqua la torche devant lui. Le faisceau lumineux remonta sur le tronc jusqu'à ce qu'un rond parfait se matérialise. Les contours étaient trop réguliers pour qu'il s'agisse de peinture réfléchissante. Ils approchèrent.

— N'y touchez p...

Trop tard. Johan avait déjà mis ses doigts dessus.

— C'est à cause des empreintes ? demanda-t-il en la regardant.

Zoé se sentait ridicule tout à coup. S'il y avait des empreintes, ce ne pouvait être que les siennes. De toute évidence, il était déjà venu ici et il avait placé ces repères lumineux pour retrouver son chemin vers... vers quoi au juste ?

— Ça n'a pas d'importance, dit-elle.

Johan toucha le disque lumineux avant de tirer dessus pour le retirer du tronc comme il l'aurait fait avec une punaise enfoncée dans un panneau en liège. Et c'était exactement de cela qu'il s'agissait, une punaise d'un genre particulier que l'on pouvait facilement se procurer dans les magasins de sport, vendue par paquets de cinquante au rayon chasse et nature, ou randonnée.

— Je peux voir ? demanda Zoé, en tendant la main.

— Bien sûr, tenez.

Elle considéra l'objet qu'il venait de déposer dans le creux de sa paume. Lorsqu'elle ne réagissait pas à la lumière, la surface réfléchissante, ronde et plate, avait une couleur marron pour se confondre avec le tronc des arbres.

— Elles ne sont pas là par hasard. Quelqu'un les y a placées.

— Pas moi, se défendit Johan.

— Alors, comment pouviez-vous savoir qu'elles étaient là ?

— Je ne le savais pas.

— Ce n'est pas vrai. J'ai bien vu ce que vous faisiez avec la lampe, c'était comme si vous cherchiez quelque chose.

Il soupira en baissant la tête.

— C'est vrai. D'une certaine façon, je savais que je trouverais quelque chose de ce genre, un signe quelconque qui m'indiquerait le chemin.

Il tendit la torche devant lui. Zoé frissonna. La forêt était dense et elle ne distinguait aucun sentier qui permette de s'y aventurer, pourtant c'était là qu'il comptait l'emmener. Là, qu'il comptait l'enterrer.

— Zoé ?

Elle tressaillit.

— Vous n'êtes pas obligée de m'accompagner, dit-il alors. Vous pouvez m'attendre dans la voiture si vous préférez.

— Vous n'avez pas peur que j'avertisse la police ?

Il haussa les épaules.

— Plus maintenant. Le temps que vous alliez jusqu'au poste des gardes forestiers, que vous leur expliquiez ce qui se passe et que vous vous lanciez à mes trousses, j'aurai probablement déjà trouvé ce que je suis venu chercher. Le reste n'a aucune importance.

Zoé hésitait.

— Je viens si vous me rendez mon arme.

Il secoua la tête.

— Je vous la rendrai, en temps voulu.

— Pourquoi pas maintenant ? Qu'est-ce que vous avez à craindre ?

Il fit mine de réfléchir.

— Qu'une jolie jeune femme me mette une balle dans le dos avant que j'aie pu découvrir qui je suis ?

— Je ne tirerai pas sur vous sans une bonne raison.

— La peur est une raison suffisante. Et vous avez toujours peur de moi.

Elle sursauta malgré elle quand il tendit la main vers son visage pour ramener une mèche de cheveux derrière son oreille.

— C'est un risque que je ne peux pas prendre, je vous

l'ai déjà dit. (Il soupira). Je sais que les réponses se trouvent ici, ou plutôt là-bas.

Une multitude de points lumineux apparurent dans le faisceau de la torche, scintillants comme les yeux de bêtes sauvages tapies dans les bois.

33

Ils avançaient sur le sol recouvert des feuilles que le vent d'automne avait arraché aux arbres. La terre crépitait sous leurs pas, au rythme des brindilles de bois sec qui se cassaient sous le poids de leurs semelles.

— Est-ce que c'est encore loin ? demanda Zoé en regardant son haleine se condenser dans l'air glacial.

La température avait chuté de plusieurs degrés depuis qu'ils avaient quitté la route et les volutes blanchâtres qui s'étiraient entre les troncs décharnés se rapprochaient de manière inquiétante.

— Le brouillard est en train de se lever, ajouta-t-elle.

— Je sais, répondit Johan. Restez près de moi.

Elle accéléra la cadence, veillant à ne pas le laisser prendre trop d'avance. Bientôt, elle ne distingua plus que sa nuque, à un mètre d'elle environ, le reste de son corps semblant avoir disparu dans la purée de pois qui s'était déversée dans la forêt.

— Johan ?

Sa voix résonna étrangement, comme si quelqu'un avait maintenu un oreiller sur sa figure pendant qu'elle l'appelait à l'aide. Faute de pouvoir se fier à sa vue, elle se concentra sur ses autres sens. Les odeurs d'humus qu'exhalait la terre et les bruits de la forêt, tous inquiétants, car elle ne pouvait pas en déterminer l'origine.

— Johan ? appela-t-elle une nouvelle fois.

Une main se referma sur la sienne, chaude et puissante. Johan était là, tirant sur son bras aussi sûrement que si elle s'était trouvée prisonnière de sables mouvants. Zoé se retrouva plaquée contre lui et à cet instant, cela lui parut être l'endroit le plus rassurant de la terre.

— Je vous avais dit de rester près de moi.

Elle allait protester, lui faisant remarquer qu'il aurait pu essayer de marcher moins vite, quand il posa un index sur ses lèvres. Il sondait l'espace, tournant la tête lentement comme s'il cherchait à localiser la provenance d'un son en particulier.

— Vous entendez ? chuchota-t-il.

Elle se concentra. Pour sa part, elle n'entendait rien.

— Regardez.

Zoé suivit la direction qu'il indiquait. Elle ne comprit pas tout de suite de quoi il s'agissait, alors, pour mieux voir, elle fit un pas en avant. Un morceau de bois céda sous sa chaussure, produisant un craquement bref et sonore. L'animal, car c'était bien de cela qu'il s'agissait, tourna la tête dans leur direction. Pendant un bref instant, elle eut l'impression qu'il la regardait dans les yeux. La citadine qu'elle était n'avait jamais vu de cerf de sa vie. Pas en vrai, et cette apparition lui procura la même émotion que s'il s'était agi d'une licorne. Cela ne dura qu'un instant, car déjà le cerf avait disparu.

— Suivons-le ! lança Johan, sans lui lâcher la main.

Zoé sentit son cœur s'affoler tandis qu'il l'entraînait à sa suite. Ils s'écartaient dangereusement du chemin balisé pour prendre une direction de traverse, où aucune pastille fluorescente ne leur indiquerait le chemin du retour. Johan marchait vite et Zoé avait de plus en de plus de mal à suivre la cadence qu'il lui imposait. Son corps, épuisé et meurtri, était en train de lâcher.

— Je n'en peux plus ! souffla-t-elle, prête à se laisser tomber au sol.

Alors, contre toute attente, Johan s'arrêta. Mais ce n'était pas à cause d'elle. Là, à quelques mètres à peine, le cerf s'était immobilisé, lui aussi. Deux flèches étaient fichées dans son arrière-train et le sang qui s'écoulait des plaies, traçait des coulées sombres sur son pelage.

— Restez ici, dit Johan.

Zoé s'adossa à un arbre. Où voulait-il qu'elle aille ? Elle mourrait de froid sinon d'épuisement, avant de retrouver son chemin vers la civilisation. À dire vrai, elle ne pensait même pas à lui fausser compagnie. Non, toutes ses pensées étaient focalisées sur cet animal qui luttait pour rester en vie. Sa cage thoracique s'abaissait et se soulevait frénétiquement. Il avait peur. Ses yeux roulaient dans leurs orbites, laissant apparaître le blanc de ses yeux. Des yeux immenses, magnifiques, bordés de longs cils qui papillonnaient, inquiets en voyant les mains s'approcher de lui. Il se serait enfui s'il en avait eu la force, elle en était persuadée, mais comme s'il prenait conscience de son impuissance, le cerf rejeta sa tête en arrière, poussant un dernier appel désespéré à la forêt. Zoé en eut la chair de poule. *Ne lui faites pas de mal !* voulut-elle crier, mais les mots qu'elle avait pensés si fort ne franchirent jamais ses lèvres. Johan avait passé un bras autour de l'encolure, puis, tout en l'accompagnant avec son corps, il le força à plier les genoux. En quelques instants, le cerf se retrouva couché sur le flanc. À ses côtés, Johan caressait son pelage, comme s'il cherchait à l'apaiser. Le cerf ferma les yeux et sa respiration se fit plus lente. Il y avait de l'abandon, dans son attitude. De l'acceptation dans sa gorge offerte. Zoé frissonna.

— Qu'est-ce que vous allez lui faire ? demanda-t-elle, depuis son poste d'observation.

Johan ne répondit pas. Il continuait de caresser l'animal. Éprouvait-il du plaisir à le voir souffrir ? Ce n'était pas l'impression qu'elle avait, mais peut-être prenait-elle ses désirs pour des réalités. Soudain, un bruit les fit sursauter, elle, Johan et le cerf blessé. Johan mit un doigt sur ses lèvres pour lui intimer de garder le silence. Il se leva, regarda autour de lui et lui indiqua un arbre suffisamment large pour les cacher tous les deux. Serrés l'un contre l'autre, ils pouvaient voir sans être vus. Une première silhouette émergea du brouillard, un chien au pelage court et marron et aux longues oreilles battantes, bientôt rejoint par un homme et un jeune garçon. Un père et son fils en tenue de camouflage. Le garçon ne devait pas avoir plus de douze ans. Armés chacun d'un arc et de flèches, ils s'approchèrent de leur prise.

— Le v'là, Pà ! Je t'avais dit que je l'avais eu ! s'écria le gamin avec fierté.

Le père mit un genou à terre, plantant son regard dans celui du cerf. D'une main, il écarta son chien qui, remuant la queue frénétiquement, retourna renifler les coulures de sang qui suintaient des plaies. Le chasseur se tenait à présent dans la même position que Johan il y a quelques instants, mais Zoé put mesurer à quel point les intentions des deux hommes étaient différentes. Elles étaient même diamétralement opposées. Et ce qui était fou, c'était que l'assassin n'était pas celui qu'elle croyait. L'homme se releva :

— Viens ici ! ordonna-t-il à son fils.

Le sourire du gamin avait disparu. Il connaissait ce ton de voix. Il avança, la mine contrite. Son père sortit la dague de son fourreau. La lame, longue d'une trentaine de centimètres, était parfaitement aiguisée et sur ses bords tranchants, se devinaient des traces sanguinolentes.

— Vas-y, achève-le !

Le gamin regardait la dague avec les yeux écarquillés. C'était une chose de tirer sur un animal quand on était à plusieurs mètres de distance, c'en était une autre d'enfoncer une lame dans le corps de ce même animal, de sentir la résistance des chairs et les cris de douleur.

— C'est de ta responsabilité, continua le père. La prochaine fois, tu viseras mieux.

Il le força à prendre le manche. Celui-ci semblait plus grand et plus lourd dans sa main d'enfant.

— Allez ! On ne va pas y passer la journée !

Le garçon s'agenouilla auprès de sa proie qui leva

soudain la tête. Leurs regards se croisèrent et la main du gamin se mit à trembler.

— Je peux pas...

Le père lui arracha l'arme des mains.

— Allez, pousse-toi ! J'aurais mieux fait d'emmener ta sœur !

Sans ménagement, il plaqua la tête de l'animal au sol pour exposer sa carotide, mais au moment où la lame se posait sur la gorge offerte, une voix éclata dans la forêt.

— Arrêtez !

L'homme se figea. La voix de Johan avait claqué comme un coup de fusil.

— Qui va là ?

Le chasseur regardait dans leur direction, mais Zoé comprit à son expression qu'il ne pouvait pas encore les distinguer dans le brouillard.

— Ne touchez pas à cet animal !

L'homme se releva. Il avait toujours la dague à la main.

— Montrez-vous un peu qu'on en discute, l'ami !

Il fit un pas dans leur direction.

— Ce cerf est à nous, déclara le chasseur, d'une voix ferme. Trouve-t'en un autre mon ami !

— Il n'est pas mortellement blessé, dit Johan. Si vous me laissez faire, je peux encore le sauver. Vos flèches n'ont pas touché d'organes vitaux et avec un peu de chance, il s'en remettra.

— Vous rêvez si vous pensez que je vais vous abandonner cette bête !

— Ce que vous faites est illégal et vous le savez ! continua Johan.

— Illégal, hein ?

— Je n'ai vu aucun panneau au bord de la route signalant qu'une chasse était en cours. Donc, j'imagine que ce que vous faites est interdit.

Un sourire méprisant écorcha le visage du chasseur.

— Vous vous trompez l'ami. Achever un animal blessé, ce n'est pas le chasser. Je suis dans mon droit, alors écartez-vous, avant que...

— Avant que quoi ? Vous allez me viser avec votre arc, moi aussi ?

L'homme secoua la tête.

— Allez plutôt ramasser des champignons !

— Il est blessé, pas mourant, insista Johan.

L'homme ne cilla pas.

— C'est du pareil au même, puisqu'il est incapable de prendre la fuite ! lança-t-il, excédé. La loi est de mon côté.

— Il est épuisé et terrorisé. Laissez-moi au moins lui retirer ces flèches. Si vraiment il ne s'enfuit pas après ça, je vous laisserai faire.

Le chasseur pinça les lèvres. Son hésitation ne dura qu'une milliseconde.

— Des clous ! Soit vous me montrez votre carte de garde-chasse, soit vous déguerpissez ! C'est clair ?

Il retourna auprès de l'animal pour l'achever, mais au moment où il posait la lame sur le cou du cerf, un cliquetis métallique le figea sur place.

Johan avança, le Sig Sauer pointé dans la direction du chasseur.

— Lâchez ce couteau ! lui ordonna-t-il.

— Faites ce qu'il vous dit, intervint Zoé.

L'homme écarquilla les yeux. Il était déconcerté, mais c'était difficile de savoir si sa surprise était liée à la présence d'une femme, ou au fait qu'elle était en tenue de ville.

— Qu'est-ce qui se passe ici ? dit-il en recouvrant l'usage de la parole.

Le gamin s'était collé à son père.

—Rien qui vous regarde, répondit Johan. Partez tant que vous en avez l'occasion.

L'homme ne se le fit pas redire deux fois. Zoé les regarda disparaître dans le brouillard, avec un mélange de soulagement et de regret à l'idée qu'elle aurait pu les suivre. Johan était retourné auprès de l'animal.

— Je suis désolé, murmura-t-il en empoignant une des flèches fichées dans l'arrière-train.

Il tira. Le cerf bondit sur ses pattes. Son corps tout entier tremblait sous le coup de la douleur. Johan eut tout juste le temps de lui retirer la deuxième flèche, que déjà il disparaissait dans le décor. Zoé en eut les larmes aux yeux.

— Ce que vous venez de faire, c'est vraiment...

— Stupide ?

— Ce n'est pas ce que j'allais dire.

Il ficha les flèches dans la terre, au pied d'un arbre, comme s'il craignait que quelqu'un d'autre se blesse en marchant sur les pointes acérées.

— Pourtant c'est la vérité. Ce type va s'empresser de donner l'alerte. Il vous a reconnue, j'en mettrais ma main au feu. Il faut...

Johan s'était tu.

— Il faut... quoi ? demanda Zoé pour l'inciter à finir sa phrase.

Il regardait fixement ses mains. Elles étaient couvertes de sang.

— Johan ?

Il releva la tête. Son regard semblait se perdre au loin. Zoé avait l'impression d'être devenue transparente. Alors, comme s'il était dans un état second, il la dépassa sans la voir, s'enfonçant plus profondément dans la nappe de brouillard.

34

Le brouillard l'enveloppait, mais son esprit n'avait jamais été aussi clair. Il faisait jour. C'était l'été et le feuillage dense des arbres empêchait le soleil de réchauffer le sol. Une jeune femme marchait devant lui. Elle était pieds nus et ses jambes découvertes jusqu'à la taille laissaient apparaître sa peau meurtrie par les ronces et les orties. Il ne pouvait pas voir son visage. Seulement sa chevelure blonde, emmêlée et couverte de terre et de brindilles, tandis qu'elle avançait devant lui. Il la connaissait. Il avait son nom au bout de la langue. Elle s'appelle... il n'arrivait pas encore à s'en souvenir, mais il sentait que ça venait. Il était sur le point de retrouver la mémoire, il suffisait de la suivre, elle lui montrait le chemin. Elle continuait d'avancer. Ses sanglots n'étaient plus qu'un murmure à présent. Lui se tenait derrière elle. Elle avait les mains dans le dos, attachées à une corde qu'il tenait à la manière d'une laisse pour la garder sous son contrôle. Si elle marchait trop vite, il tirait dessus pour la forcer à ralentir, si elle ralentissait il la forçait à accélérer la cadence d'un simple mouvement du poignet. Parfois, il la poussait, frappant entre les omoplates, juste pour le plaisir de la regarder tomber. Cela faisait partie des préliminaires. Puis, quand il jugea qu'ils s'étaient suffisamment éloignés, il tira sur la corde, avec brutalité, la forçant à s'arrêter. Il était temps de passer aux choses sérieuses.

— Nous sommes arrivés, dit-il.

Zoé regarda autour d'elle. L'endroit n'avait rien de particulier si ce n'est qu'il était difficile d'accès.

— Personne ne l'a entendue pleurer, reprit Johan d'une voix éteinte. Ses cris se sont perdus dans la forêt.

— De qui parlez-vous ?

Il tendit le bras devant lui. Zoé suivit la direction qu'il lui indiquait, mais tout ce qu'elle pouvait distinguer, c'était des feuilles mortes. Elles formaient une couche épaisse au pied d'un arbre. Un arbre dont l'écorce avait été marquée d'une croix. Une marque laissée par un type de chasseur bien plus redoutable que celui qu'ils avaient croisé une demi-heure plus tôt.

— J'ai peur de ce qui se trouve sous ce tas de feuilles, dit-il. Parce que si c'est bien ce que je crois, alors cela signifie que vous aviez raison depuis le début.

Il passa sa main dans sa chevelure ébouriffée.

— J'ai peur, Zoé. Peur de mes souvenirs. Peur d'avoir envie de vous faire du mal. Je préfère mourir avant d'en arriver là. Tenez.

Zoé le regarda stupéfaite tandis qu'il lui rendait son arme. Elle le laissa guider ses doigts autour de la crosse, comme s'il voulait s'assurer qu'elle avait bien le pistolet en main, prête à l'abattre en cas de besoin. Il recula sans la quitter des yeux. Elle eut alors l'impression qu'il voulait qu'elle lève l'arme sur lui. Ce qu'elle fit. Il hocha la tête, satisfait.

— Et maintenant, l'heure de vérité, ajouta-t-il, sans entrain.

Il s'était agenouillé devant le monticule comme s'il s'agissait d'un autel devant lequel il s'apprêtait à célébrer un obscur rituel. Ses mains écartaient les feuilles une à une, retiraient la terre humide. Et puis soudain, il se figea. L'épiderme violacé était apparu sous ses doigts. Un visage affleurait la terre.

— Qui est-ce ? murmura Zoé, penchée au-dessus de lui.

Elle s'appelle... Son nom continuait de lui échapper.

— Je ne sais pas encore.

Il reprit son travail d'exhumation, mais alors qu'il retirait les derniers centimètres de terre, l'horreur les frappa tous les deux. Il s'agissait d'une tête. Celle d'une jeune femme à la chevelure blonde. Johan tremblait. La main posée sur la peau boursouflée, il voyait enfin son visage.

— Léane, dit-il doucement.

Il se retourna brusquement pour lui faire face. Zoé en eut le souffle coupé. Il semblait si différent. À commencer par son regard tandis qu'il la dévisageait avec une intensité démente, pâle comme s'il venait de voir un spectre.

— Vous ? dit-il dans un souffle.

À quoi tout cela rimait ? Il agissait comme s'il était surpris de la trouver là. Non, ce n'était même pas ça. Elle n'arrivait pas à le définir.

Il s'était levé d'un bond.

— N'avancez pas !

Zoé était en position de tir. Le canon du Sig Sauer pointait dans la direction du cœur.

— Restez où vous êtes !

Mais alors qu'il se rapprochait, une détonation retentit dans les bois, suivie de l'envol d'une dizaine d'oiseaux qui avaient assisté à la scène.

35

Johan avait cessé de respirer. Le coup était parti si vite. Il baissa les yeux sur son torse, s'attendant à voir une auréole sombre apparaître sur sa chemise. Il n'en fut rien. La balle l'avait frôlé pour terminer sa course dans un arbre.

— N'avancez pas ou je jure que je ne raterai pas le prochain coup !

Zoé tremblait de tout son être, son arme tendue devant elle, le canon toujours pointé dans sa direction.

Johan leva les mains en signe d'apaisement.

— D'accord. Je ne bouge plus. Est-ce que je peux parler ?

— Je crois qu'il n'y a plus rien à dire !

Ses grands yeux marron foncé, presque noirs exprimaient toute l'horreur qu'il lui inspirait. Ou bien était-ce de la déception ? La sensation qu'il éprouvait en se perdant dans son regard était bien au-delà de ce qu'il avait imaginé quand, bien avant de la rencontrer, il avait vu son portrait pour la toute première fois.

— Au contraire. Il y a tellement à dire... Si seulement vous me laissiez vous expliquer.

Les larmes qu'elle s'efforçait de retenir faisaient briller ses yeux.

— Je sais tout ce qu'il y a à savoir.

— Vous êtes loin du compte, croyez-moi.

Si ça n'avait pas été pour l'arme qu'elle pointait toujours sur lui, il l'aurait prise dans ses bras. Alors, la serrant contre lui, il aurait tout avoué, murmurant à son oreille l'incroyable histoire qu'il ne pouvait raconter qu'à elle.

— Je... C'est drôle. Il y a tellement de choses que je voudrais vous dire que je ne sais pas par où commencer.

Zoé releva le menton avec un air de défi.

— Pourquoi pas par votre vrai nom ?

Johan ouvrit la bouche puis se ravisa. Il ne pouvait pas lui dire qui il était. Pas encore. Car après, elle lui demanderait d'expliquer comment diable il s'était retrouvé mêlé à toute cette histoire. Il avait besoin de temps pour inventer une version qui tienne la route et qui lui évite un séjour prolongé en psychiatrie, car c'est exactement ce qui l'attendait s'il disait la vérité. Non, il n'avait pas le choix. Il devait lui mentir.

— Johan... Dupuis, répondit-il, consterné par son manque d'imagination.

Il sentit le regard de Zoé le transpercer. Elle n'avait pas avalé son bobard.

— Je...

— Est-ce que vous avez tué Marianne Deconti ? le coupa-t-elle.

La question lui bloqua momentanément la respiration.

— Non, je ne l'ai pas tuée.

C'est tout ce qu'il était capable de répondre.

— Et elle ? Vous ne l'avez pas tuée non plus, j'imagine.

Johan frissonna en la voyant regarder vers la tombe qu'il avait mise à jour. Le visage de la femme qu'il avait déterrée quelques instants auparavant envahit son esprit. Incapable de parler, il secoua la tête.

— Vous la connaissez, n'est-ce pas ? enchaîna Zoé, d'un ton accusateur. Qui est-ce ?

Johan déglutit.

— Et ma sœur ? Où est-elle ? Est-ce qu'elle est dans cette forêt, elle aussi ?

— Votre sœur ?

— Répondez !

— Je ne sais rien au sujet de votre sœur...

— Vous mentez !

— Je vous jure que non. Je... Vous me rendez nerveux. Vous ne pourriez pas baisser votre arme quelques instants ? Je ne tenterai rien, vous avez ma parole.

— Pendant deux jours, je vous ai observé marcher dans les pas d'un tueur en série. Alors, votre parole ne suffit pas.

Deux jours ? Johan secoua la tête, une expression de gravité sur le visage. Il ne voulait plus lui mentir. Tout ce qu'il voulait à présent, c'était lui dire la vérité, se libérer de son fardeau.

— D'accord. Je vais tout vous dire. Tout ce que vous

voulez savoir. Qui je suis vraiment, ce que je fais dans la vie. Je vous parlerai de Léane, je vous dirai qui elle est et comment j'ai été en mesure de la retrouver. Pour finir, je vous dirai dans quelles circonstances j'ai fait la connaissance de Marianne… et de son assassin, car c'est ce qui m'a mené jusqu'à vous. Mais j'ai bien peur que vous ne me croyiez pas.

— Dites-moi la vérité et ça ira.

— La vérité… Le problème c'est que, certaines de mes explications sont, comment dire… peu rationnelles.

Elle fronça les sourcils.

— Peu rationnelles ? J'avoue ne pas bien comprendre.

— Alors, répondez à cette question. Avez-vous déjà fait appel à des médiums pour vous aider à retrouver votre sœur ?

Zoé ne réagit pas tout de suite.

— Vous êtes médium ?

— Non… Enfin… C'est compliqué. Je vais tout vous expliquer, mais avant j'aimerais que vous répondiez à ma question.

—Est-ce que vous êtes en train de vous payer ma tête ?

— Non. Je suis on ne peut plus sérieux. Il n'y a aucune honte à avoir. Il est assez courant qu'à la suite d'une disparition inexpliquée, la famille se tourne vers des médiums pour obtenir les réponses que la police n'est pas en mesure de leur apporter.

Elle soupira, agacée.

— Qu'importe que je l'aie fait ou pas puisque vous avez dit que vous n'étiez pas médium !

— J'ai dit que c'était compliqué.

— Alors, expliquez-moi !

— Ce n'est pas si simple.

— Assez !

Zoé ajusta sa position, prête à faire feu.

— Je vous ai posé des questions et je veux des réponses. Maintenant !

— D'accord, d'accord...

Johan s'interrompit brusquement pour regarder sur sa gauche.

— Vous avez entendu ?

Zoé regarda dans la même direction.

— Non. Rien... Vous essayez de faire diversion ?

Johan ignora sa remarque. Les sens en alerte, il écoutait les bruits de la forêt. Il n'avait pas rêvé. Quelqu'un approchait.

— Là, vous avez entendu ?

Cette fois Zoé hocha la tête.

— On dirait des aboiements, dit-elle.

Et ce n'était pas tout. Des voix résonnaient au loin. Deux hommes, peut-être plus. Ils se rapprochaient.

— On ne doit pas me trouver ici...

— Cela m'a tout l'air d'un aveu de culpabilité.

Elle leva son arme en le voyant avancer vers elle.

— Ne me forcez pas à tirer !

Il s'arrêta.

— Vous devez me laisser partir.

— Si vous bougez ne serait-ce que le petit orteil, je vous abats. Je le ferai.

— Je suis sûr du contraire.

Tremblante, Zoé s'aida de son autre main pour stabiliser son arme.

— Vous ne me connaissez pas, dit-elle. Vous ne savez

pas de quoi je suis capable.

Les voix étaient si proches maintenant, que des mots leur parvenaient clairement. Johan n'avait plus le choix. Le cœur battant à tout rompre, il fit encore un pas, puis un deuxième. Il avança jusqu'à ce que le canon heurte son torse. Si la prédiction qu'on lui avait faite était vraie, alors Zoé allait tirer d'un instant à l'autre.

— J'imagine que nul ne peut se soustraire à son destin, dit alors Johan. Faites ce que vous avez à faire.

Alors que Zoé le regardait avec ses grands yeux étonnés, il écarta le canon de l'arme et se pencha vers elle pour déposer un baiser sur ses lèvres.

— Je ne suis pas lui, dit-il avant de disparaître dans la forêt.

36

P*ar où s'est-il enfui ?*

La voix pressante du gendarme lui parvenait assourdie à cause du bourdonnement dans ses oreilles. Sentant qu'elle était proche de l'évanouissement, Zoé se laissa glisser à terre. Comment avait-elle pu le laisser partir ? se demanda-t-elle en contemplant le pistolet qu'elle serrait toujours dans sa main.

— Hé ! J'crois que Lucky a flairé queq'chose.

L'homme qui venait de parler n'était autre que le chasseur qu'elle et Johan avaient croisé un peu plus tôt dans la forêt. C'était lui qui avait donné l'alerte.

Zoé suivit son regard. Le basset grattait frénétiquement la terre en poussant des couinements aigus. Pendant un court instant, elle crut que le chien avait trouvé à son tour le cadavre que Johan avait exhumé. Sauf qu'il ne grattait pas au bon endroit. La terre giclait entre ses pattes arrière tandis qu'avec celles de devant, il creusait un trou de plus en plus profond.

— Et merde ! s'écria soudain le gendarme. Rappelle ton clébard avant qu'il ne saccage toutes les preuves !

Zoé rejoignit les deux hommes devant ce qui se révéla être une deuxième tombe. Là, à plusieurs dizaines de centimètres de profondeur, des yeux lui rendirent son regard horrifié. Et c'est comme si la terre l'engloutissait à son tour.

37

— Hé ? Vous m'entendez ?

Zoé cligna plusieurs fois des paupières. La silhouette à ses côtés se précisa. Un homme la regardait avec inquiétude. La quarantaine, il portait un uniforme de gendarme.

— Je suis le major Florian, dit-il comme s'il avait lu sa question dans ses yeux.

— Où est-ce que je suis ?

— Dans un véhicule de secours des pompiers.

Elle voulut se relever, mais un violent mal de tête la cloua à la civière.

— Les pompiers ? Pourquoi ?

— Vous avez perdu connaissance. Vous ne vous souvenez pas ?

Zoé n'avait pas envie de se souvenir. Pourtant, les images affluaient comme convoquées par son inconscient.

— Gabriela... Où est-elle ?

Le gendarme fronça les sourcils.

— Gabriela ?

— Ma sœur. Dans la forêt. Elle était là, elle aussi.

Il lui tendit un mouchoir en papier.

— Vous voulez parler de la seconde victime ?

Zoé hocha la tête, incapable de prononcer un seul mot. Elle épongea les larmes qui coulaient sur ses joues sales de terre, prit une longue inspiration et essaya de se détendre.

— Où est-elle ? demanda-t-elle alors. Où l'avez-vous emmenée ?

Le gendarme secoua la tête.

— L'équipe d'Europol est en route. Le site a été gelé en attendant.

Zoé tenta de se relever en prenant appui sur les bords de la civière.

— Vous l'avez laissée là-bas !

Il la saisit par les épaules pour l'obliger à se rallonger. Zoé se laissa faire, trop épuisée pour opposer une quelconque résistance. Elle ferma brièvement les yeux.

— Pourquoi pensez-vous qu'il s'agit de votre sœur ?

— Parce qu'elle aussi a disparu, dans les mêmes circonstances que toutes ces femmes.

— C'était il y a combien de temps ?

— L'année dernière.

Le visage du gendarme se figea dans une expression de surprise.

— Qu'est-ce qu'il y a ? lui demanda-t-elle.

— Eh bien, les victimes que vous avez retrouvées sont mortes depuis deux ou trois mois tout au plus. Bien sûr, je ne suis pas légiste, mais...

— Je sais ce que j'ai vu !

— Ce que vous avez vu, c'est un cadavre en décomposition, trancha-t-il. Je ne crois pas que vous ayez pu reconnaître votre sœur, je pense que personne ne le pourrait, pas dans l'état dans lequel se trouvait le corps.

Zoé détourna la tête. Elle frissonna en repensant au deuxième visage, affleurant la terre humide. Mangé par les asticots. Méconnaissable.

— Vous étiez en état de choc, reprit-il sur un ton plus doux. Vous l'êtes encore.

En proie à des sentiments contradictoires, Zoé détourna le regard. Après tout ce temps passé à essayer de retrouver sa sœur, elle pensait être prête à affronter la vérité. Car elle n'avait pas de doute à ce sujet, Gabriela était morte, elle n'avait aucun espoir de la retrouver vivante et pourtant, même sachant cela, elle réalisait désormais à quel point elle était démunie. Rien ne pourrait jamais la préparer au choc de retrouver sa sœur. La plupart des familles de disparus disaient toutes la même chose, qu'ils préféraient connaître la vérité même si cela signifiait apprendre que cette personne était morte dans de terribles souffrances. Zoé pensait en faire partie, elle aussi. À présent, elle redoutait le jour où elle devrait affronter la réalité.

— Mais vous avez raison, ajouta-t-il au bout de quelques instants comme elle gardait le silence, on ne peut écarter aucune possibilité. On en saura plus dans quelques heures.

Zoé, qui continuait à lui tourner le dos, l'entendit se lever. Ses pas firent tanguer le véhicule tandis qu'il se dirigeait vers l'arrière. Elle entendit un froissement de plastique et de papier.

— Tenez, les pompiers ont préparé ceci pour vous, dit-il en reprenant sa place à ses côtés.

Il tenait un gobelet rempli d'eau et un comprimé blanc qui, dans sa paume large comme une patte d'ours, semblait minuscule.

— Qu'est-ce que c'est ?

— Ça va vous aider à vous détendre en attendant qu'on vous emmène à l'hôpital.

Elle prit le gobelet et le vida d'une traite. Quant au comprimé... Cela lui rappela la nuit à la ferme et le somnifère que Johan lui avait fait prendre en lui faisant croire qu'il s'agissait d'un antalgique. Qu'est-ce qu'ils avaient tous à vouloir la droguer ?

— Je veux rester lucide, dit-elle en lui rendant le gobelet vide. Et je n'ai pas besoin d'aller à l'hôpital. Je n'ai rien, je vais bien. Johan ne m'a pas fait de mal.

— *Johan* ? C'est comme ça que vous l'appeliez ?

Le gendarme l'observait avec une intensité qui la mit mal à l'aise. Envolée la figure paternelle qui se voulait rassurante et protectrice. Désormais, il était en mode enquêteur.

— Oui... non... enfin, ça n'a pas d'importance. Je doute que ce soit son vrai nom de toute façon.

— Hum...

— Quoi ?

— Vous avez passé quarante-huit heures seule avec cet homme...

— Où voulez-vous en venir ?

Il enfonça le clou.

— Eh bien, il arrive que dans ce genre de situation, des

liens… disons… émotionnels, se créent entre l'otage et son kidnappeur.

Zoé bouillait intérieurement. Aurait-il eu les mêmes réserves si elle avait été un homme ? Elle était à peu près certaine que non.

— Vous êtes en train de suggérer que je suis amoureuse de lui ?

— Amoureuse est un bien grand mot. Je pensais plutôt à un sentiment de sympathie, voire même d'empathie.

Il faisait référence au syndrome de Stockholm, bien sûr. Pourquoi n'y avait-elle pas songé avant ?

— Il n'y a pas à avoir honte. C'est une réaction tout à fait normale et c'est probablement ce qui vous a permis de rester en vie.

Zoé détourna la tête. Elle était incapable d'affronter son regard. Que penserait-il d'elle s'il apprenait qu'elle protégeait un monstre ? Un homme destiné à passer le restant de ses jours enfermé dans une cellule à défaut de pouvoir être condamné à mort ? C'est pourtant ce qu'elle avait fait. Elle l'avait laissé s'enfuir. Et le pire, c'est qu'elle n'était pas certaine qu'elle agirait différemment si l'occasion se présentait à nouveau.

38

Alors qu'elle franchissait le seuil de la gendarmerie, Zoé sentit tous les regards converger vers elle. Des hommes et des femmes, pour la plupart en uniforme, qui la dévisageaient avec intensité. Elle avançait, flanquée du major et d'un deuxième gendarme qui laissait des traces brunâtres dans son sillage à cause de la terre tombée de ses semelles crantées. Le major la fit entrer dans un bureau. Une pièce plus longue que large qui empestait la transpiration, l'après-rasage bon marché et le tabac froid.

— Mettez-vous à l'aise, dit-il toujours sur le pas de la porte. Je reviens tout de suite.

Zoé ne savait pas très bien ce qu'il entendait par *se mettre à l'aise*, néanmoins elle était trop fatiguée pour l'attendre debout, alors elle se laissa tomber sur l'unique chaise qui était à sa disposition. C'était petit, étouffant même, malgré la fenêtre qui laissait entrer la lumière du jour, et triste aussi, avec ce calendrier accroché au mur pour seule décoration. Lorsqu'il revint, Zoé dut se faire violence pour ne pas lui demander de laisser la porte ouverte.

— Désolé de vous avoir fait attendre, dit le major Florian en la contournant pour prendre place derrière le bureau.

Il alluma l'ordinateur dont l'écran, tourné aux trois quarts vers le mur, échappait au regard de Zoé. Il pianota brièvement sur son clavier puis, satisfait, se tourna enfin vers elle.

— Vous voulez boire quelque chose ?

Zoé fit non de la tête.

— Vous êtes sûre ?

Zoé fit oui de la tête.

Se méprenant sur la raison de son silence, le gendarme poursuivit ses efforts pour la rassurer.

— C'est une sacrée aventure que vous venez de vivre. Mais vous êtes saine et sauve. C'est tout ce qui compte.

— *Une sacrée aventure*, répéta doucement Zoé.

Elle sentit la main du gendarme qui tapotait la sienne comme il l'aurait fait avec celle d'un enfant.

— Vous êtes pâle. Vous devriez manger quelque chose.

Il se leva. De l'autre côté de la pièce se trouvait un petit réfrigérateur qu'il ouvrit rapidement pour en retirer un conteneur en plastique.

— Tenez, dit-il. C'est ma femme qui l'a préparé.

Zoé considéra le sandwich enveloppé de cellophane.

— Merci. Je n'ai pas faim.

Comme s'il ne l'avait pas entendue, il déroula le film plastique.

— Hum ! fit-il en détachant un morceau de pain viennois pour le porter à sa bouche. Vous avez tort, il est délicieux.

Et joignant le geste à la parole, il engouffra un autre morceau, les yeux fermés, en soupirant de contentement.

Zoé sentit son estomac se contracter. Mais ce n'était pas à cause de la faim. Son cerveau la ramenait sans cesse vers Johan. Des flashs de mémoire qui s'immisçaient dans ses pensées quand elle s'y attendait le moins. Johan lui avait préparé un sandwich, lui aussi. C'était le jour où, toujours prisonnière dans la cave, groggy et affamée, elle avait découvert son visage pour la première fois. Il avait brisé le sandwich en morceaux pour les lui donner un par un, comme s'il nourrissait un nouveau-né. Toutes les sensations étaient là, intactes. Le goût prononcé du pain aux céréales, le beurre qui fondait dans sa bouche, les doigts de Johan qui effleuraient ses lèvres chaque fois qu'il lui présentait une nouvelle bouchée, l'intensité de son regard quand il lui avait affirmé qu'il n'était pas l'homme que toutes les polices d'Europe pourchassaient. Le ton sincère de sa voix. *Vous devez me faire confiance*, lui avait-il dit. Si seulement...

— À quoi pensez-vous ? demanda le gendarme, sans doute alerté par l'expression de son visage.

Elle s'essuya les lèvres comme pour effacer la sensation du contact des doigts de Johan. En vain.

— À rien... C'est juste que...

— Quoi ? Je suis très doué pour écouter, reprit-il comme elle gardait le silence. Je comprendrais que vous refusiez d'en parler, mais croyez-en mon expérience, plus tôt vous raconterez ce qui vous est arrivé, plus vite vous pourrez reprendre le cours de votre vie.

Zoé essuya ses paumes moites sur son jean.

— Qu'est-ce que vous voulez savoir ?

— Racontez-moi simplement ce qui s'est passé, avec vos mots.

Elle leva les yeux au plafond en quête d'inspiration. Faisant de son mieux pour rassembler ses idées, elle lui fit un résumé de ce qu'avait été son *aventure*, comme il aimait à l'appeler. Elle s'efforça de ne mentionner que les faits, écartant volontairement tout ce qui relevait de sa relation particulière avec son ravisseur et notamment la manière dont il avait gagné sa confiance. Les événements se succédaient dans sa bouche. Leur rencontre dans la cave de la maison de Marianne Deconti, qu'il pensait être *sa* maison, son amnésie bien sûr, la bergerie et la découverte du corps de l'infirmière, leur nuit à la ferme de Chantal et Roger Pasteur, leur arrivée dans la forêt, la découverte d'une énième victime, le fait qu'il avait retrouvé la mémoire, l'arrivée des gendarmes. Des événements qu'elle avait énumérés de manière détachée, comme si c'était arrivé à une autre. À aucun moment, elle ne parla de la manière dont Johan s'était occupé d'elle, la soignant, veillant à ce qu'elle n'ait ni froid ni faim... ni peur. Elle ne mentionna pas leur baiser dans la voiture ni le fait qu'ils avaient récidivé à la ferme, elle passa sous silence les moments où il lui avait offert sa liberté, une première fois après leur départ de la ferme et une seconde fois dans la forêt. Ni qu'il lui avait rendu son arme de sa propre initiative. Elle ne parla pas du cerf qu'il avait sauvé. En effet, tout cela ne cadrait tellement pas avec l'être abject décrit dans les médias, que ses propos paraîtraient incohérents. L'arrestation d'un tueur en série pouvait couronner la carrière du major Florian. Zoé avait l'intuition que le gendarme, sous ses airs bonhommes, était prêt à occulter tout ce qui n'allait pas dans ce sens. Johan était sa proie, ça ne faisait aucun doute. Une proie qu'il n'était pas près de partager avec ses collègues de la section de recherches ou Europol.

— Est-ce qu'il a dit quelque chose qui pourrait nous aider à l'identifier ? Par exemple, il aurait pu faire allusion à son travail ou à l'endroit où il vit ?

Zoé secoua la tête.

— Il avait perdu la mémoire, lui rappela-t-elle.

— Ah oui, c'est vrai. Et vous y avez cru ?

Zoé sentait qu'elle ne résisterait pas longtemps à un interrogatoire plus poussé. Il fallait qu'elle écourte leur entretien si elle voulait pouvoir garder pour elle ses secrets.

— J'ai besoin d'aller aux toilettes, dit-elle alors à court d'inspiration.

— Oui, bien sûr. Attendez, je vais vous aider à vous lever.

Debout sur ses deux jambes, Zoé regarda le décor tanguer. Le gendarme lui offrit de s'appuyer à son bras.

— Ça va aller, dit-elle.

Il se pencha vers elle comme s'il s'apprêtait à lui faire une confidence.

— Vous n'avez plus rien à craindre maintenant. Il ne vous fera plus aucun mal.

Il avait prononcé cela de façon définitive, comme s'il savait quelque chose qu'elle ignorait. Zoé ne tarda pas à comprendre. Mais elle ne voulait pas y croire.

— Vous l'avez tué…

Le gendarme sourit, dévoilant des dents parfaitement alignées. Il avait cet air triomphant du chasseur.

— Mais non ! Qu'allez-vous imaginer. Nous l'avons arrêté. Mes hommes ont réussi à l'intercepter sur la route.

— Vous voulez dire... qu'il est ici ? demanda-t-elle, la voix coupée par l'émotion.

— Oui, mais vous n'avez pas à vous inquiéter. On s'est bien occupé de lui.

39

— Inspirez par le nez... Expirez par la bouche.

La voix du médecin requis par la gendarmerie résonnait dans la cellule. Johan s'exécuta, frissonnant à chaque fois que le stéthoscope se déplaçait dans son dos.

— Les voies respiratoires sont libres, commenta le praticien sans s'adresser à personne en particulier.

Adossé contre la porte, un gendarme observait en silence. Il portait un uniforme bleu clair, mais Johan était incapable de dire à quoi correspondait son grade. Lieutenant-colonel ou simple brigadier, il n'aurait pas su faire la différence.

— Bon, fit le médecin en venant se placer face à lui. Dites-moi si je vous fais mal.

Johan grimaça lorsque les mains gantées de latex se posèrent sur sa cage thoracique. Des bleus avaient commencé à se former un peu partout sur son corps.

— Alors ? s'impatienta le gendarme, pressé de savoir si

l'état de son prisonnier était compatible avec une garde à vue.

Le médecin retira ses gants en les faisant claquer comme des élastiques.

— Deux côtes fêlées, quelques hématomes superficiels, mais rien qui justifie une hospitalisation, répondit-il d'une voix fatiguée.

Tandis qu'il reboutonnait sa chemise, Johan se demanda par quel miracle ses os avaient résisté aux assauts des matraques qui s'étaient abattues sur lui. Des dizaines de coups assénés par des hommes en proie à la fureur. Non, pensa-t-il avec du recul. Pas de la fureur… de la peur. Ils avaient surgi de nulle part, alors qu'il tentait de retrouver son chemin dans la forêt. Des gendarmes du PSIG[13] appelés en renfort pour arrêter un dangereux criminel. Lui. Sauf qu'il y avait erreur sur la personne. C'est ce qu'il avait essayé de leur expliquer dans la forêt. À bout de forces, il les avait regardés se déployer en cercle autour de lui, lui ôtant toute échappatoire. Comme des loups. C'est ce qu'il avait pensé en les regardant avancer comme un seul homme, dans leur uniforme sombre. Il n'avait pas compris qu'à leurs yeux, le loup, c'était lui. C'était lui, le dangereux prédateur. Il n'y avait pas de doute possible et aucune des paroles qu'il avait prononcées n'avait franchi le mur psychologique forgé par leurs convictions. Tout s'était passé si vite. Johan était parvenu à esquiver le premier coup. Mais pas le deuxième. Ni ceux qui suivirent. Sur son dos, ses jambes, ses côtes, les coups pleuvaient, de plus en plus fort. Et tout ce qu'il pouvait faire, c'était prier, encore et encore : *Pitié, pas mes mains. Tout, mais pas mes mains !*

La voix du médecin le ramena dans la cellule.

— Prenez ça, c'est du paracétamol. Pour la douleur.

Johan regarda les comprimés que l'homme venait de déposer dans sa paume.

— Et elle ? Comment va-t-elle ?

— *Elle* ? répéta le médecin, décontenancé.

— La femme qui était avec moi dans la forêt. Est-ce qu'elle va bien ?

Le gendarme se décolla brusquement de la porte qui trembla dans ses gonds.

— Tu veux savoir si la femme que tu as kidnappée va bien ? dit-il, d'une voix dure.

Johan secoua la tête sans comprendre.

— Kidnappée ?

C'était impossible. Il n'avait pas pu faire ça.

— J'ai besoin de la voir.

Son interlocuteur plissa les yeux.

— Pour quoi faire ?

— J'ai besoin de lui parler. Il faut que je sache.

— Quoi donc ?

Johan ferma les yeux.

— Je n'ai aucun souvenir de ce qui s'est passé.

— Je le crois pas ! s'écria le gendarme qui avait de toute évidence besoin de faire un stage de maîtrise de soi. Il nous refait le coup de l'amnésie !

Le médecin s'était raidi.

— Qu'est-ce que vous voulez dire par là ?

— Que c'est déjà ce qu'il a essayé de faire croire à Zoé Rossi. Qu'il ne savait plus qui il était et autres foutaises de ce genre !

Le médecin reporta son attention sur le prisonnier.

— C'est vrai ?

Johan soupira.

— Je ne sais pas ce que j'ai pu dire ou faire avant...

— Avant quoi ?

Johan demeura silencieux tandis que le souvenir de Marianne Deconti envahissait son esprit. Sa voix éraillée, ses appels à l'aide désespérés, son visage disparaissant sous le film plastique.

— Tu vas parler, bordel de merde !

Le gendarme avait foncé sur lui. Johan ferma les yeux se préparant à l'impact qui allait suivre quand la porte s'ouvrit.

Un autre gendarme apparut dans l'encadrement de la porte. Johan le reconnut. Lui aussi était là lorsqu'on l'avait arrêté. Un taciturne qui regardait les autres se salir les mains. Il fit signe à son collègue d'approcher. Johan se concentra pour essayer d'entendre ce qu'ils se disaient. Seules quelques bribes de conversation lui parvinrent : « [...] Il dit qu'il se souvient de rien [...] c'est pas lui [...] ne me dis pas que tu le crois ! [...] on sait qui il est [...] l'analyste d'Europol est formel [...] tu rigoles ! Un médium ? [...] Il s'appelle Pierre Valmeur. »

Johan sursauta sur la banquette.

— Qu'est-ce que vous avez dit ?

Mais pour toute réponse, la porte de la cellule se referma dans un fracas métallique.

40

Zoé espérait se retrouver un peu seule, mais lorsque la porte du bureau s'ouvrit, elle comprit que cela n'allait pas être facile. Là, dans l'étroit couloir, une dizaine d'hommes en uniforme la dévisageaient.

— Les toilettes sont là-bas, troisième porte à droite, indiqua le major Florian comme elle hésitait à franchir le seuil du bureau. Allez ! Poussez-vous un peu les gars !

Serrés comme des sardines, les hommes se décalèrent sur le côté pour la laisser passer.

Zoé traversa le couloir aussi vite que ses jambes le lui permettaient, consciente que tous les regards étaient rivés sur elle. Elle enfonça la porte des toilettes et s'engouffra à l'intérieur. Il y avait mieux comme refuge, mais il était hors de question qu'on la voie dans cet état. Enfin seule, elle se planta devant le miroir qui surplombait les lavabos et sans même s'adresser un regard, plongea ses mains dans l'eau froide pour s'en asperger le visage. Johan était ici. Elle pouvait presque sentir sa présence magnétique malgré les murs qui les séparaient. Le visage dégoulinant, elle ferma les yeux pour se concentrer sur les sons qui lui parvenaient par-delà les cloisons, des voix d'hommes, assourdies comme si elle était sous l'eau et eux à la surface. Pendant un court instant, elle crut l'entendre. « Laissez-vous aller, Zoé ». Le souvenir de sa voix la fit frissonner. Elle s'aspergea le visage une nouvelle fois. *Reprends-toi, bon sang !* Elle s'apprêtait à recommencer quand une voix, bien réelle celle-ci, résonna dans son dos.

— Zoé ? Ça va ?

Elle leva les yeux vers le miroir. Son beau-frère se tenait derrière elle, immobile sur le seuil des toilettes.

— Anthony ? Qu'est-ce que tu fais là ?

Il avança vers elle.

— Tu plaisantes, j'espère ? J'ai cru que je ne te reverrai jamais. J'ai cru que tu étais...

Une cinquantaine de centimètres les séparaient. Zoé recula voyant qu'il cherchait encore à réduire cette distance. Anthony se figea. Elle le connaissait suffisamment pour savoir quand il était contrarié. Ou bien était-ce de la peur ?

— Qu'est-ce qu'il y a ? demanda-t-il, en s'immobilisant brusquement.

— Je... je suis surprise de te trouver ici, c'est tout.

Une expression douloureuse bouleversa les traits de son beau-frère.

— Et où voulais-tu que je sois ?

Au contact de ses mains sur ses épaules, Zoé se raidit. Les souvenirs de leur dispute, la veille de son enlèvement, lui revinrent aussitôt en mémoire. Anthony qui la forçait à s'allonger sur le canapé, son corps qui l'écrasait, ses mains qui déboutonnaient son chemisier, son haleine lourde d'alcool tandis qu'il l'embrassait. Il n'avait gardé aucune trace du coup qu'elle lui avait assené à la tempe. C'était comme se remémorer un cauchemar. Paradoxalement, Johan n'avait jamais été violent avec elle. Elle le pensait vraiment. Il ne l'avait jamais brutalisée. Même lorsqu'il faisait semblant de la menacer avec son arme. Car c'était bien de ça dont il s'agissait, de bluff et rien d'autre. Il n'y avait qu'à voir la façon dont il tenait le pistolet, sa main qui tremblait. Zoé savait à présent qu'il n'aurait jamais tiré sur elle. En dépit des circonstances, il s'était montré plus attentionné qu'aucun autre homme qu'elle avait connu jusqu'à présent. Et cela la troublait plus qu'elle ne pouvait l'admettre.

— Tu es sûre que ça va ? demanda-t-il, en essayant de croiser son regard. Pardon... c'est une question idiote. Je vais aller t'attendre dans le couloir.

— Ne pars pas !

Zoé était déstabilisée. La présence d'Anthony ressuscitait d'autres souvenirs pénibles.

— Dans la forêt, commença-t-elle par dire sans pouvoir aller jusqu'au bout.

— Oui ? Dis-moi.

— Il y avait deux cadavres.

— Oui, je sais.

Elle leva vers lui ses yeux gonflés de larmes.

— J'ai peur que l'un d'eux... J'ai peur qu'il s'agisse de Gabriela.

Un sourire triste passa sur le visage d'Anthony.

— Ce n'est pas elle. Les deux victimes ont été identifiées. Il s'agit de deux jeunes Belges.

— Deux Belges, répéta-t-elle.

— Oui, elles ont disparu cet été sur une aire d'autoroute, en Italie.

Zoé secouait la tête. Elle repensa aux paroles du major Florian et bien qu'elle non plus ne fût pas légiste, elle savait que ce genre de choses prenait un certain temps.

— Comment ont-ils fait pour les identifier si vite ?

— Grâce à leur dossier dentaire. Viens avec moi, tu comprendras mieux.

Les victimes s'appelaient Léane Jalmet et Sonya Nbaké, la meilleure amie de celle-ci. Les deux jeunes femmes avaient entrepris un voyage vers le sud de l'Italie, comme elles l'avaient annoncé à leurs parents, avant leur entrée en première année à l'Académie royale des Beaux-Arts de Bruxelles. Elles postaient régulièrement sur leur profil Instagram, les photos de leur périple italien. La dernière photographie les montrait à la Punta della Dogana, le musée d'art moderne de Venise. Elles avaient été vues pour la dernière fois sur une aire d'autoroute, faisant du stop pour rallier Florence. D'après l'enquête, aucune des deux jeunes femmes n'avait atteint la capitale toscane. Elles n'avaient jamais réalisé leur rêve de voir les sculptures de Michelange, dont le célèbre David, ni *la naissance de Vénus,* chef-d'œuvre de Botticcelli, ni même les fresques de Fra Angelico. Aucune des deux familles n'avait encore reçu de colis du tueur. Mais il était certain que ceux-ci étaient déjà prêts à être expédiés, ainsi que les cartes postales révélant l'emplacement des cadavres. Car, contrairement aux autres victimes, ici, seules les têtes avaient été retrouvées.

Zoé écoutait à peine le récit que lui faisait l'enquêteur d'Europol. Le major Florian se tenait dans un coin, raide comme un piquet, le visage rouge et le regard fuyant. Malgré son mètre quatre-vingt-dix, le gendarme semblait avoir rapetissé. De toute évidence, le rapport de force s'était inversé durant sa courte absence. D'autres hommes se trouvaient dans la pièce, Anthony bien sûr, dont la présence derrière elle la rendait nerveuse, mais aussi des inconnus, probablement des policiers de la section de recherches de Caen. Eux non plus n'avaient pas l'air particulièrement intéressés par le compte rendu du capitaine Dorsey, puisqu'ils étaient trop occupés à la dévisager, elle. Zoé tenta de les ignorer. En vain. C'était comme se retrouver sous le feu croisé de rayons laser. C'est alors qu'un visage retint son attention. Un homme d'un certain âge qui se tenait en retrait. Ce n'était pas un policier, elle l'aurait juré. Un psychologue peut-être ? C'est ce que son regard, à la fois bienveillant et perçant, lui suggérait. Si c'était le cas, il avait une étrange manière de s'habiller, avec son vieux jean délavé passé de mode, sa chemise à carreaux de bûcheron et ses mocassins au cuir craquelé comme si, après avoir pris la pluie, on les avait oubliés au soleil. Et puis il y avait ce sac à dos, posé par terre, qu'il tenait par une des bretelles, un modèle en toile qui semblait tout droit sorti d'un musée de l'armée. Zoé n'arrivait plus à détacher son regard de l'inconnu. Il y avait quelque chose chez lui de familier, mais elle n'arrivait pas à mettre le doigt dessus. L'homme lui sourit et cette sensation qu'elle l'avait déjà croisé quelque part s'accentua.

— Je vous présente Pierre Valmeur, dit alors le capitaine, qui avait visiblement fini son exposé des faits. Monsieur Valmeur a été engagé par la famille de Léane Jalmet, une des deux victimes. C'est lui qui nous a permis de les identifier grâce à leur dossier dentaire.

L'homme s'avança vers elle. Il était tout près maintenant. Zoé ne vit pas sa main tendue, trop absorbée dans la contemplation des rides qui sillonnaient sa peau comme les entrelacs d'une rivière asséchée.

— Bonjour Mademoiselle, dit-il alors en saisissant sa main.

Elle tressaillit au contact de sa paume rugueuse contre la sienne.

— Vous êtes une sorte de détective ?

Il secoua la tête sans cesser de l'observer, au point que Zoé se demanda si elle n'avait pas quelque chose sur la figure.

— Pourquoi est-ce que vous me fixez comme ça ?

— Je n'en reviens pas de vous voir là devant moi, avoua Pierre Valmeur. Je devrais y être habitué après tout ce temps. Pourtant, quand mes visions se concrétisent, l'effet est toujours aussi déroutant. Et exaltant aussi, ajouta-t-il avec un clin d'œil.

— Monsieur Valmeur est médium, expliqua Dorsey, le plus sérieusement du monde.

Elle les regarda l'un l'autre, incrédule.

— Vous avez eu une vision de moi ?

— De vous et de mon fils.

Zoé sentit son cœur se serrer en comprenant soudain pourquoi son visage lui était si familier. Ils avaient la même façon de sourire et ce regard étrange aussi, inquiétant et magnétique à la fois.

— Johan est votre fils, dit-elle simplement.

— Oui, Mademoiselle. Et il a traversé la France pour vous sauver.

41

— Me sauver ?

C’était le comble.

— En me kidnappant ? En menaçant ma vie ?

La voix de la jeune femme résonna dans la pièce à présent que tout le monde était sorti, à l’exception du capitaine Dorsey et du père de Johan.

— Il ne vous aurait jamais fait de mal, répliqua celui-ci.

Zoé ne savait plus où elle en était.

— Me sauver…

Pierre Valmeur sourit.

— C’est ce qu’il a fait, non ? Il vous a délivrée.

C’était une façon de voir les choses. Zoé était bien obligée d’admettre que sans son intervention, qui sait ce qui se serait passé. L’homme qui l’avait kidnappée sur la route de la forêt des Landes serait probablement revenu la chercher après qu’il en aurait eu fini avec Marianne, mais la présence de Johan avait bouleversé ses plans. Elle se tourna vers le capitaine Dorsey.

— Je veux lui parler. Je sais qu'il est ici.

— Je ne pense pas que cela soit une bonne...

— Est-ce que vous le suspectez ? le coupa-t-elle.

L'officier secoua la tête.

— Non, il est hors de cause pour les meurtres. Mais il vous a quand même kidnappée, il vous a retenue contre votre volonté.

— Et si je vous disais que ce n'est pas ce qui s'est passé ?

— Zoé, je ne pense pas que vous soyez en mesure de décider.

— Laissez-moi lui parler. Je vous dirais ensuite si je porte plainte contre lui ou pas.

Didier Dorsey regarda brièvement Pierre Valmeur. Puis revenant à Zoé, il annonça, hésitant :

— Avant que je vous donne mon feu vert, il y a quelque chose que vous devez savoir. C'est au sujet de sa mémoire. Il semblerait qu'en retrouvant les souvenirs de son passé, son cerveau ait par la même occasion effacé ces dernières quarante-huit heures. En d'autres termes, il ne se souvient pas de vous.

42

Johan regarda la porte du bureau s'ouvrir lentement. Il n'arrivait pas à y croire. C'était bien elle pourtant. La femme qu'il avait vue dans la forêt, la femme du portrait. Elle était là, flanquée du gendarme qui était venu le sortir de sa cellule quelques instants plus tôt. Un autre homme était présent. Un policier en civil que Johan rencontrait pour la première fois.

— Je suis le capitaine Dorsey, dit celui-ci sans autre forme de préambule. Mademoiselle Rossi a des questions à vous poser. Vous devez comprendre que tout ce que vous direz pourra être retenu contre vous.

Il lui répéta ses droits, mais Johan l'écoutait à peine, trop occupé à regarder la jeune femme qui restait en arrière, près de la porte, comme si elle se tenait prête à battre en retraite.

— Vous avez compris ce que je viens de vous dire ?

Johan hocha la tête, mais de toute évidence le militaire

attendait une réponse à une question qu'il n'avait pas entendue. Celui-ci insista :

— Est-ce que vous êtes sûr que vous ne voulez pas l'assistance d'un avocat ?

Johan secoua la tête.

— Non, je n'en veux pas, répondit-il sans toutefois quitter des yeux la jeune femme.

Elle avait frémi en l'entendant répondre. Il se demandait si le gendarme s'en était aperçu. Johan le regarda se retirer dans un coin pour leur laisser le champ libre. Alors, il reporta son attention sur Zoé Rossi. Ils étaient face à face, comme dans une confrontation entre victime et agresseur, sauf que les rôles de chacun n'étaient plus aussi clairs.

— Est-ce que vous êtes venue de votre plein gré ou bien est-ce qu'on vous l'a demandé ?

— Est-ce que ça fait une différence ?

C'étaient les premiers mots qu'elle lui adressait depuis leur échange dans la forêt.

— Pour moi, oui, répondit-il sans la quitter des yeux.

— Je suis venue de ma propre initiative.

Il hocha la tête et sourit. C'était idiot. Sa lèvre fendue lui faisait un mal de chien. Il n'aurait pas dû lui sourire, mais c'était plus fort que lui.

— Vous trouvez ça drôle ?

— Je suis content de vous revoir, c'est tout. Je n'étais pas sûr que vous voudriez me parler après ce qui s'est passé.

Johan aurait voulu qu'elle approche, mais elle ne semblait pas disposée à combler la distance qui les séparait. Elle fuyait son regard constamment. S'en rendait-elle compte ? Était-ce à cause de lui ? Ou bien à cause de cet homme qui surveillait ses moindres faits et gestes comme si elle était elle-même un suspect ? Il fallait qu'il trouve un moyen de rester seul avec elle.

— Est-ce qu'on pourrait se parler, seul à seul ? s'entendit-il demander.

Elle leva les yeux vers son garde du corps, comme une lycéenne mendiant la permission de minuit. Celui-ci secoua la tête. Devant son refus, son front se plissa. Elle était contrariée, il le sentait. Elle aussi aurait préféré lui parler sans témoins. Bon sang ! Il y avait tellement de choses qu'il avait besoin de lui dire, de lui expliquer, des choses qu'elle seule devait entendre.

Il la vit, alors, qui se penchait vers l'homme. Il ne pouvait pas entendre ce qu'elle lui disait, mais à voir le visage de l'officier se crisper, ce ne devait pas être pour lui plaire.

— D'accord, finit par répondre celui-ci. Laissez-moi vérifier qu'il est bien attaché, d'abord.

Johan le regarda approcher, l'air soucieux et en colère aussi. Il sentit alors le métal pincer sa chair tandis que le gendarme tirait sans ménagement sur les menottes qui maintenaient solidement son poignet arrimé aux barreaux de la chaise.

— Je crois que ça suffit comme ça, dit-elle alors en s'interposant comme si elle cherchait à le protéger.

Johan leva les yeux. Dorsey avait brandi son téléphone portable qu'il avait mis en mode enregistreur.

— Ne vous avisez pas de l'éteindre, fit-il en le posant sur la table.

Zoé se contenta de hocher la tête.

— Vous pouvez nous laisser, maintenant, ajouta-t-elle.

— Je suis juste là dehors, alors s'il y a quoi que ce soit...

Elle referma la porte derrière lui, puis revenant vers le bureau, elle s'empressa de mettre l'enregistreur sur pause.

— Je suis désolée pour ce qu'ils vous ont fait, dit-elle en se plaçant en face de lui. Les gendarmes...

Johan haussa les épaules.

— Ils pensaient que j'étais *lui*. Je ne peux pas leur en vouloir.

Elle s'approcha. Là, debout devant lui, elle détaillait ses blessures.

— Est-ce que ça fait mal ?

Johan grimaça.

— Pas tant que ça.

Son corps entier n'était qu'un énorme bleu et ses côtes fêlées se rappelaient à son bon souvenir chaque fois qu'il respirait, mais cela n'avait aucune importance. Elle seule comptait.

— Et vous ?

— Moi ?

— Oui, Zoé, vous. Comment est-ce que vous allez ?

Pour la première fois depuis qu'elle était entrée dans la pièce, elle le regarda bien en face.

— Heu... Ça va.

Elle mentait mal.

— Est-ce que... je vous ai fait du mal ? parvint-il à demander.

— Non.

— Pourtant, vous ne me faites pas confiance.

— Je ne demande que ça, mais il va falloir m'en dire un peu plus.

Il hocha la tête, une expression de gravité sur le visage.

— Qu'est-ce que vous voulez savoir ?

— Tout. Je veux tout savoir.

Il sourit à nouveau. Une perle de sang se forma sur sa lèvre fendue qu'il fit disparaître avec sa langue. Le goût du sang raviva des souvenirs douloureux.

— Le problème c'est que je ne sais pas très bien par où commencer.

— Parlez-moi de la vision.

Sa demande le prit au dépourvu.

— Quoi ?

— J'ai rencontré votre père, dit-elle.

— Oh, alors il vous a parlé du portrait.

— Quel portrait ?

Johan secoua la tête.

— Ça n'a pas d'importance.

— Est-ce qu'il s'agit d'un portrait de moi ?

— Oui. En quelque sorte... Je vais tout vous expliquer, mais avant j'ai besoin d'y voir plus clair, moi aussi. Mon père. Qu'est-ce qu'il vous a dit au juste ?

— Qu'il avait eu une vision de nous deux et que vous aviez traversé la France pour me sauver.

— Est-ce que c'est ce qui s'est passé ? Je vous ai sauvée ?

— Eh bien, je suis ici, non ?

Ils restèrent quelques instants sans parler, les yeux dans les yeux.

— Le problème c'est que c'est un peu confus dans ma

tête. Je veux parler de notre rencontre et aussi… de ce qui s'est produit par la suite. Je ne sais plus s'il s'agit de la réalité ou de la vision.

En la voyant hocher la tête, il n'aurait su dire si elle était déçue ou soulagée.

— C'était déjà le cas quand je vous ai rencontré pour la première fois, dit-elle alors. Vous disiez ne plus vous souvenir de qui vous étiez, ni de votre passé.

— C'est parce que j'ai probablement souffert d'amnésie psychogène. C'est une forme d'amnésie qui survient à la suite d'un choc émotionnel.

— Un choc émotionnel…

— Un traumatisme psychologique, si vous préférez, tellement violent que la personne qui le vit, moi en l'occurrence, se dissocie de la réalité.

— Un traumatisme de quelle sorte ?

— Eh bien, disons que la personne a été amenée à craindre pour sa vie ou pour celle d'un être cher. Ou les deux, ajouta-t-il.

Il avait conscience qu'il continuait à parler de lui à la troisième personne, comme si tout cela était arrivé à quelqu'un d'autre. Dieu sait qu'il aurait préféré qu'il en soit ainsi.

— Est-ce que ça a quelque chose à voir avec Marianne Deconti ?

Johan se raidit tandis que le souvenir de l'infirmière envahissait son esprit. *J'ai besoin de votre aide*, lui avait-elle dit. Mais il n'avait rien pu faire…

— Vous la connaissiez ? insista Zoé.

— En quelque sorte.

Elle leva les yeux au ciel.

— En quelque sorte... Je commence vraiment à en avoir marre de vos réponses de...

—... Normand ?

— Je veux seulement comprendre comment vous vous êtes retrouvé mêlé à toute cette histoire. Vous m'avez trouvée dans la cave de Marianne Deconti, puis vous m'avez conduite jusqu'à son cadavre et enfin dans cette forêt où il y avait, pas une, mais deux autres victimes du Faucheur. Alors, si vous n'êtes pas lui, qui êtes-vous?

— Je vais vous le dire, mais avant cela, il faut que vous soyez préparée.

Il pouvait lire l'excitation dans ses grands yeux bruns. Et aussi de l'appréhension.

— Certaines des explications que je vais vous donner sont, comment dire... peu rationnelles...

Elle se cala contre le dossier de la chaise, pensive.

— Avec un père médium, le contraire m'aurait étonnée. Alors, c'est quoi ? Vous pouvez voyager dans le temps ? Lire dans les pensées ? Communiquer avec les morts...

— Pas avec les morts. Avec les mourants.

Zoé se tut. Johan laissa le silence s'étirer encore quelques instants. Il voulait être certain d'avoir toute son attention avant de lui faire sa confession. C'était grisant et effrayant à la fois. Grisant parce qu'il allait enfin pouvoir lui avouer des secrets qu'il n'avait jamais révélés à personne, effrayant parce qu'il craignait sa réaction. Réalisant qu'il retenait son souffle, il s'autorisa à respirer et son corps se détendit quelque peu. Quand faut y aller, faut y aller...

— Je m'appelle Johan Valmeur. Je suis neurochirurgien à l'hôpital de la Pitié-Salpêtrière, à Paris. Et... je suis un assassin.

PARTIE II

L'Ange déchu

"Chaque chirurgien traîne derrière lui un petit cimetière, dans lequel il va prier de temps à autre, un cimetière d'amertume et de regrets, dans lequel il cherche la raison de ses échecs."

René LERICHE, chirurgien français

43

Hôpital de la Pitié-Salpêtrière, Paris, service d'imagerie médicale.

Je contemplai la masse blanchâtre qui venait d'apparaître sur l'écran de contrôle de l'IRM. Une tumeur de cinq centimètres de diamètre si profondément enfouie dans le cerveau qu'aucun autre chirurgien jusque-là n'avait voulu tenter de retirer. « Trop risqué », avaient-ils répondu invariablement à la famille de Camille Langevin, une jeune femme de dix-neuf ans qui venait de réussir le concours d'entrée à l'école nationale d'architecture. C'est une crise d'épilepsie soudaine qui avait permis d'établir le diagnostic : un gliome de grade 2, jugé inopérable. À ce stade, la tumeur était encore considérée comme bénigne, toutefois, la laisser dans sa tête revenait à condamner la jeune femme à une mort certaine. Bien sûr, elle pourrait vivre encore cinq ou dix ans, voire plus, sans ressentir le moindre symptôme. D'ailleurs, hormis la crise d'épilepsie inaugurale, Camille se portait bien. Alors, pourquoi tenter une opération au risque de causer des séquelles irrémédiables comme la perte de l'usage de la parole ou une paralysie, voire un accident vasculaire cérébral ? Parce que tôt ou tard, la chose qu'elle avait dans sa tête finirait par la tuer. C'était inéluctable. Tous les gliomes sans exception se transformaient en tumeurs malignes. Personne ne pouvait prédire quand, mais il était vraisemblable que Camille mourrait avant de fêter ses trente ans. Je savais qu'en retirant la tumeur maintenant, son espérance de vie pourrait être multipliée par deux, au minimum. Néanmoins, je comprenais la réticence de mes collègues. La tumeur était très mal placée.

Je levai les yeux vers la baie vitrée qui me séparait de la salle d'IRM. Camille se tenait debout, souriante malgré la bombe à retardement qu'elle abritait dans sa tête. J'étais son dernier espoir, mais je n'avais pas encore accepté de l'opérer.

Lorsqu'un quart d'heure plus tard, j'entrai dans sa chambre, Camille était assise en tailleur sur le lit, entourée de ses parents et de son petit ami. Mon arrivée plongea la petite assemblée dans le silence.

— Eh bien, jeune fille, j'ai le regret de vous annoncer que vous allez devoir vous raser la tête.

Évelyne Langevin, la maman, étouffa un cri de joie avec ses mains.

— Vous allez l'opérer ? me demanda le père, histoire d'être sûr qu'il avait bien compris.

— Demain matin, à huit heures, confirmai-je.

Évelyne et Thomas Langevin se jetèrent à mon cou.

— Vous êtes un ange !

44

« Vous êtes un ange ». C'est ce que je m'entendais dire le plus souvent par les familles à qui je venais annoncer que leur cauchemar était terminé. Un surnom dont les journalistes avaient tôt fait de s'emparer, comme dans le dernier article qui m'avait été consacré à l'occasion de l'intervention que j'avais pratiquée sur un secrétaire d'État et qui titrait « L'ange au bistouri d'or ». Cela me faisait sourire à chaque fois. Quand je me rasais le matin, mon reflet me renvoyait plutôt l'image d'un gars qui aurait pu être boxeur dans une autre vie. La faute à la cicatrice qui barrait mon sourcil droit et à une fracture de l'arête du nez que je n'avais jamais voulu faire rectifier, probablement parce que sans elle mon visage aurait été trop beau. Pas assez viril diraient certains. *Un ange...* D'autres qualificatifs circulaient dans les couloirs de l'hôpital. Je les connaissais tous, bien que la plupart n'aient jamais été prononcés en ma présence. Mon regard de bagarreur des rues suffisait à dissuader les plus courageux, je suppose. Ambitieux, talentueux, arrogant, inconscient, pour ne citer que les politiquement corrects. À trente-trois ans, ma réussite était, sinon suspecte, du moins indécente. Après mon internat au CHU de Montpellier et des études postdoctorales à la faculté de médecine de l'université de Cornell, à New York, j'avais rejoint l'équipe du professeur Zajac, à l'hôpital de la Pitié Salpêtrière. En trois années seulement, je m'étais forgé une réputation qui avait dépassé les frontières de l'hexagone. Mes patients venaient des quatre coins de la planète. Camille Langevin, elle, n'avait eu qu'à franchir le périphérique qui séparait Paris des Hauts-de-Seine où elle vivait avec sa famille.

— Je vais avoir besoin que tu signes ce formulaire de consentement, dis-je en m'asseyant au bord du lit.

— Donnez-moi un stylo ! s'exclama aussitôt Camille.

Je me devais de calmer son enthousiasme.

— On appelle cela un consentement éclairé et ce n'est pas pour rien. C'est comme un contrat entre toi et moi, tu comprends ?

Je lui expliquai alors en quoi allait consister l'intervention.

— Cela va durer environ sept heures. La première heure, tu seras complètement endormie pour nous permettre de pratiquer la craniectomie, c'est-à-dire l'ouverture du crâne. Ensuite, on te réveillera. Le cerveau n'a pas de sensibilité propre, ce qui signifie qu'il est totalement indolore. On te demandera alors de plier ton bras et de nommer les objets que tu verras sur un petit écran. Cela me permettra d'identifier les zones du langage et de la motricité de manière à ne pas les endommager pendant l'intervention. Au début, ça va te faire bizarre, tu seras probablement désorientée. Lise, notre neuropsychologue qui va venir te voir tout à l'heure, sera assise à tes côtés. Elle t'aidera à rester concentrée sur les exercices. De mon côté, je ferai de mon mieux pour retirer un maximum de tumeur. C'est la phase la plus longue et la plus fatigante, pour toi comme pour moi. Ensuite, tu seras rendormie pour me permettre de refermer la boîte crânienne.

— Je sais déjà tout ça, s'impatienta Camille qui avait déjà épuisé le sujet sur Internet.

Je gardai le silence quelques instants.

— Alors, tu sais aussi qu'il y a des risques réels.

— Vous cherchez à me décourager ou quoi ?

— Pas du tout, mais c'est important que tu saches à quoi t'attendre.

La voix de Stéphane Langevin, le père de Camille, m'interrompit.

— S'il y a bien quelque chose qu'aucun de nous n'ignore, ce sont les risques liés à l'opération ! Vos confrères ont déjà été très clairs sur ce sujet. Un véritable inventaire à la Prévert pour justifier leur refus de sauver ma fille.

Je hochai la tête dans sa direction, habitué à ce genre de commentaires.

— Dans ce cas, j'imagine qu'ils n'ont pas parlé des suites opératoires.

Je me tournai vers Camille avant de poursuivre.

— Après l'intervention, tu pourrais avoir des difficultés à parler, peut-être même à bouger.

— Mais ce serait temporaire, non ? intervint encore Stéphane Langevin.

Je me retournai une nouvelle fois pour lui répondre.

— En effet, la plupart des patients récupèrent en quelques semaines et peuvent ensuite reprendre une vie normale. Enfin, presque normale puisqu'il faudra que Camille continue son traitement antiépileptique et qu'elle se soumette à des contrôles réguliers pour déceler une éventuelle récidive.

— En quoi consistent ces contrôles ? demanda la maman de Camille, rompant le silence qu'avait fait naître le terme de *récidive*.

— Une IRM, tous les six mois pour commencer. Puis, si tout va bien, on pourra les espacer. Bien entendu, au moindre symptôme inquiétant, il faudra me contacter.

Tout le monde hochait la tête, satisfait. Je m'adressai une nouvelle fois à ma patiente.

— Et toi ? Est-ce que tu as des questions ?

Pour toute réponse, Camille fit danser les boucles de ses cheveux en secouant la tête.

Je lui tendis un stylo, mais alors qu'elle s'apprêtait à apposer sa signature sur le document, elle s'interrompit.

— Eh bien, en effet, j'aurais bien une petite question.

Elle fit une pause, nous regardant tour à tour, avant de prendre un air de circonstance.

— Est-ce qu'il faut vraiment qu'on me rase la tête ?

Quelques instants plus tard, je ressortai de la chambre avec le formulaire de consentement dûment signé. J'avais promis à Camille de ne raser que ce qui était nécessaire. Je lui avais également assuré que la cicatrice en forme de fer à cheval sur le côté gauche de son crâne ne se verrait pas, surtout une fois que ses cheveux auraient repoussé complètement.

Je remis le formulaire de consentement à ma secrétaire, puis m'enfermai dans mon bureau. Comme à chaque veille d'intervention, je comptai bien relire le dossier de Camille. Mais avant, je considérai une nouvelle fois l'enveloppe en papier irisé qui était restée là où ma secrétaire l'avait posée, deux semaines auparavant. Je me décidai à la prendre. La soupesai. Je lissai le ruban nacré qui maintenait l'enveloppe close, grâce à une sorte de trombone en forme de cœur parsemé de strass. Je relus mon prénom, écrit à la main sur le devant. C'était la calligraphie de Maud. Je m'attardai sur les lettres, espérant y déceler un léger tremblement ou autre chose, n'importe quoi qui aurait pu me renseigner sur son état d'esprit alors qu'elle m'adressait son faire-part de mariage. J'étais son ex après tout. Mais je n'y trouvai rien, pas le moindre début d'émotion. En même temps, Maud était chirurgien, elle aussi, pas le genre à avoir la main qui tremble. Je soupirai, l'enveloppe entre les doigts. Je n'avais pas envie de l'ouvrir, pas envie de voir son prénom accolé à celui de mon meilleur ami en lettres dorées. J'hésitai quelques instants, l'enveloppe encore enrubannée dans la main, avisant la corbeille à papier à un mètre. Bien que l'idée de l'y jeter me démangeât, je me ravisai pour la faire disparaître dans un tiroir. Maud et Cédric allaient se marier. Ignorant la pointe de jalousie qui resurgissait dès que je pensais à leur bonheur, j'allumai l'ordinateur et cliquai sur le dossier de Camille Langevin.

. . .

Lorsque je revis Camille, le lendemain matin, elle avait déjà été positionnée sur la table d'opération. Étaient également présents la neuropsychologue, le personnel infirmier du bloc opératoire ainsi que deux jeunes externes qui effectuaient leur stage de chirurgie dans le service. Je saluai mon équipe d'un hochement de tête et laissai à l'infirmière-habilleuse le soin de nouer les liens de ma tunique stérile.

Derrière son masque chirurgical, je reconnus Cédric. Il me donna quelques informations concernant Camille.

— Tu ne nous as toujours pas donné ta réponse, dit-il sans transition.

— Ma réponse ? Tu veux dire pour le mariage ?

J'ignorai les regards des infirmières. Personne n'était dupe de mon manège, mais je ne voulais pas montrer que j'étais blessé. Pas parce que j'étais encore amoureux de Maud. J'étais même à peu près sûr du contraire. Non, c'était une question d'orgueil, de mâle dominant, ce que j'ai toujours pensé être, vers un autre mâle qui lui serait subordonné et qui pourtant avait gagné les faveurs de la femelle. Je n'en suis pas fier, mais je n'y peux rien.

— Il te la faut pour quand ?

— Qu'est-ce que tu crois ? On se marie à la fin de la semaine !

Dans trois jours donc, comptai-je. *Et merde !*

Je pouvais toujours lui répondre que je viendrais, ça aurait au moins le mérite de clore le sujet et le moment venu je n'aurais qu'à prétexter une urgence quelconque. Mais Cédric enchaîna, m'épargnant un mensonge :

— Je t'aurais bien demandé d'être mon témoin, dit-il à voix basse, mais j'ai pensé que…

J'eus envie de rire. J'imaginais parfaitement Maud en train de l'engueuler : « Ton témoin ? Tu as inhalé du gaz hilarant ? C'est lui ou moi ! ». Quelque chose dans le genre.

— Ne t'en fais pas. Tu sais très bien que je ne suis pas le genre de type à qui il faut confier des alliances.

Les yeux de Cédric se plissèrent. Je savais qu'il souriait sous son masque.

— Tu te souviens la fois où tu avais perdu les clefs de chez toi ?

— Ouais. Heureusement que Maud avait son double, dis-je, avant de me maudire.

Silence gênant. Cédric cligna des paupières avant de se concentrer sur le moniteur où les constantes vitales de Camille étaient matérialisées par des graphiques multicolores. Je chassai Maud de mon esprit et tel un boxeur m'apprêtant à monter sur le ring, prêt à livrer combat contre la maladie, j'allai me positionner derrière Camille. Tout était en place.

— En avant la musique !

Le bruit du trépan, semblable à celui d'une perceuse, ne tarda pas à prendre le relais du scalpel. Trois trous qu'il fallait ensuite relier à l'aide d'une scie coupant à travers l'os. Les pensées d'une jeune femme de dix-neuf ans, ses rêves, ses peurs, l'amour qu'elle vouait à ses proches étaient à l'intérieur de cette boîte dont je m'apprêtai à soulever le couvercle. Délicatement, je retirai le volet osseux. Le cerveau de Camille luisait sous la lampe Scialytique. Je le regardai palpiter en rythme avec les battements cardiaques de la jeune femme. Bientôt, mon propre cœur se mit à cogner à la même cadence, créant un lien invisible entre nos deux êtres. Alors, le scalpel entre le pouce et l'index, je fis une première incision. Tels les pans d'un voile, les méninges s'écartèrent, découvrant une réalité jusque-là inaccessible. Je chancelai, assailli par l'énergie que je venais de libérer. Une scène qui n'avait pas encore eu lieu envahit mon esprit. Des gens, regroupés autour d'une tombe béante, des parapluies qui se déployaient soudain, des flaques d'eau qui creusaient la terre tandis que l'enterrement de Camille touchait à sa fin. Des images d'un futur que j'avais bien l'intention de changer.

— Réveillons-la, dis-je.

Deux heures plus tard, la tumeur était enfin visible.

— Ceci est un cheval. Ceci est une chaise. Ceci est...

La voix de Camille, lente et monocorde, rythmait le silence du bloc opératoire. Couchée sur le côté, le corps maintenu par un ensemble de cales et de sangles, elle s'efforçait de nommer les objets et autres images qui défilaient sur l'écran de la tablette que, Lise, la neuropsychologue maintenait à hauteur de ses yeux.

— C'est bien Camille, l'encouragea celle-ci. Surtout, continue à bien ouvrir et fermer la main. Voilà, comme ça.

— Tout va bien ? demandai-je en suspendant mon geste pour m'assurer que je n'avais pas touché une zone fonctionnelle.

La neuropsychologue me confirma qu'il n'y avait aucun signe de déficit moteur. Je fermai les yeux quelques instants pour retrouver ma concentration. Les choses sérieuses allaient enfin pouvoir commencer. Je me tournai pour saisir les poignées d'un gigantesque microscope monté sur un bras articulé, un joujou à plusieurs milliers d'euros, et orientai la focale sur le trou béant de quelques centimètres de diamètre que j'avais creusé au cours de ces dernières heures. Après quelques ajustements, je fus en mesure de la voir. Les yeux collés contre les binoculaires, j'observai la tumeur comme un astronome qui aurait découvert une nouvelle planète. Une planète où régnaient la mort et la désolation.

— Camille ?

— Oui... répondit la jeune femme de sa voix traînante.

— Je vais retirer la tumeur.

— D'a..ccord...

J'actionnai les instruments de microchirurgie comme un gameur devant une console de jeux. Un premier morceau de tumeur se détacha. Aussitôt, la vision du cimetière s'évanouit, et une autre scène s'imposa dans mon esprit, celle où Camille ouvrait les yeux en salle de réveil.

— Ceci est un rhino... céros. Ceci est un canard...

Deuxième morceau retiré. Camille rentrait chez elle et souriait devant la glace, passant les doigts dans ses cheveux qui recouvraient la cicatrice.

— Ce... ci est une table... Ceci est un ba... teau.

Je découpai un autre morceau. Camille était sur les bancs de l'école d'architecture. Nouveau coup de bistouri. Elle obtenait son diplôme. Morceau après morceau, ma vision du futur de Camille Langevin s'enrichissait de nouvelles scènes. Elle se mariait, rejoignait un cabinet d'architectes à Paris, tombait enceinte. Accompagnait sa fille à l'école primaire, puis au collège. Je m'arrêtai.

— Quelqu'un peut-il me dire l'heure ? demandai-je sans détacher mes yeux des binoculaires.

— 12 h 45, me répondit-on.

L'intervention touchait à sa fin. J'enchaînai.

— C'est très bien Camille. Tu as bien travaillé. Je peux d'ores et déjà t'annoncer que le plus gros de la tumeur a été retiré.

— Comb...

— Combien ? Eh bien, je dirais quatre-vingts pour cent, peut-être plus. On le saura avec certitude à l'IRM.

— Mmm...

— Comment ?

— Mm... merci.

Je ne dis rien.

— Est-ce qu'on la rendort ? demanda Cédric, impatient de repasser à l'action.

Je décollai mes yeux des binoculaires pour le regarder et après quelques instants d'hésitation, secouai la tête. Je contournai la table d'opération pour voir Camille. J'avais besoin de lui parler les yeux dans les yeux. La jeune femme était à peine visible sous les draps stériles tendus tout autour d'elle. Je dus me pencher pour me mettre à sa hauteur.

— Camille, est-ce que tu serais d'accord pour que l'on continue ? À moins que tu ne sois trop fatiguée. Dans ce cas, on te rendort.

— Nnn... non.

— Tu préfères qu'on arrête ?

— Nnon... On conti... nue.

C'était la réponse que j'espérais. Je lui adressai un clin d'oeil en souriant.

— Courage, c'est bientôt terminé.

Rassuré, je retournai me placer derrière le microscope, empoignai les manettes et plongeai une nouvelle fois dans son cerveau.

À chaque nouveau passage du bistouri, je poussais un peu plus loin, agrandissant de quelques millimètres supplémentaires le trou que j'avais fait en retirant l'essentiel de la tumeur. Je me laissai guider par mes visions. Chaque millimètre cube de tissus tumoral retiré, ajoutait des années de vie supplémentaires au compteur de Camille. Mais ce n'était pas assez. Je voulais la voir vieillir.

Cédric se redressa subitement dans son siège.

— Sa pression chute...

— J'ai presque fini, le rassurai-je avant de donner un dernier coup de bistouri.

Le geste de trop.

Un bruit sec, comme une bulle de savon qui éclate, me fit tressaillir avant qu'une vague rouge, écarlate, ne balaye une à une toutes les scènes du futur de Camille Langevin, pour n'en laisser qu'une. Celle du cimetière. J'essayai de contenir l'hémorragie massive que j'avais déclenchée en rompant une artère qui se trouvait à proximité de la tumeur.

Je ne suis pas prête, dit alors une voix que j'étais le seul à entendre.

Camille se tenait à mes côtés et regardait son cerveau noyé dans le sang.

— Moi non plus, dis-je tout bas.

Je n'avais jamais perdu de patient jusqu'à aujourd'hui. Camille serait la première et je n'étais pas prêt à l'accepter. Alors que le pronostic vital de la jeune femme était d'ores et déjà engagé, je luttai désespérément pour retrouver l'origine de l'hémorragie. Peine perdue. Tout ce que je voyais, c'était cette couleur rouge que je n'arrivais pas à effacer, quoi que je fasse. Quelqu'un m'écarta doucement de la table opératoire. Je reculai, la canule d'aspiration encore dans la main, regardant, incrédule, Camille qui s'enfonçait dans un coma dont elle ne se réveillerait pas.

45

La salle d'opération avait des allures de champs de bataille. Des compresses souillées de sang jonchaient le carrelage, les instruments chirurgicaux étaient éparpillés sur les tables en inox, des draps froissés étaient roulés en boule dans un coin. Assis à même le sol, le dos appuyé contre le mur, je contemplais cet énorme gâchis. Un agent de service s'affairait à tout ranger pour préparer la salle qui devait accueillir une autre équipe chirurgicale.

— Il faut le dire à mes parents.

Camille était debout, pieds nus, vêtue de la tunique jetable, fine comme du papier, qui drapait ses épaules à la manière d'un linceul. Je me levai pour la suivre.

Les Langevin avaient été réunis dans une petite pièce prévue pour les annonces difficiles. Tout avait été pensé pour tenter d'adoucir l'épreuve des familles qui y étaient conviées, depuis la couleur des murs, peints dans des tons pastel et chaleureux, aux canapés confortables. Un endroit convivial où personne n'aimait s'attarder, à commencer par les médecins qui se devaient d'annoncer la terrible nouvelle. Un exercice auquel je n'étais pas habitué. Je posai une main sur la poignée, mais en entendant la voix des parents de Camille qui me parvenaient derrière la porte close, je reculai. Que pouvais-je leur dire ? Que mon arrogance avait condamné leur fille ? Que son espérance de vie était subitement passée de cinq années avant l'intervention, à moins de vingt-quatre heures ? Je n'étais pas prêt à les affronter. Pas encore.

Un murmure enfla contre mon oreille.

— Je n'ai que quelques heures devant moi. Ils ont le droit de savoir.

— Je ne sais pas quoi leur dire.

— La vérité suffira.

Je n'aurais su dire exactement qui avait ouvert la porte, Camille ou moi. Les visages, maintenant familiers, de la famille Langevin, s'étaient tournés vers moi. Évelyne la maman, son mari Stéphane, Léo, le frère cadet et enfin le petit ami dont je n'avais pas retenu le prénom, tous étaient assis dans le canapé, serrés les uns contre les autres. Je regardai Camille les rejoindre. Alors, je refermai la porte. Comme un condamné face à son peloton d'exécution, je restai debout.

Les Langevin m'écoutèrent pendant que je leur faisais le résumé des événements.

— Je suis vraiment désolé, ajoutai-je en guise de conclusion, après m'être réfugié derrière des termes techniques qu'aucune des personnes présentes dans la pièce, à part moi, n'était en mesure de comprendre.

— Est-ce qu'on peut la voir ?

— Bien sûr. Je vais vous conduire à elle.

Camille avait été transférée dans une chambre individuelle. Allongée sous les draps, les yeux fermés, elle avait l'air de dormir. Un bandage entourait sa tête à la manière d'un turban, dissimulant son crâne rasé sur le côté et les points de suture.

— On dirait qu'elle va se réveiller, dit alors sa mère en lui prenant la main. Ma chérie ? Est-ce que tu m'entends ?

— Ne pleure pas maman, répondit la jeune femme, assise à côté de son propre corps.

Je crus voir Madame Langevin tressaillir lorsque sa fille posa sa main sur la sienne.

— Vous êtes sûr que vous ne pouvez rien faire ? demanda Stéphane Langevin.

Je secouai la tête. Personne n'y pouvait plus rien.

— Votre fille est dans un coma profond. Elle ne passera probablement pas la nuit.

Cette fois, je n'avais pas utilisé de mots savants pour dissimuler la vérité. Les Langevin méritaient mieux que ça.

— Est-ce qu'on peut rester ici, avec elle ?

— Absolument. Une aide-soignante va passer tout à l'heure pour vous apporter des couvertures supplémentaires. On peut aussi vous installer un lit d'appoint si vous le souhaitez.

Évelyne Langevin serra la main de sa fille un peu plus fort. Camille était assise à côté de sa mère et comme son frère venait de le faire, elle joignit ses mains à celles de ses parents. Ils ne pouvaient pas la voir comme moi je le pouvais, mais j'eus l'impression qu'ils pouvaient sentir sa présence. Camille leva les yeux vers moi.

— Vous pouvez nous laisser maintenant.

J'acquiesçai, oubliant que j'étais le seul à l'entendre.

— Je repasserai vous voir un peu plus tard, promis-je avant de sortir de la chambre.

Debout, devant la porte fermée, j'entendis les sanglots qu'ils avaient retenus en ma présence. Il n'y avait eu aucune injure, aucun reproche, aucune menace de procès. Rien, sauf l'acceptation. J'aurais préféré le contraire. Alors, je me forçai à rester. J'écoutai leur désespoir. C'était ma punition. Une torture. Ce n'était pas la tumeur qui était responsable de leur chagrin. C'était moi.

Tandis que je me complaisais dans cette attitude d'auto-apitoiement, je surpris le regard d'Anaïs, une jeune infirmière qui rougissait chaque fois que je la croisais. Sauf que cette fois, elle était aussi pâle que les murs du couloir. Je m'apprêtai à lui demander ce qui n'allait pas quand je compris que ce qu'elle regardait en réalité, c'était ma tenue. Je baissai les yeux à mon tour et l'horreur me frappa moi aussi. Je m'étais présenté devant les parents de Camille avec les vêtements encore tachés du sang de leur fille.

46

Comment avais-je pu manquer de tact à ce point ? Je poussai la porte du vestiaire réservé au personnel du bloc. Sans même me donner la peine de prendre mes affaires de toilette, je retirai mon accoutrement de chirurgien. Comme un animal se débarrassant de sa mue, je le laissai choir sur le carrelage et me glissai dans la douche. J'ouvris le robinet. La pluie d'eau glacée me fit tressaillir, mais je ne cherchai pas à m'y soustraire. Une main en appui sur le mur carrelé, je fermai les yeux. Aussitôt, une déferlante rouge s'abattit sur moi. Comme un geyser intarissable, le sang de Camille jaillissait de la cavité que j'avais creusée dans son cerveau, réduisant à néant tous mes efforts pour la sauver. La scène se répétait sans que je ne puisse rien y faire et c'était bien ainsi. Je ne voulais pas la faire disparaître en ouvrant les yeux. Je voulais me laisser submerger. Je voulais m'y noyer.

Arrêtez de vous faire du mal, dit une voix de l'autre côté de la cloison.

J'entrouvris le panneau coulissant, pensant apercevoir Camille, mais c'est le regard de Cédric que je croisai.

— Est-ce que ça va ? me demanda-t-il.

Je grelottais.

— Une ser... viette... s'il... te plaît, parvins-je à demander entre deux claquements de dents.

Combien de temps étais-je resté immobile sous le jet d'eau froide ? Pas suffisamment, pensai-je en constatant que tout en moi était engourdi à l'exception de mon sentiment de culpabilité.

— Tiens !

Je pris la serviette que Cédric me tendait.

Il demeura silencieux quelques instants, cherchant probablement des mots de réconfort dont je ne voulais pas.

— Écoute, commença-t-il par dire.

Je l'interrompis avant qu'il n'aille plus loin.

— Ne me dis que ce n'était pas ma faute.

— Ce n'était pas mon intention. J'ai deux autres interventions de prévues, dont une qui ne va pas tarder à commencer. Mais je me disais qu'on pourrait aller boire un verre ce soir.

— Je n'ai pas envie que tu me remontes le moral. Je n'en ai pas besoin, en fait.

Cédric me dévisagea d'une façon qui me fit baisser les yeux.

— Toi peut-être pas, mais moi j'en ai besoin, dit-il, blessé. Tu n'étais pas tout seul dans cette salle d'opération et ce qui s'est passé nous a tous chamboulés. Tous ! Tu sais Johan, le monde ne tourne pas autour de toi !

Et sur ce, il tourna les talons.

Pieds nus, la serviette nouée autour de la taille, je m'éloignai en direction des casiers, ramassant au passage mes vêtements souillés que je déposai dans le chariot réservé à cet usage. Rien ne pouvait me distraire des pensées qui tournaient en boucle dans ma tête, ni les chuchotements de mes collègues, ni le bruit de déclenchement de l'appareil photo qui avait retenti derrière moi. Un interne, tout sourire, exhibait l'écran de son Smartphone comme s'il s'agissait d'un trophée de chasse. En quelques instants, les tatouages que j'avais réussi jusqu'ici à dissimuler aux regards indiscrets se retrouvèrent sur Snapchat, Instagram et Facebook. Ils allaient être déçus. Point de pin-up ou de motif tribal, comme le disait la rumeur, mais une interprétation originale du caducée, symbole d'appartenance au corps médical : deux serpents qui s'enroulaient sur chacun de mes bras et des ailes qui se déployaient sur mes omoplates. Je les fis disparaître sous le coton rêche d'une nouvelle tenue chirurgicale qui empestait le désinfectant industriel. J'étais debout depuis cinq heures du matin. D'ordinaire, après une intervention de ce genre, je serais rentré chez moi. Peut-être aurais-je accepté de rejoindre mon équipe un peu plus tard, pour prendre un verre comme le voulait une obscure coutume qui datait de bien avant mon arrivée dans le service du professeur Zajac. Sauf que, d'ordinaire, mes patients ne mouraient pas. Alors, que faire ? Je ne voulais voir personne et pourtant la seule idée de me retrouver seul dans le studio que je louais à deux stations de métro de l'hôpital me faisait horreur. Il fallait que je m'occupe l'esprit. Penser à Camille et à ce qui venait de se passer était contre-productif. D'autres patients attendaient que je me penche sur leur cas. C'était comme une deuxième chance, pour moi comme pour eux. Voilà ce dont j'essayai de me convaincre en poussant la porte de mon bureau. Un homme d'une cinquantaine d'années à la tignasse poivre et sel me tournait le dos, trop occupé à regarder le mur où prix et distinctions soigneusement encadrés retraçaient ma carrière. Médaille d'or de chirurgie, prix du jeune talent chirurgical de l'académie nationale de chirurgie, suivi du prestigieux Young Neurosurgeons Award l'année suivante et enfin la couverture du magazine *Science et Avenir* qui m'avait consacré une série d'articles et sur laquelle on me voyait en tenue de chirurgien, un scalpel entre les mains, posant à la manière de James Bond. Je restai cloué sur le seuil, hésitant. L'intrus n'était autre que le professeur Jacques Desrosières, un neurochirurgien de vingt ans mon aîné avec lequel j'entretenais des relations de froide cordialité depuis que j'avais appris ses manœuvres pour m'évincer de l'équipe chirurgicale. Jusque-là, j'avais réussi à ne pas lui mettre mon poing sur la figure, les petites luttes de pouvoir au sein de l'hôpital ne m'ayant jamais intéressé, mais aujourd'hui, je n'étais pas certain de pouvoir me contrôler.

— Qu'est-ce que vous voulez ? demandai-je sèchement.

Je ne voyais pas en effet l'intérêt de m'embarrasser de formules de politesse.

Les lèvres de Jacques Desrosières s'étirèrent brusquement pour découvrir ses dents blanches parfaitement alignées. Il souriait. Mais son sourire n'avait rien d'amical. C'était plutôt celui de la hyène qui venait de flairer l'animal blessé.

— Tu es très photogénique, dit-il sans cesser d'arborer ce sourire satisfait. Et puis, ce titre... *L'ange au bistouri d'or !* On peut dire que les journalistes ont le sens du sensationnel.

Je décidai de lui répondre sur le même ton ironique.

— C'est pour ça que vous êtes venu ? Vous voulez que je vous dédicace un exemplaire ?

Desrosières replaça le cadre au mur.

— Non, je voulais être le premier à te souhaiter la bienvenue.

Je me figeai.

— La bienvenue ?

— Eh bien oui. Bienvenue parmi les mortels, cher ange.

Je fis un pas en avant.

— Ça vous fait plaisir, n'est-ce pas ? Depuis le temps que vous attendiez que je me plante.

Le sourire du professeur s'effaça.

— Plaisir ? Non. Camille était ma patiente et si tu ne t'en étais pas mêlé, elle serait encore en vie. Si j'ai refusé de l'opérer moi-même, c'est qu'il y avait de bonnes raisons et tu les aurais entendues si tu t'étais donné la peine de venir à la réunion du staff au lieu de faire cavalier seul comme à ton habitude. Bien sûr, elle était condamnée, mais nul ne savait combien de temps il lui restait à vivre entourée de ses proches. Enfin, ce n'est plus le cas maintenant. Grâce à toi, nous savons qu'elle n'en a plus que pour quelques heures.

J'encaissai le coup.

— Vous avez dit ce que vous aviez à me dire. Maintenant, j'aimerais que vous sortiez de mon bureau.

Desrosières obtempéra, mais arrivé sur le seuil, il ne résista pas au plaisir de me décocher une dernière flèche :

— Encore une chose… Je me suis permis de lire le dossier de Lukas Boylan en t'attendant. À mon avis, tu ferais bien de refuser. Il n'est jamais trop tard pour apprendre de ses erreurs. C'est un conseil d'ami.

Je puisai dans mes dernières ressources pour garder la maîtrise de moi-même.

— Merci, je vais y réfléchir, parvins-je à articuler entre mes dents serrées.

J'ouvrais la porte en grand et d'un geste de la main qui se voulait explicite, je l'encourageai à sortir.

— Je ne l'ai jamais aimé, commenta une voix féminine.

Camille était allongée sur le canapé et jouait avec une mèche de cheveux. Jacques Desrosières avait été son médecin. L'un des premiers à lui avoir annoncé que son cas était désespéré.

— Pourtant, les faits lui donnent raison, dus-je reconnaître, à contrecœur.

— Peut-être, mais ça n'en reste pas moins un connard.

À présent, la jeune femme se tenait debout devant une étagère pleine à craquer.

— Dites donc, c'est un vrai foutoir ici, fit-elle remarquer.

— C'est la raison pour laquelle je ne consulte jamais ici.

Des dossiers médicaux, des lettres et même des colis s'amoncelaient aux quatre coins du bureau, posés sur une chaise ou empilés à même le sol pour former des édifices de papiers aux allures de tour de Pise. Certains portaient encore le cachet de la poste de leur pays de provenance. Autant d'appels à l'aide auxquels je n'avais pas encore répondu.

— En effet. Si vos patients voyaient à quel point vous êtes désordonné, peu d'entre eux vous donneraient leur consentement. Ils auraient trop peur que vous alliez mettre la pagaille dans leurs idées et leurs souvenirs.

J'allai m'asseoir à mon bureau, tournant le dos à la baie vitrée qui offrait une vue sur le ciel de la capitale et sa chape de pollution. Le dossier de Lukas Boylan était resté ouvert. Vingt et un ans, joueur de football américain à l'université de Missoula, dans l'État du Montana. Atteint d'un anévrysme de l'artère cérébrale moyenne qui menaçait d'éclater à la moindre joie ou contrariété qui ferait s'élever sa pression artérielle. Personne ne voulait y toucher. Sauf moi. Lukas Boylan était le prochain sur ma liste de patients.

— Vous n'allez pas changer d'avis à cause de moi, si ?

Camille qui, l'instant d'avant, était de l'autre côté de la pièce, lisait à présent le dossier, penchée sur mon épaule.

— Pas mal ! s'exclama-t-elle tandis que j'examinais la photographie du jeune homme que les parents avaient jointe au dossier de leur fils dans l'espoir de rappeler au médecin que j'étais que Lukas était bien plus qu'un chapitre dans un manuel de pathologie.

Je regardai ma montre. Treize heures.

— Soit trois heures du matin dans le Montana, continua Camille comme si elle anticipait mes pensées. Vous ne pouvez pas les appeler au milieu de la nuit, sauf pour leur confirmer la bonne nouvelle. Mais ce n'est pas le cas, n'est-ce pas ?

Camille attendait une réponse à sa question.

— Tu ne devrais pas être avec tes parents ? lui dis-je, agacé qu'elle me fasse la leçon.

— Non. L'atmosphère est assez déprimante. Je préfère rester avec vous.

Je refermai le dossier pour le remettre sur la pile.

— Je crains de ne pas être de meilleure compagnie, fis-je remarquer.

— Ne faites pas cette tête. J'essayais de vous remonter le moral. Vous semblez en avoir besoin.

— Et cela t'étonne ? Tu es...

— N'en parlons pas.

Je secouai la tête.

— Je ne comprends pas. Tu devrais être furieuse contre moi.

— Ça vous aiderait que je le sois ?

Je soupirai. La tête entre les mains, j'essayais de retenir mes larmes.

— Votre téléphone portable va sonner, m'avertit Camille.

— Quoi ?

Je me redressai brusquement, alerté par le ton de sa voix, mais la jeune femme s'était volatilisée. Au même moment, mon téléphone, que je gardais en mode vibreur, se mit à tressauter dans la poche de ma blouse.

— Johan ?

C'était la voix d'Albert Grandini, le voisin de mon père et meilleur ami de celui-ci.

— Ton père a fait un malaise. Est-ce que tu peux venir ?

47

La moto filait à vive allure sur la départementale. Je ne prêtais aucune attention à l'aiguille du compte-tours ni aux panneaux qui, de temps à autre, me rappelaient la limite de vitesse à ne pas dépasser. Je n'avais pas vu le paysage changer, passant du gris de Paris et sa banlieue au bleu du ciel du pays d'Auge et à ses vallons verdoyants. Des chevaux s'ébrouaient dans les champs plantés de pommiers. Vaches et moutons levaient la tête pour me regarder passer tout en mastiquant le foin qui venait remplacer l'herbe grasse, trop rare à cette période de l'année. Bientôt, le clocher du village apparut dans mon champ de vision, dressé sur la colline, comme une sentinelle bienveillante. Je décélérai. Non pas parce que je me souciai brusquement du Code de la route, mais parce que j'y fus contraint par l'obstacle qui venait de se dresser devant moi. Un camion dont la remorque débordait de pommes à cidre. Je n'étais pas assez fou pour le dépasser sans aucune visibilité, alors je pris mon mal en patience. Cinq longues minutes plus tard, je bifurquai sur la droite pour emprunter une route si étroite que deux voitures n'auraient pas pu s'y croiser. Les arbres qui bordaient la route formaient un tunnel de végétation au bout duquel j'apercevais déjà le bâtiment. Une ancienne maladrerie du XIIe siècle qui, après avoir servi de refuge aux lépreux et autres pestiférés du Moyen Âge, était successivement devenue une auberge, puis un hôpital de fortune quand l'armée allemande l'avait réquisitionnée pour y soigner ses blessés pendant la bataille de Normandie. Aujourd'hui, entièrement restaurée, elle ne figurait sur aucun circuit touristique. Pourtant, des dizaines de personnes s'y rendaient quotidiennement. De nuit comme de jour, et par tous les temps, on se pressait de la France entière et même de l'étranger pour venir frapper à la porte de celui qui avait le don de soulager et parfois de guérir. Un peu médecin, un peu sorcier, mon père inspirait tout à la fois la crainte et le respect. Son adresse ne figurait pas dans les pages jaunes, ni même sur Internet. Peu importait d'ailleurs le nom qu'on lui donnait, rebouteux, renoueur, charmeur ou guérisseur, mais aussi médium ou *voitout*. Ceux qui avaient besoin de lui savaient où le trouver.

Je venais de mettre pied à terre et détachais la jugulaire de mon casque quand un homme apparut sur le seuil. Malgré les flaques qui parsemaient le chemin de terre, il n'hésita pas à venir à ma rencontre. Albert Grandini, ancien gendarme et meilleur ami de mon père, pressait le pas dans ma direction. Je scrutai son visage ridé, à la recherche d'un indice concernant l'état de santé de mon père.

— Il va bien, me murmura Camille qui se tenait assise sur le siège de la moto.

— Ne t'inquiète pas, dit en effet l'ex-gendarme, en me donnant une tape sur l'épaule.

Je le suivis à l'intérieur. Je me déchaussai dans l'entrée, comme quand j'étais enfant et que je revenais de l'école avec mes chaussures toutes crottées.

— Il se repose dans sa chambre.

Je levai les yeux vers les escaliers qui menaient à l'étage.

— Qu'est-ce qui s'est passé au juste ?

— On travaillait sur un dossier quand il a eu une de ses visions.

— Un dossier ?

— Une affaire de disparition.

Je hochai la tête. C'est comme cela qu'Albert et mon père s'étaient connus, du temps où le premier était encore en poste à la brigade territoriale de gendarmerie. La première fois qu'ils avaient été amenés à collaborer, c'était pour résoudre une affaire de vol de bétail. Puis d'autres affaires avaient suivi, des délits mineurs la plupart du temps et parfois des choses plus graves, des meurtres ou comme aujourd'hui, une disparition. Albert, qui était bon dessinateur, avait été formé à l'élaboration de portraits-robots avant d'être remplacé par un logiciel. À présent, bien qu'à la retraite et arrondissant ses fins de mois en vendant ses aquarelles du bocage normand aux touristes, il répondait toujours présent quand mon père avait besoin de lui.

— Il était en train de me décrire sa vision pour que j'en fasse un dessin, m'expliqua-t-il. Et là, il s'est écroulé.

Je ne l'avais jamais vu comme ça. J'ai cru qu'il faisait une crise cardiaque, alors j'ai immédiatement appelé les pompiers. Je t'ai averti tout de suite après.

Tout à coup, j'eus besoin de m'asseoir.

— Qu'est-ce qu'ils ont dit ?

Albert haussa les épaules.

— Bah ! Ils ont voulu savoir s'il prenait des médicaments, puis ils l'ont examiné. Entre-temps, ton père avait repris connaissance. Tout était normal, mais ils ont insisté pour qu'il se fasse hospitaliser.

— Et bien sûr il a refusé.

— Pour dire les choses poliment, oui. Tu connais ton père.

Je levai les yeux au ciel. J'eus pitié de ces pauvres pompiers qui avaient dû entendre toutes sortes de noms d'oiseaux. Albert proposa de rester avec moi, mais je déclinai en le raccompagnant à la porte.

— Tu es sûr ? Ça ne me dérange pas, tu sais. C'est pas comme si j'avais une femme qui m'attend à la maison.

Je savais qu'il se sentait seul. Si les circonstances avaient été différentes, je l'aurais invité à rester boire un Calva, il m'aurait raconté des anecdotes que j'avais entendues mille fois et je lui aurai raconté les miennes. Si les circonstances avaient été différentes...

— Non, Albert. Rentre chez toi tant qu'il fait jour. Je veille sur lui maintenant.

48

Je poussai la porte et entrai dans la chambre.

— Papa ?

Dérangé dans son sommeil, mon père marmonna dans sa barbe avant de se tourner sur le côté. Il se remit à ronfler, faisant trembler les murs en torchis.

Je m'approchai doucement pour le regarder dormir.

— Vous vous ressemblez, dit alors Camille.

Je souris malgré moi.

— C'est ce que tout le monde dit.

Je me penchai au-dessus du lit pour lui saisir le poignet. Son pouls était normal et régulier. Demain je lui ferai subir un examen plus poussé, en attendant, je remontai les couvertures et sortis de la chambre.

Dehors, il faisait nuit noire. Je n'avais pas vu le temps passer. Je n'avais pas encore dîné et comme je n'avais pas faim, j'allai directement dans le salon. La salle aux malades où les lépreux prenaient leurs repas était à présent un vaste salon salle à manger où mon père recevait ses clients. Le feu dans la cheminée était en train de s'éteindre.

— C'est votre sœur ?

Camille se tenait devant une série de photos encadrées. Je pris celle à laquelle elle se référait. Ma mère nous tenait la main, ma sœur sur sa droite et moi sur sa gauche. C'était quelques mois avant l'accident. Avant ma première vision.

— Elles sont mortes quand j'avais treize ans, dis-je en essuyant la fine couche de poussière qui recouvrait le verre.

— Un accident ?

Je touchai la cicatrice qui barrait mon sourcil droit. Il pleuvait ce jour-là et ma mère avait pris la voiture pour venir nous chercher, ma sœur et moi, au centre équestre. Nous n'étions plus qu'à dix minutes de la maison quand, sur la voie d'en face, une voiture a déboîté pour dépasser un tracteur. Elle n'allait pas assez vite, mais au lieu de ralentir et de se ranger, le conducteur s'est entêté, le pied collé à l'accélérateur. Si ma mère n'avait pas donné un coup de volant à ce moment précis, ç'aurait été la collision frontale. Il n'y aurait eu aucun rescapé.

Je reposai le cadre sur le manteau de la cheminée.

— Ma sœur était assise à l'avant. Elle est morte sur le coup. Quand j'ai repris connaissance, à l'arrière, ma mère était à mes côtés. Elle me tenait la main et me disait que tout allait bien se passer. C'est elle qui m'a aidé à sortir de la voiture avant qu'elle ne prenne feu. Nous nous sommes éloignés. Le chauffeur du tracteur a levé les yeux vers moi et m'a crié de rester là où j'étais. Une femme était allongée dans l'herbe et pour une raison qui m'échappait, il ne voulait pas que je la voie. J'ai cru qu'il s'agissait de la conductrice de la voiture qui avait provoqué l'accident. Mais je me trompais, car cette femme...

—... c'était votre mère ?

— Oui. J'ai appris plus tard qu'elle avait été éjectée de la voiture au moment de l'impact. Elle est restée une semaine en soins intensifs, plongée dans le coma. Mon père s'y rendait tous les jours, mais il n'a rien pu faire pour elle. Le huitième jour, les médecins la déclaraient en état de mort cérébrale.

— C'est pour ça que vous avez voulu devenir neurochirurgien ?

Je regardai Camille, surpris. Je ne m'étais jamais posé la question en ces termes.

— Peut-être, répondis-je.

Je jetai une bûche dans le foyer et regardai les flammes la dévorer.

— Ça a dû être dur pour votre père.

— J'imagine, oui. Il n'en parle jamais.

— Vous êtes inquiet pour lui ?

— Eh bien, il n'est plus tout jeune. Et s'il se préoccupe de la santé des autres, il a tendance à négliger la sienne.

Pourtant j'avais du mal à croire à mes propres paroles. Mon père n'avait jamais été malade, pas même un rhume. Peut-être que son don de guérisseur agissait de l'intérieur pour réparer son corps ou peut-être que c'était dans ses gènes. Mais mon père n'était pas immortel pour autant. Tôt ou tard, je me retrouverais seul au monde et je réalisai que je n'y étais pas préparé. Un frisson me parcourut. Je jetai un œil à la cheminée, enfournai une nouvelle bûche et tandis que le feu reprenait de plus belle, je m'approchai de la table en chêne massif qui pouvait accueillir jusqu'à douze convives. Des feuilles de papier y étaient disséminées, des éléments du dossier sur lequel mon père était en train de travailler au moment où il avait fait son malaise. Je les ramassai et tandis que je tentais de remettre un peu d'ordre, mon regard s'arrêta sur une lettre manuscrite. Celle que les parents de Léane Jalmet, une jeune Belge disparue en Italie pendant les vacances d'été, avaient adressée à mon père. Je ne pus m'empêcher de la lire. La police italienne avait, semblait-il, écarté un peu trop vite la thèse de l'enlèvement. Léane avait été aperçue pour la dernière fois sur une aire d'autoroute en train de faire du stop. Elle et sa meilleure amie espéraient trouver une bonne âme pour les emmener jusqu'à Florence. Cela faisait plus de deux mois maintenant qu'ils étaient sans nouvelles. Ils avaient même engagé un détective privé, mais là encore, la piste semblait s'éteindre sur cette aire d'autoroute.

— Elle a mon âge, dit Camille qui, penchée au-dessus de mon épaule, regardait une photographie de Léane Jalmet.

Albert avait mentionné un portrait-robot qu'il était en train de réaliser d'après les indications que lui donnait mon père avant qu'il ne perde connaissance. Se pouvait-il que son malaise ait quelque chose à voir avec cette disparition ?

Je fouillais dans les pages éparses, quand brusquement, je me figeai. Une femme qui n'était pas Léane Jalmet me rendait mon regard. Albert avait exécuté le croquis au crayon, sans couleur, pourtant je pensai aussitôt à une peinture de Botticelli, si ce n'est que je ne la vis pas avec les cheveux blonds comme aimait les représenter le peintre florentin. Non, sans savoir pourquoi, je l'imaginai avec des cheveux châtains et des yeux noisette, peut-être parce que cela était plus conforme à mes goûts personnels.

— Qui est-ce, à votre avis ? demanda Camille.

Je soupirai sans quitter la feuille des yeux.

— Je ne sais pas.

Et pourtant... Plus je la regardais, plus je sentais cette sensation de familiarité s'accentuer, comme si ce visage était celui d'une femme que j'avais aimée. Serait-ce possible ? J'avais beau fouiller dans ma mémoire, j'étais à peu près sûr de ne l'avoir jamais rencontrée.

49

Un cri me fit sursauter. Ou plutôt un chant. Celui du coq qui s'égosillait depuis que le soleil, timide, tentait une percée à travers le ciel laiteux.

— Bonjour.

Camille m'observait, assise sur l'accoudoir du canapé où je m'étais endormi la veille. En la voyant, j'éprouvai le besoin de vérifier mes messages. Mon cœur manqua un battement quand je vis que j'avais reçu un appel en absence. Sans quitter des yeux Camille, je collai mon téléphone contre mon oreille et écoutai le message enregistré la veille sur mon répondeur. C'était Nelly, ma secrétaire. Bien entendu, elle espérait que tout allait bien pour moi et mon père, puis sans transition, me demandait s'il fallait qu'elle annule mes rendez-vous de la journée. Rien au sujet de Camille.

Je raccrochai. De toutes les façons, il était trop tôt pour la rappeler. Nelly ne prenait son service qu'à neuf heures, quant à moi, j'attendrais de voir mon père avant de prendre une décision. Encore tout embrumé de sommeil, je m'acheminai vers la cuisine. Pendant que je faisais couler du café, il me sembla entendre le bruit d'un moteur. J'écartai les rideaux de la fenêtre qui donnait sur la route. La nappe de brouillard qui s'étirait tout autour de la maison m'empêchait de pousser mon regard au-delà du portail, mais j'entendis distinctement une portière claquer. L'instant d'après, on frappa à la porte. Yannick Boilevin, le boulanger du village, piétinait sur le seuil, les traits crispés et une boîte enrubannée dans les mains qu'il me tendit comme s'il s'agissait d'une offrande.

— Des viennoiseries, dit-il. Elles viennent tout juste de sortir du four. Ton père est là ?

— Je suis désolé. Il dort encore.

Le boulanger hocha la tête en regardant vers les escaliers. J'espérais qu'il repartirait, mais la douleur qui l'avait amené jusqu'ici de si bonne heure semblait le clouer sur place.

Camille se tenait à côté du pauvre homme.

— Pourquoi est-ce que vous ne l'aidez pas, vous ?

Je m'efforçai d'ignorer son air de reproche. Plus facile à dire qu'à faire...

— Qu'est-ce qui vous amène ? demandai-je finalement, en le faisant entrer. Vous avez l'air de beaucoup souffrir.

— C'est ce foutu lumbago. J'ai bien essayé de prendre du paracétamol, mais rien n'y fait.

— Dans ce cas, je peux vous prescrire quelque chose de plus fort.

Le boulanger hésita, regarda une nouvelle fois en

direction des escaliers. Des grincements résonnèrent à l'étage. Mon père s'était levé.

— Je m'habille et j'arrive ! lança-t-il depuis le haut des marches.

Je protestai aussitôt.

— Papa, tu devrais rester au lit.

— Foutaises !

Je conduisis le boulanger dans la salle aux malades. Mon père nous rejoignit peu après. Nous échangeâmes un regard. Chacun de nous avait des questions à poser à l'autre, mais ça attendrait.

— Alors, Yannick, laisse-moi deviner, tu as encore essayé d'impressionner ton jeune apprenti ?

Le boulanger avoua. Il pensait s'être fait un tour de reins en soulevant un sac de farine de cinquante kilos pour alimenter le pétrin.

— Allez ! Viens par là, que je regarde ça.

Mon père promena ses mains sur la région douloureuse comme un médecin l'aurait fait avec un stéthoscope. À un moment donné, il s'arrêta, fermant les yeux pour mieux se concentrer.

— C'est le disque entre les quatrième et cinquième vertèbres lombaires, dit-il comme s'il lisait une radiographie.

Il déplaça ses mains sur le côté. Surpris, le boulanger tressaillit, mais ne chercha pas à se soustraire à leur contact.

— Il y a une petite hernie, poursuivit-il, les yeux toujours fermés pour ne pas perdre sa concentration. Le disque écrase le nerf sur le côté droit.

Yannick Boilevin lui confirma qu'effectivement, il avait mal à la jambe droite.

Mon père ouvrit les yeux.

— Bon ! On va remettre ça en place !

Le boulanger lui lança un regard inquiet.

— Ça va faire mal ?

— Pas si tu fais ce que je te dis.

Je m'étais mis à l'écart. Enfant, j'avais passé des étés entiers, assis sur une chaise comme maintenant, dans un coin du salon, à regarder mon père exercer son don de guérisseur. Les consultations s'enchaînaient toute la journée : une rage de dents qui ne pouvait pas attendre le rendez-vous chez le dentiste, un bouton de fièvre qui refusait de partir, un torticolis... La salle d'attente ne désemplissait jamais. Sous ses doigts experts, les muscles se détendaient, les tendons s'allongeaient, les cartilages craquaient. Les gens fermaient les yeux, impressionnés par tous ces bruits qu'il faisait naître à l'intérieur de leur corps. Et puis, soudain, le soulagement. C'était le moment que je préférais, quand leurs visages se détendaient et qu'un large sourire remplaçait leur masque de douleur. Plus tard, je ressentirai cette même satisfaction quand je sauverai la vie de mes patients. Un sentiment qui était devenu comme une addiction. Jusqu'à présent, je n'avais connu que la phase euphorique, ce bien-être intense éprouvé à chaque intervention réussie. L'échec n'avait jamais été une réalité, mais un chiffre, une probabilité, une donnée statistique. Depuis hier ce chiffre avait un visage. Jamais je n'aurais pensé me sentir aussi mal un jour.

50

Yannick Boilevin était reparti en sautillant, frais comme un gardon. Les viennoiseries qu'il avait apportées trônaient au milieu de la table de la cuisine, à côté de la cafetière et des pots de confiture.

— Il faut que je te parle, me dit mon père tout en sucrant son café.

— Moi aussi.

— Bon, toi d'abord.

— J'aimerais que tu fasses une série d'examens, dis-je tout en me versant à mon tour du café. Et ne me dis pas que ce sont des foutaises. Tu as quand même perdu connaissance.

Mon père balaya mes inquiétudes d'un mouvement agacé de la main.

— Je vais bien.

— Je préférerais l'entendre de la bouche de quelqu'un d'autre.

— Pas question que j'aille à l'hôpital. À mon âge, on

sait quand on y entre, mais savoir quand on en sort, c'est moins sûr.

— Alors, va voir le docteur Aubain.

— Cet âne bâté ? Plutôt crever !

J'avais oublié la guerre ridicule à laquelle se livraient le généraliste du village et mon père, les deux frères ennemis comme les appelaient les gens du coin.

— Papa…

Il tendit sa main vers un pain au chocolat.

— Tu n'auras qu'à m'examiner avant de partir si ça te fait plaisir. Mais je t'assure que tu fais fausse route. Mon malaise n'a rien à voir avec un problème de santé.

— C'est à cause de la femme du portrait-robot ? Qui est-ce ?

Mon père leva la tête, surpris.

— Ce serait plutôt à moi de te poser la question.

Je gardai le silence. J'avais eu une étrange impression la veille au soir, lorsque j'avais tenu le dessin entre mes mains.

Mon père s'était levé pour aller chercher le portrait. Il le posa sur la table, juste sous mon nez.

— Alors ? Est-ce que tu l'as déjà vue ?

Je posai mon doigt sur le papier pour suivre les contours du visage.

— Je pourrais te citer une ou deux actrices qui lui ressemblent, dis-je alors. À part ça… Je pense que je m'en souviendrais si je l'avais déjà rencontrée.

— Hum, ça viendra.

Je connaissais ce regard.

— Est-ce que tu es en train de dire que j'étais dans ta vision, moi aussi ?

— Oui. C'est de ça que je voulais te parler. Je vous ai vus, elle et toi. Tous les deux, quoi.

Je souris. Cette perspective n'était pas pour me déplaire.

— Donc, tu nous as vus ensemble, et après?

Mon père avait brusquement pâli.

— Ça ne va pas ?

— Non, c'est juste que... rien que d'y penser...

— Qu'est-ce que tu as vu papa ? J'ai le droit de savoir.

— Elle tenait une arme pointée dans ta direction et...

— Quoi ? Dis-moi.

— Elle tirait sur toi.

Tout était clair à présent. Je savais à quel point ses visions pouvaient paraître réelles, même si les miennes n'étaient pas tout à fait de même nature.

— Tu m'as vu mourir, c'est bien ça, papa ?

Mon père prit une longue inspiration.

— Je n'en suis pas sûr.

— Tu peux me dire la vérité, tu sais.

— Mais c'est la vérité ! Je me suis senti mal et ma vision s'est interrompue. Mais maintenant que tu es là, je vais essayer à nouveau.

51

Mon père me prit la main avant que je puisse protester. Une chaleur m'envahit aussitôt, se propagea dans mon bras, mon thorax, mon cœur. Puis mon corps se dilua dans l'espace tandis que mon esprit voyageait à des centaines de kilomètres de distance. Des paysages défilèrent à toute allure comme si je me trouvais à bord d'un train lancé à pleine vitesse. Je traversai des villes, des forêts, des campagnes désolées. Je crus reconnaître l'intérieur d'un hôpital, entrai dans une maison, errai au milieu des ruines d'un bâtiment en pierre, me perdis en rase campagne. Peu à peu, ces paysages se peuplèrent de visages. Certains m'étaient inconnus, d'autres familiers comme celui de Tom Boylan, le père de mon jeune patient américain ou Léane Jalmet, cette jeune Belge disparue dont j'avais vu la photo. Et puis, au moment où je m'y attendais le moins, la femme au portrait se tint devant moi. Elle était comme je l'avais imaginée et pourtant, je n'eus pas le sentiment qu'elle me voulait du mal. Je me sentais proche d'elle. Je ressentais le besoin de la protéger. Je voulais l'empêcher de...

— Mourir, dit mon père en me lâchant la main.

En proie à une émotion intense, je portai ma main à mon cœur. Je l'avais ressenti, ce sentiment que je nourrissais pour une femme que je n'avais pas encore rencontrée.

— Tu vas lui sauver la vie, la vision est très claire cette fois.

Une patiente... Il ne manquait plus que ça. Je préférais presque la version où elle me tirait dessus.

— Et qu'est-ce que tu fais du pistolet avec lequel elle me menaçait ?

— Je ne sais pas. C'est peut-être à cause de la disparition de Léane Jalmet.

— Quel rapport ?

— Peut-être qu'il n'y a en a aucun. Les deux visions se sont peut-être simplement emmêlées dans mon esprit et j'ai mal interprété ce que j'ai vu. Ça ne serait pas la première fois.

Je m'affalai sur la chaise en soupirant.

— Eh bien, elle est mal barrée si elle compte sur moi pour lui sauver la vie.

— Qu'est-ce que tu veux dire ?

— Rien, laisse tomber.

Mon père déplaça son regard sur le côté.

— Est-ce que ça aurait quelque chose à voir avec la jeune femme qui te suit partout ? Qui est-ce ?

Je tressaillis. Bien sûr, mon père pouvait voir Camille, lui aussi.

— Je ne veux pas en parler.

Il se leva et commença à débarrasser la table.

— Je m'appelle Camille, je suis sa patiente.

— Oh, je vois, alors vous êtes...

— Morte ? Non, pas encore. Du moins, je ne crois pas.

Mon père se tourna vers moi.

— Je suis vraiment désolé, dit-il.

— Moi aussi. Mais le mal est fait.

Il s'approcha. Je sentis sa main puissante se poser sur mon épaule.

— Il faut que tu la laisses s'en aller, mon fils.

— Pourquoi est-ce que tu me dis ça ?

— Il faut que tu te pardonnes. C'est ta culpabilité qui la retient ici.

Je secouai la tête, incapable de retenir mes larmes plus longtemps.

— Je ne peux pas...

— Alors, laisse-moi l'aider à partir, dit-il en tendant la main vers Camille.

Je regardai la porte de la salle aux malades se refermer sur eux. Quelques instants plus tard, mon téléphone portable vibrait dans ma poche. Je décrochai. C'était Cédric. Les yeux fermés, je l'écoutai m'annoncer le décès de la jeune fille.

52

La chambre de Camille avait été désinfectée et préparée pour recevoir le prochain patient. Je m'arrêtai quelques minutes devant la porte ouverte pour regarder le lit vide.

— Monsieur ? Vous ne pouvez pas rester ici. Ce ne sont pas encore les heures de visites.

Je me retournai vers l'infirmière.

— Oh, pardon...

En jeans et blouson de motard, elle ne m'avait pas reconnu.

Je regardai une nouvelle fois le lit sur lequel quelques heures plus tôt, Camille avait rendu son dernier souffle.

— Vous avez raison, dis-je alors, je n'ai rien à faire là.

Et sur ces mots, je m'éloignai en direction des escaliers de service. C'était le meilleur moyen de rejoindre mon bureau sans croiser personne. Je n'avais pas envie de voir mes collègues. Je n'avais pas envie de m'entendre dire que l'erreur est humaine ou qu'on essaye de me remonter le moral d'une quelconque façon.

Nelly, la secrétaire que je partageais avec deux autres chirurgiens du service, était occupée à retranscrire des comptes rendus opératoires. Elle leva la tête en me voyant.

— Est-ce que ton père va bien ? demanda-t-elle après avoir retiré ses écouteurs.

Je répondis par l'affirmative.

— Juste un peu de stress.

— Tant mieux.

Nelly semblait mal à l'aise tout à coup.

— Qu'est-ce qu'il y a ? demandai-je.

— Eh bien, comme tu ne m'as pas rappelée, je n'étais pas sûre que tu avais eu mon message hier soir, alors j'ai pris l'initiative d'annuler tes rendez-vous de la matinée. Je suis désolée. Qu'est-ce que je peux faire ? Peut-être que si j'essayais de les rappeler…

Je levai la main, celle qui tenait le casque de moto.

— Ne change rien. C'est très bien comme ça. J'ai besoin de me concentrer sur certains dossiers. Est-ce que les parents de Lukas Boylan t'ont déjà contactée ? Il me semble qu'ils devaient t'appeler cette semaine.

Elle hocha la tête.

— Ils sont arrivés à Paris hier, dit-elle.

— Hier ? répétai-je, perplexe.

Déjà ?

— Oui. Comme l'intervention est prévue la semaine prochaine, ils ont préféré venir quelques jours en avance à cause du décalage horaire. Pourquoi ? Est-ce qu'il y a du changement ?

J'hésitai quelques instants.

— Peut-être. Je dois revoir le dossier justement. Je te tiens au courant.

Cette fois, je la laissai à son travail de retranscription. Le temps pressait. Et j'avais deux importantes décisions à prendre.

Le dossier de Lukas Boylan était là où je l'avais laissé la veille, tout en haut de la pile des interventions à venir. Le jeune américain était le prochain sur la liste des patients que j'avais accepté d'opérer. Je retirai mon blouson avant de m'affaler dans mon fauteuil en soupirant. Mon cœur battait fort à l'idée de ce que je m'apprêtais à faire. Je voulais croire que j'agissais pour le bien de mon patient, mais au fond de moi, je savais que mes motivations étaient toutes autres. Bien que le dossier de Lukas Boylan n'eût plus de secret pour moi, je regardai à nouveau les différents clichés d'imagerie cérébrale qui avaient été pratiqués par d'autres médecins, dans d'autres hôpitaux. Autant de jalons dans le parcours du combattant du jeune homme pour trouver une solution à son problème. Un problème qui mesurait huit millimètres. Un anévrisme de la branche droite de l'artère cérébrale moyenne qui avait été découvert par hasard au cours d'un match du championnat universitaire de football américain. Lukas Boylan, qui jouait comme défenseur pour les Grizzlies, l'équipe de football américain de l'université du Montana, avait perdu connaissance sur le terrain. Dans sa tentative de bloquer l'avancée de l'adversaire, il avait été victime d'un choc frontal suffisamment violent pour lui faire voir des étoiles en plein jour. Le scanner cérébral qui avait été pratiqué peu après n'avait révélé aucun dommage. Du moins, aucun qui soit en relation avec sa collision avec l'attaquant de l'équipe adverse. En revanche, le radiologue avait découvert un petit gonflement de l'artère cérébrale parfaitement asymptomatique, jugé inopérable. Pourtant, la plupart des anévrismes cérébraux n'étaient plus du ressort du neurochirurgien. Plus besoin d'ouvrir le crâne et de creuser dans le cerveau pour accéder à l'artère. Aujourd'hui, on intervenait par voie endovasculaire, simplement en introduisant un cathéter dans l'artère fémorale que l'on faisait ensuite remonter jusque dans le cerveau en suivant son trajet sur un écran de contrôle. Une fois l'anévrisme atteint, on le bouchait avec un stent ou du fil de titane. Une technique mini invasive grâce à laquelle le radiologue avait remplacé le chirurgien. Sauf que dans de rares cas, cette procédure était impossible, que ce soit à cause de la forme de l'anévrisme ou de son emplacement. Malheureusement, Lukas Boylan entrait dans cette dernière catégorie. Mais fallait-il pour autant tenter l'opération ? Tôt ou tard, l'anévrisme finirait par provoquer une hémorragie massive. Oui, mais quand ? Tôt ? Ou tard ? Voilà la question à laquelle personne ne pouvait répondre. Tous mes confrères avaient refusé d'y toucher. Alors, pourquoi avais-je accepté de le faire ? Incapable de répondre à cette question, je me mis à fouiller frénétiquement dans le reste du dossier, éparpillant les différents résultats d'analyse et comptes rendus radiographiques quand un bruit me fit lever la tête. Quelqu'un tambourinait à ma porte. Je me levai et ouvris. Maud se tenait devant moi.

— Est-ce que je te dérange ? me demanda-t-elle comme si ça ne faisait pas des mois qu'on s'évitait.

J'avais très envie de répondre oui.

— Non, dis-je finalement.

Elle me regarda comme si elle voulait s'en assurer et entra. Son attention se reporta sur mon bureau et le fatras qui s'y était amoncelé comme si une bourrasque avait fait voler toutes les feuilles des dossiers. Si elle était surprise, elle n'en montra rien. Elle semblait attendre quelque chose, peut-être que je lui propose de s'asseoir, mais je n'avais pas envie qu'elle s'attarde.

— J'ai appris pour ton père, me dit-elle alors.

— Fausse alerte.

Elle hocha la tête, se poussa lorsque je passai devant elle pour regagner mon fauteuil. Je fis mine de mettre de l'ordre dans mon foutoir tout en l'observant du coin de l'œil, tandis qu'elle faisait le tour de mon bureau. On aurait dit qu'elle voulait s'assurer que rien n'avait changé depuis l'époque où tous les deux nous étions en couple. Son regard se fixa sur le canapé où nous avions fait l'amour pour la première fois. Je sais. Pas très romantique. Mais on avait toujours été attirés l'un par l'autre, et ce dès notre première rencontre. Après des semaines à nous tourner autour, comme deux fauves en cage, on avait fini par se sauter dessus. Au diable le romantisme. Je savais que c'était cette attirance physique qui nous avait maintenus ensemble, aveuglés par notre passion, avant de comprendre qu'il n'y aurait jamais rien de plus entre nous. Tandis que je la regardais, je me surpris à la comparer à la femme qui s'était tenue devant moi dans la vision partagée avec mon père, la femme du portrait. Je remarquai alors son air fatigué que l'absence de maquillage sur son visage accentuait. Ses cheveux auraient eu besoin d'un brushing et sa blouse d'un bon coup de fer à repasser. Mon cœur se serra.

— Tu étais de garde, cette nuit ? demandai-je, réalisant soudain ce que cela signifiait.

Elle acquiesça.

— C'est moi qui ai constaté le décès.

On savait tous les deux qu'elle parlait de Camille Langevin.

— Les parents ? osai-je demander.

— Effondrés.

Elle haussa les épaules, enfonça ses mains dans les poches de sa blouse froissée.

— Il y aura un service religieux tout à l'heure à la chapelle, me dit-elle alors.

— Quand ?

— À quatorze heures.

— Merci. J'essaierais d'y être.

Je mentais et elle le savait.

— Bon, je vais te laisser.

Elle me tourna le dos, fit quelques pas vers la porte que j'avais pris soin de laisser ouverte puis, hésitant sur le seuil, elle se retourna.

— Au fait, pour le mariage… Je comprendrais que tu ne te sentes pas de venir, ajouta-t-elle, avant de disparaître dans le couloir.

Je soupirai, regardai brièvement ma montre. J'avais encore du temps devant moi pour décider si me rendre au service religieux même si je ne me sentais pas le droit d'y aller. Une photo de Lukas Boylan sur mon bureau attira mon attention. Pourquoi diable lui avais-je promis qu'il pourrait rejouer au football ? Était-ce réellement son intérêt que j'avais eu en tête ou bien avais-je simplement dit oui pour satisfaire mon ego en relevant le défi qu'une telle intervention représentait ? Je ne savais plus. Tout ce que je voyais désormais, c'était ce garçon, grand et fort, qui serrait ses parents dans ses bras bodybuildés. Je reposai la photo et tentai de retrouver le téléphone enseveli sous le dossier éparpillé.

— Nelly ? dis-je, le combiné contre mon oreille. Excuse-moi de te déranger à nouveau. Voilà, il faudrait rappeler les Boylan. Tout de suite.

— Quoi, maintenant ?

— Ça ne peut pas attendre.

— Bon. Et qu'est-ce que je suis censée leur dire ?

— Que l'intervention n'aura pas lieu.

Il y eut un court silence.

— Ah... D'accord. Donc, je les appelle pour leur dire que c'est reporté ?

— Non, elle n'est pas reportée. L'intervention est annulée. Définitivement.

— Mais...

Je raccrochai. Voilà pour la première décision. Quant à la seconde... Il me fallait du papier et un stylo.

53

J'étais occupé à décrocher les cadres du mur, quand le professeur Patrick Zajac, chef du service de neurochirurgie, entra dans mon bureau sans frapper.

— Tu déménages ? demanda-t-il, en me regardant mettre mon bureau sens dessus dessous.

Sans me donner la peine de répondre, je poursuivai ma tâche, imperturbable.

Il marcha jusqu'à la fenêtre.

— Hum, pourtant ce bureau a une plus belle vue que la mienne.

— Il est à vous, si vous voulez, lui répondis-je.

— Est-ce que ça a quelque chose à voir avec ceci ? Nelly me l'a remise tout à l'heure.

Il agita une enveloppe cachetée qu'il déposa sur un coin de table encore libre.

— Vous ne l'avez pas ouverte ? demandai-je, à la fois surpris et mal à l'aise.

— C'est inutile. J'ai compris de quoi il s'agissait à l'instant où elle m'a dit que tu avais décommandé l'anévrisme... ainsi que toutes tes interventions à venir.

Je baissai la tête.

— C'est une lettre de démission, dis-je pour mettre les choses au clair.

— Je sais.

— J'espère que vous n'êtes pas venu ici pour m'en dissuader.

Patrick Zajac se baissa pour ramasser un rouleau d'adhésif qui avait roulé jusqu'à ses pieds.

— Tu ne m'écouterais pas de toute façon.

Je lui repris le rouleau des mains et m'en servis pour sceller un nouveau carton. À ce rythme, j'aurais vidé les lieux avant la fin de la journée.

— Tu me dois une explication, tu ne crois pas ? reprit mon mentor. Ne serait-ce que pour toutes les heures que j'ai consacrées à te défendre auprès de la direction de l'hôpital.

— Je suis vraiment désolé de vous avoir fait perdre votre temps, mais c'est mon choix. Je ne peux pas...

— Quoi ?

Je repensai à mon père. À ce qu'il m'avait dit avant d'emmener Camille dans la salle aux malades.

— Je ne peux pas me pardonner.

— Camille Langevin était condamnée... Assieds-toi s'il te plaît, tu me donnes le tournis à t'agiter comme ça.

Je me figeai.

— Vous ne comprenez pas, dis-je avant qu'il n'aille plus loin. J'ai commis une terrible erreur.

Le chef de service se leva brusquement pour aller fermer la porte du bureau.

— Vous pouvez laisser ouvert. Je veux que ça se sache. Tout est consigné dans le compte rendu opératoire. J'ai tué Camille. Elle aurait pu vivre une longue vie, se marier, avoir des enfants, si seulement j'avais su m'arrêter à temps.

— Tu n'en sais rien.

Je me laissai tomber sur le canapé. C'était là tout le problème. Je le savais. Je l'avais vue, cette vie qui attendait Camille.

— Vous ne pouvez pas comprendre... J'ai tout gâché.

Patrick Zajac vint prendre place à mes côtés.

— Ce que je vais te dire est horriblement banal, mais ce sont les risques du métier. Tu as touché une artère, l'hémorragie était incontrôlable. Ça arrive.

Je souriai, les yeux remplis de larmes.

— Et maintenant vous allez me dire que l'erreur est humaine ?

Mon chef haussa les épaules.

— Et pourquoi pas ? C'est la vérité après tout. Tu es un chirurgien talentueux, c'est indéniable. Un virtuose même. C'est un régal de te voir opérer, mais quelle que soit l'ampleur de ton talent, tu feras encore des erreurs, c'est inévitable. Je ne sais pas si tu as eu raison de revenir sur ta décision d'opérer ce jeune américain. Ce que je sais en revanche, c'est que dans l'esprit des gens, un chirurgien est quelqu'un avec des nerfs d'aciers et des mains qui ne tremblent pas. Ils se trompent. En réalité, ce qu'il faut avant tout, c'est un bon jugement. Savoir quand opérer, savoir quand refuser, savoir quand s'arrêter. Et cela, c'est l'expérience qui te l'apportera. Et crois-en un vieux briscard comme moi, l'expérience t'apportera aussi la confiance qui te manque aujourd'hui.

Je me tournai vers la pile de dossiers en attente.

— J'ai peur de ne plus être capable d'opérer.

— On est tous passés par là. C'est un sentiment normal. Tu vas le surmonter.

— Et si vous vous trompiez ?

— Il n'y a pas trente-six façons de le découvrir. Tu dois revenir au bloc. Le plus tôt sera le mieux, crois-moi. Il y a une intervention toute simple que je comptais refiler à un des internes. Tu pourrais la faire. Après tout, c'est pareil avec les joueurs de tennis de haut niveau. Après une blessure, il leur faut faire des tournois de moindre importance, se remettre doucement en jambes avant de disputer à nouveau un grand chelem.

Comme à son habitude, Patrick Zajac usait et abusait des métaphores sportives. Féru de tennis, il avait même figuré au classement de l'ATP dans sa jeunesse et ne ratait jamais une finale de Roland Garros. D'ordinaire, je m'en serais amusé, mais mon cœur était lourd et j'étais à peu près certain que plus rien ne me rendrait le sourire. Jamais.

— Alors ? Qu'est-ce que tu en dis ?

C'était trop tard. La vérité était bien trop effrayante pour que j'ose l'affronter. Je sentais que j'avais changé.

— Je suis désolé, dis-je simplement.

Patrick Zajac reprit l'enveloppe dans laquelle se trouvait ma lettre de démission et la fit disparaître dans la poche de sa blouse.

Il passa une main dans son épaisse chevelure argentée qui lui donnait des airs à la Richard Gere.

— Bon, écoute. J'ai une autre idée. Je devais normalement me rendre à Nice, au Congrès annuel organisé par la Société de neurochirurgie. Le problème, c'est que j'ai découvert que ma femme avait organisé un long week-end romantique à la Martinique pour fêter mon anniversaire. Alors, ça me rendrait service si quelqu'un pouvait s'y rendre à ma place.

— Vous voulez que je vous remplace ?

— Ça ne dure que trois jours. Ça te fera du bien de t'éloigner un peu de l'hôpital et puis tu n'es pas obligé de te farcir toutes les conférences. Prends ton temps, visite la ville. On reparlera de tout ça à ton retour.

— Et si je n'ai pas changé d'avis ?

— Dans ce cas j'accepterai ta démission. À mon plus grand regret.

54

Je somnolais, les écouteurs dans les oreilles, quand je sentis qu'on me secouait doucement.

— Monsieur ?

Je décollai mes paupières. Ma voisine de siège montra du doigt le steward qui nous toisait depuis la coursive. Je regardai ses lèvres bouger tandis que le chanteur des Muse hurlait "Time is running out[11] " dans mes oreilles. Je baissai le son.

— Pardon ?

— Votre ceinture, répéta le steward. Nous allons bientôt atterrir.

Je hochai la tête, mais compris que celui-ci ne partirait pas tant qu'il ne m'aurait pas vu convenablement attaché. J'obtempérai. Ma voisine me sourit. Je m'empressai de remonter le son avant qu'elle n'engage la conversation. Comme un gosse, je collai mon front contre le hublot. L'avion se pencha sur le côté pour virer à quatre-vingt-dix degrés et pendant un court instant, il sembla simplement suspendu dans les airs. Lorsqu'il se redressa, je pus voir l'ombre de son aile se projeter sur la mer et se prolonger vers les plages de galets. Il faisait beau et alors qu'on se rapprochait du sol, les promeneurs qui flânaient sur la Promenade des Anglais m'apparurent avec plus de netteté. Je me renfonçai dans mon siège et me préparai à l'impact du train d'atterrissage contre le bitume de la piste. Un quart d'heure plus tard, je suivais le flot de voyageurs hors de l'appareil. Je n'avais qu'un bagage à main avec moi et me dirigeai directement vers la zone des arrivées. J'étais censé me rendre à un point de rendez-vous où une navette spécialement affrétée pour les membres de la Sociéte Française de Neurochirurgie, SFNC pour faire court, me conduirait jusqu'à mon hôtel. Mais j'avais envie de profiter encore de mes quelques instants de liberté et préférai monter dans un taxi.

— Prenez par le bord de mer, précisai-je au chauffeur.

Il me lança une œillade dans le rétroviseur.

— À cette heure-ci, ça va être bouché, Monsieur.

Je lui dis que ça ne faisait rien. Je n'étais pas pressé de toute façon. Le congrès ne commençait que le lendemain matin et je n'avais rien d'autre de prévu.

Je n'étais encore jamais venu à Nice. Mon internat à Montpellier ne m'avait pas laissé beaucoup de loisirs pour découvrir la côte et lorsque je n'étais pas au bloc opératoire, je m'employais à récupérer le sommeil en retard. D'ailleurs, je n'arrivais même plus à me souvenir de la dernière fois où j'avais pris des vacances. Alors que je me faisais cette réflexion, le visage de Maud traversa brièvement mes pensées, mais je m'empressai de la refouler au tréfonds de mon esprit. Je n'aimais pas spécialement être seul, mais je détestais encore plus la mauvaise compagnie. Je comptais bien profiter de ces quelques jours pour me perdre dans les rues de la ville. Pour me perdre tout court.

Cela faisait dix minutes maintenant que je regardais un vieil homme nourrir les pigeons, lui assis sur un banc, moi à l'arrière de la Laguna. Le taxi ne bougeait plus, pris au piège comme des dizaines d'autres voitures tout aussi immobiles. J'aurais presque pu me croire sur le *périph* si ce n'est qu'à la place de murs encrassés et couverts de tags, je contemplais la mer et les palmiers.

— C'est loin d'ici, à pied ? demandai-je à mon chauffeur.

Celui-ci me lança un regard torve. Je m'empressai de le rassurer.

— Ne vous inquiétez pas, je vous paierai la course en entier.

Son sourire me dévoila une rangée de dents jaunies par la nicotine.

— Oh, ben je dirais que vous en avez pour une bonne demi-heure. Mais vous avez de la chance, il fait beau aujourd'hui.

Apparemment, il avait plu toute la semaine. Je le remerciai et lui tendis ma carte bleue qu'il débita sans se le faire redire deux fois.

Un scooter me frôla en klaxonnant, tandis que je me faufilais entre les véhicules à l'arrêt pour gagner le trottoir. Je dépliai la poignée télescopique de mon trolley et me mis en marche. Il faisait beau et au bout d'un quart d'heure de marche, il se mit aussi à faire chaud. Je marchais lentement, humant l'air iodé, laissant le soleil automnal réchauffer ma peau et mon regard se noyer dans l'immensité bleue qui s'étalait à perte de vue. À mesure que je me rapprochais du centre-ville, les piétons se firent plus nombreux. Je me demandai si eux aussi repensaient aux attentats qui avaient si durement frappé la ville en 2016, lors des festivités du Quatorze juillet, alors que nous foulions ce même trottoir où tant de personnes avaient perdu la vie. La sonnerie de mon téléphone interrompit brusquement mes pensées. Je m'arrêtai. C'était Cédric. J'hésitai une seconde de trop et l'appareil se tut. Je savais qu'il rappellerait jusqu'à ce qu'il m'ait au bout du fil alors j'éteignis mon téléphone. J'aurais voulu faire la même chose avec mon cerveau. L'éteindre simplement pour ne plus laisser mes pensées me ramener inlassablement dans le bloc opératoire où j'avais tué Camille. Le vent du large me fit frissonner et je me remis en route. Je dépassai le Negresco, que j'avais reconnu grâce à son dôme rose et sa façade blanche ornée de colonnes corinthiennes et de dorures. C'était là, dans le célèbre palace niçois, que je me rendrais le lendemain matin pour assister à la première série de conférences prévues au programme. Mon hôtel n'était plus très loin. Ce n'était pas un palace, mais un quatre-étoiles tout de même que je ne tarderais pas à trouver à mon goût.

À la réception, j'appris qu'on m'avait attribué une chambre avec vue sur la mer. Un groom s'empara de ma valise et de ma clé magnétique et me montra le chemin à la manière d'un sherpa des villes. Tandis que l'ascenseur nous emmenait dans les étages, il me fit un inventaire de toutes les prestations offertes par l'établissement, du bar-restaurant panoramique, à la salle de gym, en passant par le hammam spa. Je l'écoutai d'une oreille distraite et le suivis dans le couloir où nos pas résonnaient à peine, assourdis par l'épaisse moquette. Ma chambre se trouvait tout au bout et nous arrivâmes au moment où mon voisin de gauche sortait de la sienne. Je reconnus instantanément un des conférenciers, un neurochirurgien du CHU de Rouen, dont le nom m'échappait. S'il était surpris de me trouver là, il n'en laissa rien paraître. Nous nous saluâmes cordialement, sans plus. Voilà qui promettait pour la suite.

Je laissai un pourboire au groom et me dirigeai vers la baie vitrée qui donnait sur un espace extérieur, mi-balcon, mi-terrasse. J'ouvris. Accoudé à la balustrade, j'essayai d'apercevoir la Corse. Quelque deux cents kilomètres séparaient les deux rives, mais le groom à qui j'avais avoué que je n'étais encore jamais venu sur la Côte d'Azur m'avait assuré que, lorsque le temps était dégagé comme aujourd'hui, l'on pouvait voir l'île de Beauté surgir à l'horizon. J'eus beau me concentrer, je ne voyais rien d'autre qu'une ligne de démarcation nette entre le ciel et la mer. Je me laissai néanmoins hypnotiser par le scintillement de l'eau, comme si une multitude de paillettes argentées flottaient à sa surface. Au bout d'un moment, agressé par le bruit de la circulation sur la Promenade des Anglais, je battai en retraite dans la chambre. Un rapide coup d'œil à ma montre m'indiqua que le restaurant de l'hôtel était ouvert. Je me débarrassai de mes vêtements encore collants de sueur, me glissai sous la douche, enfilai des vêtements propres quoique un peu froissés, et la main sur la poignée, prêt à sortir, me ravisai. Le visage du professeur Tartempion, croisé un peu plus tôt me revint en mémoire, ou plutôt l'expression de franche hostilité que j'avais pu y lire malgré son salut courtois me fit changer d'avis. En me rendant au restaurant de l'hôtel, je prenais le risque de le croiser lui ou l'un de ses amis. Trop crevé pour partir à la recherche d'un restaurant dans une ville qui m'était inconnue, je préférai faire appel au service en chambre. Pourtant, je touchai à peine au plateau que l'on m'apporta. Mon excitation était retombée et je me préparai à passer une nuit agitée.

55

Lorsque je quittai l'hôtel le lendemain matin, j'étais déjà en retard. Le discours d'ouverture avait commencé depuis une demi-heure quand enfin, je me présentai devant l'entrée du Negresco gardée par deux portiers en livrée. J'eus l'impression de pénétrer à la cour d'un régent, une sorte de louis XIV de pacotille tant le décor me faisait penser à Versailles. De fait, c'est dans le Salon Royal de l'hôtel que s'achevait le discours d'introduction. Je découvris une pièce circulaire bordée de colonnes à la manière d'un péristyle antique et en guise de plafond, une magnifique verrière en forme de dôme au centre de laquelle pendait un majestueux candélabre. Je me fis tout petit et trouvai une place libre au dernier rang. Quelques têtes se tournèrent pour me dévisager. Je regardai autour de moi pour voir si je reconnaissais quelqu'un, mais étant assis derrière je ne voyais que des nuques surmontées de cheveux grisonnants, ou de têtes à la calvitie bien avancée. Mon arrivée avait fait brusquement chuter la moyenne d'âge. Je ne pouvais pas en dire autant de la parité hommes femmes qui restait largement défavorable à ces dernières. Le discours s'acheva dans un tonnerre d'applaudissements que je m'empressai d'imiter histoire de me fondre dans le groupe. Le président de la SFNC céda enfin le micro au premier conférencier de la matinée qui n'était autre que mon voisin de chambre. Une sommité dans son domaine, c'était indéniable, en revanche on ne pouvait pas en dire autant de ses talents d'orateur. J'allais bientôt découvrir que son cas n'était pas isolé. Ainsi, les conférences se poursuivirent, longues litanies fastidieuses, copieusement illustrées de Powerpoints tout aussi rébarbatifs qui se succédaient sur l'écran géant, face à un public léthargique.

Alors que mon voisin de fauteuil, un chirurgien spécialisé dans les hernies discales, proche de la retraite, piquait du nez, je me sentis moi-même gagné par la lassitude. Si je ne quittais pas la salle au plus vite, je finirais par m'endormir, moi aussi. Je profitai donc du fait que le dernier conférencier de la matinée nous tournait le dos pour m'esquiver.

En regagnant ma chambre, je me dépêchai de troquer mon costume contre une paire de jeans et des baskets, plus appropriés pour partir explorer la ville.

Le Vieux Nice grouillait de monde. Des Niçois pour la plupart, mais aussi quelques touristes venus profiter de l'été indien, se croisaient dans les venelles, à la recherche d'un endroit où se poser pour manger. Je suivis le mouvement, les mains dans les poches et les yeux levés pour admirer les façades peintes d'ocre et de couleurs pastel. J'arrivai sur une petite place où plusieurs bars-restaurants se faisaient face. Comme je n'avais pas très faim, j'optai pour un apéritif dans un bar à tapas. On me servit des spécialités de la région : petits farcis niçois, beignets de légumes, socca, tarte aux blettes, le tout accompagné d'un verre de Côtes de Provence, blanc et A.O.C, s'il vous plaît. Je poursuivis ma visite de la ville en faisant un crochet par le musée d'Art moderne. Les œuvres se succédaient, étranges, parfois belles. J'étais un parfait néophyte, mais reconnut néanmoins les sculptures de Niki de Saint Phalle à son style inimitable dont j'avais eu un aperçu le matin même au Negresco. Le musée disposait d'un toit terrasse où les architectes avaient eu la bonne idée d'aménager un jardin suspendu, offrant aux visiteurs une vue imprenable sur la ville, la mer et les montagnes alentour. C'était magnifique et j'étais triste. Je pensais à Camille. Elle aussi se destinait à une carrière d'architecte. Qui sait ce qu'elle aurait pu accomplir si… Je secouai la tête. Pris de vertiges, je décidai de rentrer à l'hôtel.

Allongé sur le lit, à même les couvertures et tout habillé, j'avais à peine fermé les yeux que des coups résonnèrent contre ma porte. J'essayai de les ignorer, me disant que l'on finirait par abandonner pensant qu'il n'y avait personne.

— Open the door ! I know you're in there ![1]

L'importun, un américain en l'occurrence, n'était autre que Tom Boylan, le père du jeune footballeur dont j'avais annulé l'intervention. Je le regardai, incrédule. Il me dépassait d'une bonne dizaine de centimètres et j'étais à peu près sûr que ses épaules étaient plus larges que l'encadrement de la porte où je me tenais, embarrassé.

— Monsieur Boylan ? Qu'est-ce que...

— We need to talk ![2] me coupa-t-il.

56

Le bar panoramique de l'hôtel fermait à vingt-trois heures, soit dans un peu moins de vingt minutes. Le père de Lukas Boylan était assis en face de moi, indifférent à la vue à couper le souffle sur la baie des Anges. Il me fixait, en colère et peut-être déjà un peu saoul. Nous restâmes silencieux jusqu'à ce que le barman nous apporte nos consommations : une bière pression pour mon hôte, la même chose pour moi.

— Est-ce que votre fils est ici, lui aussi ? hasardai-je.

Tom Boylan planta son regard dans le mien. Pendant un court instant, je crus qu'il allait se mettre à pleurer, mais je me trompais. C'était la colère et non la tristesse qui rendait son regard brillant.

— Il est resté à Paris avec sa mère, se décida-t-il à me répondre.

Je le regardai vider la moitié de son verre. Je n'avais pas encore touché à ma bière et je commençais à regretter de ne pas avoir pris quelque chose de plus costaud. Cette conversation n'allait pas être agréable et il était trop tard pour m'y soustraire. Alors, autant saisir le taureau par les cornes, me dis-je en regardant le cou large et musclé de mon interlocuteur. Je savais qu'il voulait me parler de l'opération de son fils. J'ouvris la bouche, sans trop savoir par quoi commencer.

— C'est votre secrétaire qui m'a dit où vous étiez, me dit-il alors. Juste après m'avoir annoncé que l'opération était annulée.

Je soupirai.

— Monsieur Boylan…

Il leva sa main. Une large paluche d'ours mal léché.

— Je veux vous l'entendre dire, là, face à face. Je veux que vous me disiez, les yeux dans les yeux, que vous n'opérerez plus mon fils. Et après je veux que vous m'expliquiez pourquoi vous avez changé d'avis.

Avec nos gueules cassées, on avait l'air de deux boxeurs sur le retour, s'apprêtant à livrer leur dernier combat. Mais alors que ma fracture du nez résultait d'un coup de coude accidentel lors d'un match de football, celle de mon adversaire ressemblait davantage à une blessure de guerre.

Je baissai la tête.

— Vous ne comprenez pas. Je ne peux plus opérer votre fils.

— Alors, expliquez-vous ! s'emporta Tom Boylan, frappant la table du plat de la main.

Je sentis qu'on nous observait depuis le bar.

— Monsieur Boylan, je n'aurais jamais dû accepter d'opérer votre fils. J'ai commis une terrible erreur de jugement. Je suis désolé, ajoutai-je.

— Vous pouvez l'être. Si vous aviez refusé comme les autres, on se serait résigné. Mais vous nous avez fait croire que l'opération était possible. Vous nous avez redonné de l'espoir et maintenant, vous aussi vous nous laissez tomber. Vos collègues, eux au moins, ils ne nous ont pas menés en bateau. Vous, vous n'avez même pas eu les couilles de nous le dire en face.

Je me rappelai la première fois que j'avais vu Lukas Boylan en consultation. Je me souvins avoir regardé son dernier angioscanner, un examen qui permettait de mettre en évidence l'entrelacs des artères cérébrales à la surface du cerveau. C'était comme regarder un fleuve et ses affluents depuis l'espace. J'avais su à ce moment-là, que je pouvais le faire, que je pouvais supprimer l'anévrisme qui menaçait sa vie. J'avais accepté de l'opérer, malgré le risque de provoquer une hémorragie cataclysmique si l'anévrisme venait à se rompre pendant l'intervention. Une situation fatale huit fois sur dix. Aujourd'hui, rien que d'y penser, j'avais la nausée.

— Je suis désolé, répétai-je.

Sous la table, mes mains s'agitaient comme celle d'un junkie, sauf que ce n'était pas le manque qui les faisait trembler, mais la peur de tuer à nouveau.

Il se laissa aller contre le dossier de la chaise, calme.

— Vous n'avez pas le droit de revenir sur votre parole, dit-il en reprenant sa place en face de moi. Ce n'est pas juste.

Je me sentai de plus en plus minable. Les Boylan ne roulaient pas sur l'or. Je savais qu'ils avaient fait d'énormes sacrifices pour organiser la venue de Lukas en France. Les billets d'avion, la location d'un appartement sur Paris, les frais d'hospitalisation et enfin, mes honoraires. Tout ça pour rien.

— Je vais vous rembourser, dis-je en me levant.

Tom Boylan écarquilla les yeux.

— Quoi ?

— Je vais vous faire un chèque, insistai-je. Vous n'aurez qu'à me dire le montant, d'accord ?

Il se leva à son tour. Et en guise de réponse, j'entendis un craquement. Celui du cartilage lorsque son poing s'écrasa sur ma figure.

57

J'ouvris les yeux. Blouse blanche et stéthoscope autour du cou, une jeune femme me faisait face, trop occupée à examiner mes radios pour s'apercevoir que j'avais repris connaissance.

— Pas de fracture, dis-je.

Elle sursauta. J'essayai alors de déchiffrer le nom sur son badge, mais ma vue se troubla.

— Est-ce que vous pouvez me dire comment vous vous appelez ? me demanda-t-elle, avant de braquer une minitorche sur mon œil droit puis sur le gauche, histoire de vérifier mes réflexes pupillaires.

— Johan Valmeur, répondis-je en clignant des yeux, gêné par le faisceau lumineux. Je suis neurochirurgien, me dépêchai-je d'ajouter, espérant naïvement que cela me vaudrait un traitement de faveur. Mais la jeune interne ne parut nullement impressionnée. Peut-être me prenait-elle pour un mythomane.

— Vous pouvez vérifier, lui dis-je. J'exerce à la Pitié Salpêtrière.

— Tant mieux pour vous. Bon, savez-vous quel jour nous sommes ?

Étonnamment, j'eus besoin d'y réfléchir quelques instants. Je finis néanmoins par lui donner le jour, le mois et l'année.

— C'est bien ça ? demandai-je anxieux.

— Vous n'en êtes pas sûr ?

— Euh… si, j'en suis sûr.

— Bonne réponse ! Je vous aurais bien donné un bonbon pour vous récompenser, mais la petite fille là-bas, les a tous mangés.

Elle m'indiqua une petite peste de dix ans, le bras dans le plâtre, qui me tira la langue au moment où je croisais son regard. Et dire que Maud voulait des enfants ! Je me retins de lui rendre la pareille et demandai :

— Où suis-je ?

Elle fronça les sourcils. Je m'empressai de préciser.

— Je sais que je suis à Nice, ce que je voudrais savoir, c'est dans quel hôpital.

— Aux urgences de l'hôpital Pasteur.

Je hochai la tête même si je n'y avais jamais mis les pieds avant aujourd'hui. J'essayai de me relever, mais un violent mal de crâne m'obligea à me rallonger. J'eus l'impression que ma pommette gauche était en feu et je sentis une dent bouger sous ma langue.

— On a dû vous faire quelques points de suture, m'informa-t-elle, tout en remplissant la feuille de soins. Rien de bien méchant. Juste une plaie du cuir chevelu que vous vous êtes fait en heurtant un coin de table en tombant.

Je tâtai le haut de mon crâne jusqu'à ce que je sente les fils de catgut sous mes doigts.

— Ah ! Mais n'y touchez pas ! Il va falloir désinfecter à nouveau maintenant !

Je retirai mes doigts comme un gamin pris en faute par la maîtresse.

— Pardon.

L'interne soupira en ajoutant une note à ma feuille de soins.

— En tous les cas, l'homme qui vous a agressé est en garde à vue.

Mes souvenirs me revenaient par morceaux. Je me rappelai les larmes de colère dans le regard de Tom Boylan quand je lui avais proposé de l'argent contre la vie de son fils. Bravo Johan, riche idée !

— Je ne veux pas porter plainte, dis-je.

— Ça n'est pas à moi qu'il faut le dire.

— À qui alors ?

Elle m'indiqua un type en uniforme qui discutait avec deux infirmières sans me prêter la moindre attention. Je ne sais pas ce qu'il leur racontait, mais les deux femmes étaient hilares.

— Le docteur Palazzi va venir vous voir dans quelques instants. Ensuite, on vous transférera à l'étage dès qu'un lit se libère.

Je voulus protester, mais elle ne m'en donna pas l'occasion.

— Si vous avez mal, vous le dites aux infirmières, enchaîna-t-elle.

— Je me sens bien. Je peux rentrer à l'hôtel. Pourquoi voulez-vous me garder ?

— Vous étiez inconscient à votre arrivée. Vous êtes neurochirurgien, alors vous connaissez la chanson.

Oui, je la connaissais, mais normalement c'est moi qui la chantais.

— Justement. Si j'avais une hémorragie méningée, je crois que je m'en apercevrais.

Elle haussa les épaules.

— Vous verrez ça avec le docteur Palazzi.

Je voulus protester encore une fois, mais elle était déjà passée au patient suivant.

Je balayai la salle du regard. Le flic n'était plus là, ni les deux infirmières avec qui il discutait. Je les imaginai ensemble en train de siroter un café dans la salle de repos. J'avisai un jeune homme boutonneux. Il portait une blouse blanche et un stéthoscope bien en vue, mais je voyais bien qu'il avait l'air perdu. Un externe à tous les coups. Je l'appelai et lui demandai de baisser les barrières anti-chutes qui m'empêchaient de descendre du lit.

Je le vis regarder à droite puis à gauche à la recherche d'une inspiration quelconque.

— J'ai besoin d'aller aux toilettes, et c'est assez urgent.

Il hocha la tête rapidement, et je lui montrai alors comment s'y prendre.

— Non, pas ce levier, l'autre, voilà, maintenant vous pouvez les baisser.

Il m'aida à me mettre debout, me regarda enfiler mes baskets, hésita, puis proposa de m'accompagner.

— C'est inutile. Je m'en voudrais de vous faire rater un cas intéressant.

Ses yeux brillèrent de gratitude et je m'empressai de disparaître dans le premier couloir qui se présenta à moi.

Il fallait que je sorte de cet hôpital et le plus vite serait le mieux.

Persuadé qu'on avait lancé une équipe à ma recherche, je cherchai désespérément une sortie. J'avais conscience d'être légèrement parano, mais je n'avais nullement envie de rencontrer ce docteur Palazzi. Ma pommette me faisait mal et je n'osai imaginer quelle tête j'avais avec ma joue gonflée, ma dent branlante et mes cheveux en bataille. Alors que deux médecins marchaient dans ma direction, j'essayai de ralentir le pas et de me donner un semblant de contenance. Précautions inutiles, car ils me regardèrent à peine. Je m'arrêtai soudain et me retournai dans leur direction. C'était étrange... J'avais l'impression d'avoir déjà vécu cette situation. D'ailleurs, maintenant que j'y réfléchissais, l'endroit me paraissait familier. Pas seulement l'hôpital Pasteur, mais aussi les gens qui y travaillaient, comme si je les avais déjà croisés. Comme si j'étais déjà venu ici... Soudain, je compris. D'une certaine manière, c'était vrai, j'y étais déjà venu. J'en étais certain à présent, l'hôpital faisait partie de la vision que j'avais eue chez mon père. Se pouvait-il alors que la femme du portrait-robot soit ici, elle aussi ? Allais-je enfin la rencontrer ? Et si oui, dans quelles circonstances ? Alors que mon cœur battait fort à l'idée que j'allais bientôt unir mon destin au sien, je compris que je m'étais perdu.

58

Les yeux à l'affût, je recherchai un panneau, quelque chose qui m'indiquerait où j'étais et surtout comment sortir de ce labyrinthe. Je ne trouvai rien de la sorte, mais j'eus le sentiment que je devais poursuivre jusqu'au bout du couloir. Je décidai de faire confiance à mon instinct ou plutôt à mes souvenirs de la vision. Sans trop réfléchir à ce que je faisais, je poussai une porte coupe-feu, traversai un couloir, montai dans un ascenseur, enfonçai les boutons au hasard. Quand les portes s'ouvrirent, une petite fille leva les yeux vers moi. D'une main, elle serrait une peluche contre elle tandis que de l'autre, elle traînait la potence montée sur roulettes, à laquelle était accroché le sac de sa perfusion.

— Bonjour, dis-je, en faisant un pas dans sa direction.

La petite fille serra sa peluche un peu plus fort contre elle. Je tentai de lui sourire, ce qui eut pour effet de l'effrayer davantage. Décidément, je n'aurais jamais d'enfants, me promis-je. Il fallait que je me barre avant que la petite ne donne l'alarme en se mettant à pleurer.

— Hé ! Vous, là-bas !

Une infirmière m'observait depuis l'autre bout de la coursive. Comme un fugitif dont la tête aurait été mise à prix, je m'éloignai dans la direction opposée. Je marchai aussi vite que possible, mais l'infirmière était déjà sur mes talons.

— Attendez ! cria-t-elle.

J'accélérai la cadence cherchant désespérément une échappatoire. Le couloir tourna subitement à angle droit, me faisant disparaître du champ de vision de ma poursuivante. Profitant de mon avance, j'enfonçai la première porte qui se présenta à moi. Une pièce de la taille d'un placard à balais dans laquelle je n'eus pas le temps de m'enfermer.

— J'ai besoin de votre aide.

Je sursautai. L'infirmière à laquelle j'avais tenté d'échapper se tenait face à moi. J'étais pris au piège.

— Vous devez me confondre avec quelqu'un d'autre, dis-je. Je ne travaille pas ici.

J'essayai de la contourner, mais elle me barra à nouveau le passage.

— J'ai besoin de vous. C'est vraiment très important.

— Pourquoi moi ? Vous n'avez pas des collègues à qui vous adresser ?

L'infirmière baissa la tête. Ses épaules se voûtèrent légèrement.

— J'ai essayé de les contacter, croyez-moi. Mais personne ne me répond. Vous êtes le seul. Le seul à pouvoir me venir en aide.

Je soupirai. Le temps pressait. Tom Boylan était en garde à vue à cause de moi. Il fallait que je trouve un moyen de sortir de cet hôpital sans me faire remarquer.

— D'accord, je vais vous aider. À une condition, m'empressai-je d'ajouter.

L'infirmière hocha la tête.

— Que je vous aide à sortir de l'hôpital en toute discrétion ?

Je l'avais pensé si fort que, pendant un instant, je me demandai si je ne l'avais pas dit à voix haute.

— Je connais l'hôpital comme ma poche, enchaîna l'infirmière. Ma voiture est au parking, en sous-sol. Dès que nous aurons fini, je vous y conduirai.

— Bon... Qu'est-ce que vous voulez que je fasse au juste ?

— Au bout du couloir, sur la droite, il y a un local où nous stockons notre matériel pour les soins. J'ai besoin d'un certain nombre de choses et j'ai besoin de vous pour les emmener jusqu'à ma voiture.

J'eus peur de comprendre.

— Vous me demandez de voler du matériel ?

— Ce n'est l'affaire que de quelques euros. Je pense que l'hôpital s'en remettra. Je vous assure que je ne vous le demanderais pas si ce n'était pas d'une importance vitale.

— Mais...

— Vous venez ou pas ?

Le local n'était qu'à quelques mètres du bureau des infirmières. Des étagères s'étiraient jusqu'au plafond, surchargées de matériel médical en tout genre.

— Il faut faire vite, me dit l'infirmière.

Et sur ce, elle m'indiqua ce dont elle avait besoin et où

le trouver. Seringues, compresses, ballon d'insufflation, kit de suture, kit de perfusion, poches de solution saline.

— Au fait, je m'appelle Marianne. Marianne Deconti. Mais vous pouvez m'appeler Manon.

— Eh bien, Manon, je ne peux pas vraiment dire que je suis ravi de faire votre connaissance.

— Croyez-moi. Je m'en serais bien passée aussi. Et vous ? Quel est votre nom ?

— Johan.

— Johan comment ?

— Valmeur.

Le visage de l'infirmière s'illumina un bref instant.

— Oh ! Attendez ! C'est pas vous qui avez fait la couverture de *Science et Avenir*, le mois dernier ?

Je ne dis rien tandis qu'elle me détaillait plus attentivement.

— Mais si, c'est bien vous. J'avoue que je vous imaginais plus grand, ajouta-t-elle.

J'eus envie de lui dire qu'elle se trompait, que l'homme qu'elle avait vu sur la couverture de papier glacé d'un magazine n'existait plus. Que l'ange au bistouri d'or ne pouvait plus rien pour personne.

— Moi, j'ai besoin de vous.

Je tressaillis. Avais-je pensé à voix haute encore une fois ?

Elle tendit son index vers les étagères.

— Vous oubliez l'adrénaline.

Je pris les flacons en soupirant et les fourrai dans le sac avec le reste.

— C'est tout ?

— Et un défibrillateur portable, aussi. Juste derrière vous, étagère de gauche.

— Ma parole, c'est une ambulance qu'il vous faut !

— À vrai dire, un hélicoptère du SAMU serait plus indiqué. Le problème, c'est que je ne saurais pas communiquer les coordonnées GPS aux secours et il n'y a aucun moyen d'effectuer une géolocalisation. De toutes les façons, à ce rythme-là, c'est un médecin légiste qu'il va me falloir. Alors, accélérez un peu, voulez-vous ?

Je m'arrêtai pour la regarder. J'avais besoin de vérifier qu'elle n'était pas en train de plaisanter.

— Vous êtes sérieuse, constatai-je.

— Bien sûr. Je vous l'ai dit. C'est une question de vie ou de mort.

— Et qui est en train de mourir ?

— Moi.

59

— Ma voiture est là-bas, m'annonça l'infirmière. C'est la beige métallisé.

Je marchai jusqu'à une Renault Mégane, un ancien modèle de 2009 qui aurait eu besoin d'un bon coup de Kärcher.

— La portière est ouverte. Dépêchez-vous, je ne sais pas combien de temps il me reste.

Je jetai le sac contenant le matériel de réanimation sur la banquette arrière et me glissai derrière le volant.

— Les clefs ?

— Elles sont à vos pieds.

Je me baissai. Un trousseau gisait en effet sur le tapis, près de la pédale de frein.

— Qu'est-ce que...

— Plus tard, me coupa l'infirmière. Démarrez. C'est une boîte de vitesses automatique, ajouta-t-elle en croisant mon regard perplexe. Pour démarrer, vous devez amener le levier sur la position *drive*. C'est la lettre D.

J'eus l'impression de repasser mon permis.

— Désolé.

— C'est rien. Prenez sur la droite, en sortant.

— Où allons-nous ? demandai-je, tandis que je me faufilais dans la circulation.

— Hors de la ville. Dans la montagne. C'est là qu'il m'a emmenée.

— Qui ?

— L'homme qui m'a kidnappée.

Je me tournai brièvement vers l'étrange passagère que j'étais le seul à voir.

— Il m'attendait dans le parking ce soir-là, poursuivit-elle.

— C'était quand ?

— Mercredi soir. J'avais terminé mon service. J'étais complètement crevée et je ne pensais qu'à rentrer chez moi pour pouvoir profiter de mes trois jours de repos. La seule chose dont je me souvienne, c'est que je venais d'ouvrir ma voiture quand j'ai senti qu'on me tirait vers l'arrière. Il avait plaqué sa main sur ma bouche. Je ne pouvais pas crier. L'air me manquait et j'ai perdu connaissance. Quand je me suis réveillée, j'étais chez moi.

—Il vous a ramenée chez vous ?

Elle hocha la tête.

— Je vis seule, il devait le savoir. J'imagine qu'il m'a surveillée. Il m'a fait descendre au sous-sol, m'a attachée là et puis, il a disparu pendant plusieurs heures. Quand il est revenu, j'ai eu l'impression qu'il n'était pas seul. En fait, je suis même à peu près sûre qu'il y avait quelqu'un d'autre avec moi dans la cave.

— Quelqu'un d'autre ? Un complice ?

— Une autre femme, je crois, prisonnière, comme je l'étais. Et puis…

— Et puis ?

— Il est revenu me chercher. Il m'a traînée jusqu'à un véhicule et m'a enfermée dans le coffre.

— Vous l'avez vu ? Je veux dire… vous sauriez le décrire ?

— Oui.

J'agrippai le volant.

— Et si j'appelai la police ?

— Vous avez un téléphone sur vous ?

J'allai plonger ma main dans la poche de mon jean quand je réalisai que celui-ci était resté dans ma chambre d'hôtel, avec le reste de mes effets personnels, portefeuille et papiers d'identité y compris.

— Et merde !

— Laissez tomber.

Mais je ne voulais pas m'avouer vaincu.

— Vous n'avez qu'à m'indiquer le commissariat le plus proche.

— Pas le temps pour ça, et ne songez même pas à faire demi-tour. Ma vie tient à un fil. Je ne sais pas combien de temps il me reste avant qu'il ne lâche. Et puis de toutes les façons, que leur auriez-vous dit ?

J'ouvris la bouche, mais ne trouvai rien à répondre. Là, elle marquait un point.

— Tournez à gauche à la prochaine.

Je me laissai guider.

— Tout droit, ajouta-t-elle comme on arrivait à un croisement.

Un panneau indiquait l'accès à la pénétrante du

Paillon, une sorte de voie rapide qui permettait de se rendre dans l'arrière-pays niçois.

— Vous voulez que je quitte Nice ?

Marianne acquiesça.

— Mais... c'est encore loin d'ici ? Et si je n'arrivais pas à temps ?

Derrière nous, un poids lourd venait de klaxonner. Je fus le seul à sursauter.

— Je ne peux pas vous répondre. Je n'en sais rien. Contentez-vous de rouler. Je vous dirai quoi faire en temps voulu.

J'accélérai jusqu'à ce que le camion ne devienne qu'un petit point noir et Nice un souvenir.

— Merci, dit alors Marianne. Je ne sais pas si j'aurais l'occasion de vous le dire de vive voix. Enfin... Vous comprenez.

60

Les montagnes semblaient s'écarter sur notre passage. Le pied sur l'accélérateur, j'essayai de ne pas perdre le contrôle de la voiture tant la route faisait des lacets. Le paysage, grandiose et monotone me donnait pourtant l'impression de faire du surplace. Nous avions quitté Nice depuis vingt minutes déjà pour nous enfoncer dans l'arrière-pays.

— Est-ce que c'est encore loin ?

Marianne ne répondit pas. Cela faisait déjà un certain temps qu'elle n'avait pas prononcé un mot.

— Marianne ?

Je ralentis pour pouvoir me tourner vers ma passagère. L'infirmière ne bougeait pas. Le blanc de son uniforme semblait se diluer avec l'air, devenant presque transparent par endroits.

— Je me sens bizarre...

Sa voix n'était plus qu'un murmure. Je voulus lui saisir la main, mais je heurtai le tissu râpeux du siège.

— Non, Manon, ne me faites pas ça. Pas maintenant !

La voiture fit une embardée. Le temps de redresser le volant, Marianne avait disparu.

— Vous m'entendez ? Je ne sais pas où aller moi ! Comment je vais faire pour vous trouver si vous ne me dites pas où aller ?

— Sur la gauche... la bergerie...

La voix provenait de la banquette arrière. Je devinai sa silhouette qui faisait comme une ombre dans le rétroviseur. Je pilai soudainement et enclenchai la marche arrière. Un chemin partiellement dissimulé par la végétation montait en pente raide vers le sommet d'une colline. Je rétrogradai en première et enfonçai une nouvelle fois l'accélérateur. Un nuage de poussière se souleva tout autour de la voiture. Les amortisseurs se mirent à grincer et je sentis la direction se durcir tandis que j'essayais de ne pas perdre le contrôle du véhicule. La Mégane ne fit que quelques mètres sur le chemin que des éboulis rendaient glissant. Sans traction avant, il n'y avait aucun moyen que la voiture atteigne le sommet. Il fallait que je poursuive à pied. Je m'arrêtai sur le bas-côté quand un souffle glacé effleura ma nuque.

— C'est trop tard...

Je devinai les contours de son corps à mes côtés, comme une poupée de verre très fin, transparent, sur le point de se briser.

— Non ! Accrochez-vous ! Vous n'avez pas le droit de me faire ça, vous avez compris ? Vous devez me dire où vous êtes ! Je pourrais toujours vous réanimer ! Vous m'entendez ? Manon ?

Des sillons lumineux parcouraient son corps translucide qui sembla se fendiller.

C'est dommage... On était presque arrivés.

La voix de Marianne Deconti ébranla l'espace, comme un écho piégé dans l'habitacle. Je m'arrêtai et bondis hors de la voiture. Les mains en visière, j'essayai d'apercevoir la bergerie dont elle avait parlé. Si Marianne était bien là-haut, il n'y avait pas une minute à perdre. Le sac de matériel de réanimation en bandoulière, je m'élançai dans la montée quand un bruit de moteur me coupa dans mon élan. Un véhicule venait dans ma direction, un 4x4 parfaitement équipé pour rouler sur ce genre de route accidentée. J'eus tout juste le temps de me pousser sur le côté. Il me dépassa sans ralentir, comme si ma présence n'avait aucune importance.

— C'est lui, dit alors une voix à mes côtés. C'est l'homme qui m'a tuée !

À quelques mètres devant moi, un chemin de terre offrait une percée dans la végétation.

— Marianne !

Ma voix se dilua dans le souffle du vent. La main en visière, je scrutai les environs. Un champ, ou plutôt une prairie, s'étendait à perte de vue. Et en son milieu, une ruine.

61

Marianne était là, étendue sur le sol poussiéreux, le visage emprisonné sous plusieurs couches de film alimentaire. Sans perdre une seconde, je m'attaquai au plastique, tirant, déchirant avec mes doigts jusqu'à ce que son nez et sa bouche soient dégagés. Marianne ne respirait plus. Je collai le masque du respirateur sur son visage et appuyai sur le ballon. La cage thoracique se souleva doucement. Une fois. Deux fois. Je délaissai le ballon et allumai le défibrillateur portatif. Au signal sonore, j'empoignai les électrodes et les positionnai sur le thorax. Le corps de la jeune femme décolla brutalement, avant de retomber mollement sur le sol. Le moniteur n'indiquait aucune activité spontanée. Alors, sans perdre un instant, je commençai le massage cardiaque. J'appuyai en rythme sur le sternum, enfonçant la cage thoracique de quelques centimètres à chaque fois, au risque de briser les côtes. Un, deux, trois, quatre... dix-neuf, vingt. Je n'eus pas besoin de compter jusqu'à trente. Un bruit rauque, semblable à un cri, me fit sursauter.

— Marianne ?

J'essayai de la tenir immobile. Elle était complètement paniquée.

— Marianne, c'est moi. Calmez-vous. Je suis là pour vous sauver, vous vous souvenez ?

Elle s'immobilisa, attentive au son de ma voix. Les couches de film alimentaire formaient un bandeau qui l'empêchait de me voir. Je voulus le retirer, mais à peine avais-je posé mes doigts sur elle que déjà elle recommençait à se débattre. Elle me frappait, me griffait, hurlait sa peur, alors quc j'essayais de la maîtriser.

— Bon sang ! Arrêtez !

Je n'avais pas le choix. Pesant sur elle de tout mon poids, je lui saisis les poignets pour étendre ses bras au-dessus de sa tête.

— Je ne suis pas votre ennemi. Vous comprenez ce que je dis ?

Marianne déglutit.

— Qui êtes-vous ?

— Johan Valmeur. Je suis chirurgien, je... Écoutez, je vous expliquerai tout plus tard. Vous pensez pouvoir marcher ?

Elle déglutit.

— Je crois, oui.

— Très bien. Je vais vous lâcher maintenant.

Marianne voulut profiter de sa liberté retrouvée pour retirer elle-même le film alimentaire, mais ses doigts tremblants anéantissaient ses efforts.

— Attendez, je vais le faire.

J'attrapai le bord du plastique et le soulevai pour le faire glisser sur le front. Marianne ouvrit les yeux. Je lui souris. Pendant un court instant, son visage s'apaisa.

— Ça va aller maintenant. Je suis là avec vous. Tout va bien se passer.

Un bruit retentit dans mon dos. Un son long et strident qui annonçait que le défibrillateur était à nouveau chargé, prêt pour administrer une nouvelle décharge électrique.

62

Johan interrompit son récit.

— Qu'est-ce qu'il y a ? Pourquoi est-ce que vous vous arrêtez ? demanda Zoé.

— Parce que vous me faites mal.

La jeune femme écarquilla les yeux, surprise.

— Mes doigts, indiqua Johan, vous allez finir par les briser.

Zoé vit alors qu'elle enserrait sa main dans la sienne. Depuis combien de temps le tenait-elle ainsi ? Probablement depuis le début. Dès qu'il lui avait dit qu'il était neurochirurgien à la Pitié-Salpêtrière, elle avait senti son cœur se serrer. Docteur Valmeur... Se pouvait-il que le neurochirurgien avec qui elle devait avoir un rendez-vous, ce soit lui ?

— Zoé ?

Elle le lâcha.

— Pardon. Je ne sais pas ce qui m'a pris. C'est votre histoire... je me suis laissée emporter.

— Ce n'est pas une histoire. C'est la vérité. Les choses se sont passées exactement comme je vous l'ai dit. Vous me croyez, n'est-ce pas ?

Zoé se leva brusquement.

— Répondez-moi, insista Johan.

Elle se mordit la lèvre. Si ça n'avait tenu qu'à elle, elle l'aurait libéré sur-le-champ et c'était bien cela le problème. Elle ne pouvait pas se permettre de commettre une nouvelle erreur de jugement en se basant uniquement sur ce qu'elle éprouvait. Car de toute évidence, syndrome de Stockholm ou pas, elle ressentait quelque chose pour lui.

— Je vous crois, dit-elle.

— Mais… parce qu'il y a un « *mais* », n'est-ce pas ?

Elle secoua la tête et se remit à faire les cent pas comme une lionne en cage.

— Ma sœur a disparu, dit-elle alors. Enlevée et probablement assassinée comme Marianne.

— Mon Dieu. Je suis désolé.

Zoé l'observa. Il était bouleversé comme la première fois qu'elle lui avait raconté son histoire. Bien sûr, pour lui, c'était comme si elle venait de le lui apprendre. C'était déroutant de se dire qu'il avait tout oublié.

— J'ai cru que vous étiez cet homme. Mais puisque ce n'est pas vous, alors qui est-il ? Vous y étiez. Vous avez forcément vu quelque chose. Vous l'avez forcément vu, *lui*.

Johan ferma les yeux. Il était si pâle. Elle s'en voulait de lui mettre la pression, mais il fallait qu'elle sache. Néanmoins, une pause de quelques minutes ne leur ferait pas de mal.

— Je préfère continuer, lui répondit-il quand elle le lui proposa.

Zoé revint s'asseoir en face de lui.

— Vous voulez un verre d'eau avant ?

Il secoua la tête avant de poser à nouveau son regard sur elle.

— Non, mais je veux bien que vous me teniez la main.

Zoé ne put s'empêcher de sourire.

— Vous n'avez pas peur que je vous brise les os ?

— Ce n'est pas ça qui me fait peur.

Elle posa timidement sa main sur la sienne.

— Je suis là avec vous. Dites-moi, ce qui s'est passé ensuite.

— Marianne... Je n'ai pas pu la sauver. Mais ça, bien sûr, vous le savez déjà.

Il serrait les mâchoires, comme s'il luttait pour ne pas pleurer.

— C'était comme un cauchemar. Je l'ai vu la tuer. L'homme au 4x4. Il est revenu pour Marianne... Je l'avais ramenée à la vie. Et lui...

Zoé resserra ses doigts autour des siens, sans lui faire mal cette fois.

— Est-ce que vous sauriez le décrire ?

Il la regarda, tout en réfléchissant.

— Non. Il me tournait le dos. La seule fois où il était à visage découvert, c'est lorsqu'il conduisait. Mais il était à contre-jour. Je ne l'ai pas vraiment vu. Tout ce que j'ai retenu, c'est une impression générale de danger qui émanait de lui. C'était comme croiser une bête affamée, je ne saurais l'expliquer autrement.

Zoé avait entrouvert les lèvres, mais il ne lui laissa pas le temps de formuler sa question.

— Je n'ai pas relevé le numéro de sa plaque minéralogique, dit-il. J'étais trop occupé à essayer de retrouver Marianne pour penser à ce genre de détail. Tout ce que je peux vous dire, c'est que la carrosserie était blanche.

Zoé grimaça. On ne pouvait pas faire plus banal comme couleur.

— Vous n'avez rien remarqué d'autre ? Un feu abîmé ? Une marque sur la carrosserie, un…

— Il y avait un autocollant.

— Quel genre d'autocollant ? Vous vous en souvenez ?

— À vrai dire, il y en avait des dizaines, collés sur la carrosserie, à l'arrière. Mais je me souviens de l'un d'eux en particulier. Une tête de cerf et un texte qui disait un truc du genre « une image vaut mieux qu'un trophée ».

Zoé fronça les sourcils.

— J'ai dit quelque chose qu'il ne fallait pas ?

— Non, ce n'est pas ça. J'ai toujours pensé que le tueur avait le profil d'un chasseur, pas d'un défenseur de la cause animale.

— Zoé. Ce type est un monstre.

— Je sais…

— Non, vous ne savez pas. Vous n'avez pas vu ce que j'ai vu… Je suis à peu près sûr qu'il était là depuis le début. Après m'avoir croisé sur le chemin, il a fait demi-tour. Il m'a regardé la réanimer.

Zoé hocha la tête pour lui montrer qu'elle comprenait.

— Il vous a laissé faire parce que ça lui donnait l'occasion de prolonger sa souffrance. Elle qui pensait être sauvée…

— Il l'a tuée une deuxième fois.

Ils échangèrent un regard complice.

— Je suis désolé de ne pas pouvoir vous en dire plus, ajouta Johan. Si seulement j'avais pu le voir en face. Malheureusement, le reste est un gigantesque trou noir.

Zoé fronça les sourcils.

— Pourquoi ne vous a-t-il pas tué ?

— Je pense qu'il l'a fait ou qu'il l'a cru en tout cas.

— À quoi vous pensez ?

Il commença à déboutonner sa chemise.

— Normalement, on enduit les palettes de gel, ce qui améliore la conductivité et diminue les risques de brûlures, expliqua-t-il, mais je doute qu'il s'en soit donné la peine. S'il m'a envoyé une décharge électrique, alors il devrait y avoir des traces de brûlures à l'endroit où il a posé les électrodes.

Zoé s'approcha en le voyant batailler pour défaire les derniers boutons de sa chemise avec sa main libre.

— Laissez, je vais le faire, dit-elle.

Quand elle eut fini, elle écarta les pans de tissus encore salis de terre et de sang séché. Sa peau nue apparut. En voyant les tatouages lui revint en mémoire le matin où elle les avait vus pour la première fois, en se réveillant dans la ferme de Chantal et Roger.

— Alors ? Vous voyez quelque chose ?

Zoé se pencha plus près et vit une trace rougeâtre.

— Oui, ici.

Elle effleura sa peau. Johan se raidit à son contact.

— Je vous ai fait mal ?

Il secoua la tête.

— Vous avez les mains glacées, dit-il en souriant.

— Pardon.

Il se contorsionna pour essayer de voir la trace qu'elle avait mentionnée, mais ses côtes fêlées se rappelèrent à son bon souvenir.

— Mon cœur a dû s'arrêter de battre quelques instants. Suffisamment pour qu'il ait cru m'avoir tué.

— Et après ?

Il réfléchit quelques instants.

— Eh bien, j'imagine que j'ai dû reprendre connaissance. J'ai sans doute conduit la voiture de Marianne en pensant qu'il s'agissait de la mienne.

— Vous imaginez ?

— Comme je vous l'ai dit, je n'ai pas de souvenirs de ce qui s'est passé après.

Ce fut au tour de Zoé de réfléchir quelques instants.

— C'est ce que vous aviez essayé de m'expliquer quand on s'est rencontrés, fit-elle en hochant la tête. Le GPS vous a ramené jusqu'à sa maison. Une maison que vous pensiez être la vôtre jusqu'à ce que vous me trouviez dans la cave.

Ils se dévisagèrent puis Zoé brisa le silence.

— De quoi est-ce que vous vous souvenez après ça ?

Il déglutit.

— De la forêt. De Léane, son visage couvert de terre. Ce qu'il en restait du moins. Mon père avait marqué l'emplacement sur une carte. J'ai vu cette carte le soir où j'étais à la maladrerie.

Zoé frissonna. Johan le lui avait pourtant dit à maintes reprises. *Je sais que je cherche quelque chose et que lorsque je l'aurais trouvé, je saurais qui je suis.* Tout ce temps, même si de manière confuse, Johan cherchait à retrouver Léane Jalmet, comme son père avant lui.

— Et bien sûr, je me souviens de vous. De la terreur sur votre visage et du pistolet que vous teniez, pointé dans ma direction. Vous avez tiré.

— Comme dans la vision de votre père, dit-elle pensive.

— Pas tout à fait, puisque vous m'avez manqué. Vous ne pouvez pas imaginer le choc que ça a été de vous voir, là, devant moi, en chair et en os.

— Votre père m'a dit la même chose quand il m'a vue.

Zoé sentit qu'il prenait sa main dans la sienne, comme elle l'avait fait avec lui quelques instants auparavant.

— Parlez-lui. S'il y a bien une personne qui peut vous aider à retrouver votre sœur, c'est mon père.

63

Le capitaine Dorsey resta debout tandis que Zoé relisait sa déposition dans laquelle elle affirmait, entre autres mensonges, qu'elle avait suivi Johan de son plein gré.

— Vous êtes sûre de vous ? demanda-t-il.

— Tout à fait sûre, répondit-elle en apposant sa signature au bas de la feuille imprimée.

Le gendarme secouait la tête en la regardant faire.

— Vous en avez parlé avec votre beau-frère ? Il sait ce que vous venez de faire ?

— Anthony n'est pas mon tuteur. Je peux encore prendre mes décisions toute seule.

L'officier soupira. De toute évidence, il n'en était pas convaincu.

— Et vous, capitaine ? Qu'est-ce que vous comptez faire maintenant ?

— Pardon ?

— Au sujet de ma sœur.

— Votre sœur...

— Pourquoi vous n'avez jamais répondu, le coupa-t-elle. J'ai contacté Europol à plusieurs reprises et on m'avait assuré que vous me rappelleriez. Vous ne l'avez jamais fait.

Dorsey fronça les sourcils.

— On ne m'a jamais transmis vos messages. J'imagine que l'information a dû se perdre à un moment ou un autre le long du canal hiérarchique.

Zoé se rencogna dans sa chaise.

— Voilà qui est pratique.

— Mademoiselle Rossi, ce que j'essayais de vous dire avant que vous ne me coupiez la parole, c'est que votre sœur vient d'intégrer notre liste de victimes potentielles du Faucheur. Ce qui signifie que dorénavant, c'est Europol qui se chargera de l'enquête sur sa disparition.

Zoé en resta bouche bée. Elle s'était tellement démenée pour essayer de les convaincre.

— Je ne sais pas quoi dire.

Il s'assit sur le rebord du bureau et posa une main sur son épaule comme un père avec sa fille ou plutôt un professeur avec une de ses meilleures élèves.

— Eh bien, promettez-moi que vous ne vous mettrez plus en danger. Vous n'avez plus besoin d'enquêter sur votre sœur. Laissez-nous nous en charger, d'accord ?

Zoé pensait à la conversation qu'elle venait d'avoir avec Johan et à ce qu'elle s'apprêtait à demander au père de celui-ci.

— D'accord, dit-elle malgré tout.

— Vous promettez ?

Elle n'en était plus à un mensonge près, alors elle promit.

— Cela signifie que je ne veux plus que vous vous serviez des réseaux sociaux, insista-t-il. On surveille votre page Facebook et votre compte Twitter au cas où il essaierait de vous recontacter. Même si c'est peu probable. Il doit se douter que vous allez bénéficier d'une protection policière.

— Une protection ?

— Je veux parler de votre beau-frère. Il a offert ses services de garde du corps.

Zoé ignora la plaisanterie. La dernière chose dont elle avait besoin, c'était d'avoir Anthony sur le dos.

— Je ne sais pas très bien ce qui s'est passé entre vous, mais je suis sûr que vous lui pardonneriez si vous aviez vu à quel point il était anxieux de vous retrouver saine et sauve.

Zoé préféra couper court à la conversation.

— Je suis épuisée. J'aimerais pouvoir prendre une douche et me changer, si possible.

— Bien sûr. On vous a réservé une chambre d'hôtel. Votre beau-frère va vous y conduire.

Anthony l'attendait dans le couloir.

— Tu es prête ?

Zoé soupira. De toute évidence, il était pressé de partir. Elle savait néanmoins qu'il ne la laisserait pas seule, même si elle le lui demandait, alors elle lui expliqua ce qu'elle comptait faire.

— Tu n'es pas sérieuse !

Zoé lui fit signe de baisser la voix.

— Je ne t'oblige à rien, Anthony. Mais je suis déterminée. Ce sera avec ou sans toi.

PARTIE III

Le souffle de l'ange

« Si tu es en vie… c’est que quelqu’un
souhaite te voir, toi et ton corps.
Être en vie, c’est jeter un sort aux autres. »

Le labyrinthe de Moebius
Hiroshi Mori

64

Tel un ours brun face à un pommier, Pierre Valmeur se tenait debout devant le distributeur de boissons, secouant l'appareil en marmonnant des injures.

— Laissez-moi vous aider, dit alors Zoé.

Il se poussa sur le côté pour lui laisser le champ libre. Zoé appuya sur le retour monnaie.

— Il manque vingt centimes, dit-elle après avoir recompté le total.

Pierre Valmeur fouilla dans ses poches et lui donna l'appoint.

— Je n'ai jamais été très doué avec les machines, dit-il tandis qu'elle faisait glisser une nouvelle pièce dans la fente.

Un gobelet tomba dans le réceptacle et se remplit de café brûlant.

— Tenez, dit-il en lui tendant un billet cette fois. Prenez-en un pour vous. Et pour votre beau-frère, ajouta-t-il en se tournant vers Anthony.

Celui-ci se tenait adossé contre le mur, les bras croisés sur la poitrine et le visage hermétique.

— Non, répondit Zoé. Pas de caféine pour lui. Il est déjà assez énervé comme ça.

Pierra Valmeur alla s'asseoir sur une des chaises en plastique de la salle d'attente en attendant que Zoé vienne le rejoindre.

— Votre fils va être libéré, lui annonça-t-elle alors.

Pierre Valmeur hocha la tête en signe d'approbation.

— Il m'a tout dit, ajouta-t-elle sans le quitter des yeux.

Le vieil homme la dévisagea si intensément que pendant un instant, le temps sembla suspendre sa course. C'était comme s'il venait de créer une bulle spatio-temporelle rien que pour eux deux.

— Vous voulez le voir ? dit-il alors. Votre portrait. Je l'ai avec moi.

Zoé regarda le sac à dos posé à ses pieds. Son cœur battait fort quand elle hocha la tête.

Il sourit, posa le gobelet sur la chaise voisine et fouilla à l'intérieur de son sac informe. L'enveloppe kraft qu'il lui tendit était tout écornée.

— C'est l'original, précisa-t-il.

Zoé fit glisser la feuille de papier Canson hors de l'enveloppe. *Déroutant et exaltant*. C'étaient les termes qu'il avait employés en la voyant. Elle éprouvait exactement la même chose en regardant cette feuille blanche qui lui renvoyait son image comme un miroir. C'était bien elle, cela ne faisait aucun doute, mais il y avait autre chose qui émanait des coups de crayon. Quelque chose qui allait au-delà de la ressemblance physique.

— Votre ami est vraiment doué.

Pierre Valmeur sourit.

— Et ça, c'est rien à côté de ce qu'il est capable de faire avec un peu de peinture et des pinceaux. Albert est le meilleur portraitiste de la gendarmerie. Enfin, était... Maintenant ils utilisent un logiciel pour faire des portraits-robots qui portent bien leur nom, quand on voit les expressions figées, dénuées d'humanité qui ressortent de leurs imprimantes.

Zoé hocha la tête avant de replacer le dessin dans sa pochette.

— Il y a quelque chose que je ne comprends pas, dit-elle. Comment se fait-il que vous n'ayez pas fait un portrait-robot de l'assassin ? Il a dû vous apparaître dans une de vos visions, non ?

Pierre Valmeur secoua la tête.

— Ce que j'ai vu, je l'ai vu à travers ses yeux. Je pourrais vous décrire ce qui se passait en lui intérieurement, quel genre d'homme il est, mais je ne peux pas vous dire à quoi il ressemble.

Zoé regarda brièvement dans la direction d'Anthony. Mais c'était peine perdue, elle savait qu'il désapprouvait ce qu'elle s'apprêtait à demander, même si elle n'en comprenait pas vraiment la raison.

— Johan m'a dit que vous pourriez m'aider à retrouver ma sœur, dit-elle alors.

Pierre Valmeur rangea le portrait dans le sac.

— Elle a disparu dans les mêmes circonstances que les autres victimes, poursuivit-elle en baissant les yeux sur son gobelet.

— Est-ce que vous avez une photo ?

Zoé faillit renverser son café.

— Vous acceptez de m'aider ?

— Bien sûr. Pourquoi est-ce que je refuserais ?

Zoé fit signe à Anthony d'approcher. Mais celui-ci n'avait pas l'air disposé à vouloir quitter son poste d'observation.

— Quelle tête de mule, fit-elle en se levant.

En quelques enjambées, elle se planta devant lui.

— J'ai besoin de ton téléphone, dit-elle simplement.

— Pour quoi faire ?

— J'ai besoin d'une photo de Gabriela pour… enfin, tu sais pourquoi. Oh, et puis merde !

Elle plongea directement sa main dans la poche droite de son blouson où elle l'avait vu maintes fois ranger son portable. Mais alors qu'elle saisissait l'appareil entre ses doigts, la main d'Anthony se referma sur son poignet. Il la dévisagea quelques instants, le regard noir.

— Lâche-moi, dit-elle dans un souffle.

Il desserra son étreinte.

— Arrête, dit-il sur le même ton. Ça ne sert à rien. Je n'ai aucune photo de Gabriela.

Zoé secoua la tête en signe d'incompréhension.

— Aucune ?

Il soupira en levant les yeux au plafond.

— Je les ai toutes effacées. C'était… c'est plus facile comme ça.

Zoé mit quelques instants pour digérer l'information.

— Tu comprends, n'est-ce pas ? Zoé…

Mais la jeune femme n'avait pas le temps de se pencher sur les états d'âme de son beau-frère. Il lui fallait trouver une photographie de Gabriela et vite. Alors, au lieu de lui rendre son portable, elle l'emporta avec elle.

— Tout va bien ? demanda Pierre Valmeur quand elle revint s'asseoir à ses côtés.

Zoé hocha la tête sans le regarder. Elle ne vit pas non plus Anthony s'approcher. Le regard rivé sur le Smartphone, elle ouvrit le navigateur Internet et pianota sur le clavier virtuel jusqu'à ce que le site de l'ARPD, une association d'aide aux familles de personnes disparues, s'affiche à l'écran. Les avis de disparition y étaient répertoriés par année. Celui de Gabriela était toujours en ligne.

— C'est ma sœur, annonça-t-elle le cœur serré.

Pierre Valmeur prit le téléphone qu'elle lui tendait. L'appareil sembla soudain rétrécir de plusieurs centimètres entre ses mains larges et puissantes.

— Elle est votre aînée, dit-il en regardant le portrait figé sur l'écran.

Zoé avait détourné le regard, incapable de faire face plus longtemps au visage souriant de sa sœur. Elle sentit alors que quelqu'un lui prenait la main. Anthony se tenait assis à ses côtés. Il était pâle. Zoé ne se souvenait pas de l'avoir déjà vu ainsi, sauf peut-être le jour où il lui avait annoncé que Gabriela n'était pas rentrée à la maison.

Pierre Valmeur regarda l'écran encore quelques instants avant de le lui rendre.

— Alors ? demanda Zoé, comme il ne disait rien.

— Je suis désolé, dit-il.

Zoé déglutit. Elle sentit la main d'Anthony qui serrait la sienne.

— Je ne sens rien, ajouta-t-il.

— Qu'est-ce que ça signifie, exactement ?

— Que votre sœur est décédée.

Zoé hocha la tête comme s'il venait de lui confirmer ce qu'elle avait toujours su.

— Mais je ne peux pas vous dire où elle se trouve, ajouta-t-il en lisant la question suivante dans son regard luisant de larmes.

— Pourtant, vous l'avez bien fait pour cette jeune Belge, alors pourquoi est-ce que ce serait différent pour ma sœur ?

Pierre Valmeur secoua la tête.

— Je ne sais pas. Ça arrive parfois.

Il continuait de regarder la photographie quand Zoé eut une idée.

— Et avec ça, dit-elle en plongeant la main dans la poche de son jean. C'est l'alliance de ma sœur. Elle la portait quand elle a disparu. C'est le tueur qui nous l'a renvoyée.

Pierre Valmeur prit la bague dans sa main. Il ferma les yeux quelques instants, la bague entre son pouce et son index. Zoé eut alors l'impression qu'il se crispait.

— Quoi ?

Il secoue la tête.

— Rien.

— Vous mentez. Qu'est-ce que vous avez vu ?

— Je n'en suis pas sûr…

— Monsieur Valmeur ! les interrompit une voix. Par ici, s'il vous plaît !

Le capitaine Dorsey se tenait à l'autre bout du couloir et faisait signe au vieil homme de le rejoindre. Zoé le regarda ramasser ses affaires. Elle saisit son poignet au moment où il se penchait pour prendre son sac à dos.

— Attendez, dit-elle dans un souffle. Qu'alliez-vous me dire ?

— Monsieur Valmeur ? insista le gendarme.

Celui-ci lui fit signe qu'il arrivait.

— Il faut vraiment que j'y aille sinon il est capable de me faire arrêter moi aussi, dit-il l'ombre d'un sourire sur le visage.

Mais Zoé n'avait pas le cœur à plaisanter.

— Je vous attends ici !

Anthony s'apprêtait à protester, mais le vieil homme le devança.

— Non, dit-il d'une voix calme, mais ferme. Vous allez rentrer à l'hôtel et vous reposer. Je vous promets que je vous contacterai dès que j'en aurai fini ici.

65

— Votre fils s'est mis dans un sacré pétrin ! annonça le capitaine Dorsey dès qu'il eut refermé la porte du bureau.

Le front de Pierre Valmeur se plissa faisant se rapprocher ses sourcils broussailleux.

— Je ne comprends pas. Mademoiselle Rossi m'a pourtant dit qu'elle n'avait pas porté plainte.

Le gendarme balaya ses paroles d'un geste de la main.

— Il faut attendre que le procureur finisse d'examiner les éléments du dossier. Vous voyez, même si Zoé Rossi n'a pas porté plainte, cela ne veut pas dire que votre fils ne sera pas poursuivi. Si j'étais vous, je lui chercherais un bon avocat.

— Mon fils n'est pas un criminel.

— Eh bien, il se pourrait que ce ne soit pas l'avis des témoins qui sont interrogés en ce moment même.

— Des témoins ?

— Un couple d'agriculteurs chez qui votre fils et Zoé

Rossi ont passé la nuit. Ils ont fini par la reconnaître en voyant sa photo dans le journal.

Il s'interrompit pour mesurer l'effet que ses paroles faisaient sur le vieil homme, puis il reprit sur le même ton léger, comme s'il racontait une blague :

— Tout va dépendre de ce qu'ils vont dire. Ont-ils été témoins de violences entre votre fils et Zoé Rossi ? L'ont-ils entendu la menacer ? Ce genre de choses. Vous voulez du café ? demanda-t-il sans transition en se dirigeant vers la cafetière.

Pierre Valmeur secoua la tête. Dorsey versa le liquide noir dans un mug bleu marine à l'effigie de la Gendarmerie nationale et retourna s'asseoir derrière le bureau.

— Cependant si rien de suspect ne vient corroborer la thèse du kidnapping, poursuivit-il comme s'il ne s'était jamais interrompu, alors il sera libéré dans les soixante-douze heures.

Pierra Valmeur sentit ses épaules se détendre. Il avait beau sentir, en tant que médium, que tout se passerait bien pour son fils, le père qu'il était ne pouvait pas s'empêcher de se faire du souci.

— Est-ce que je peux le voir ?

Le gendarme fit une grimace avant de reposer le mug sur le bureau.

— Vous allez le voir, bien sûr, mais avant j'ai besoin de votre aide.

— Je vous ai déjà dit tout ce que je savais.

— Oui et je vous en remercie. Non, ce que j'aimerais, c'est que vous me parliez du tueur.

Comprenant où il voulait en venir, Pierre Valmeur lui

répéta ce qu'il avait déjà dit à Zoé, à savoir qu'il ne pouvait pas lui donner la description qu'il souhaitait.

— Mais il y a bien quelque chose que je pourrais faire, ajouta-t-il cette fois.

Une lueur d'espoir illumina le visage du capitaine Dorsey.

— Vraiment ? Quoi ?

— C'est difficile à expliquer. Disons que j'aurais besoin de voir Léane...

Le gendarme fronça les sourcils.

— Nous n'avons retrouvé qu'une partie de son corps...

— Quelle partie au juste ?

— Sa tête.

Pierre Valmeur ferma les yeux. Son visage était calme, serein même, comme si on venait de lui confirmer une information qu'il connaissait déjà.

— C'est parfait, dit-il. Conduisez-moi jusqu'à elle.

— Je suis désolé, mais ça ne va pas être possible. Et si je vous apportais une photographie à la place ? C'est bien sur ce genre de support que vous travaillez habituellement ?

— Je travaille sur toutes sortes de supports. Les jouets d'un enfant qui n'est jamais rentré de l'école, les vêtements d'un mari parti faire des courses et qui n'a plus jamais donné signe de vie, les bijoux d'une sœur ou d'une épouse. Et bien sûr des photos. Les familles me les font parvenir pour que je les aide à retrouver leurs chers disparus. Mais lorsqu'il est déjà trop tard, comme dans le cas de Léane, alors il n'y a rien de plus puissant que le contact physique. Si vous voulez retrouver le reste de son corps, et avoir une chance d'obtenir une description de son assassin, il faut que je puisse la toucher.

— Ce que vous demandez est tout bonnement impossible. Ce serait contre toutes les règles de procédure.

— J'avais cru comprendre que vous ne suiviez pas toujours le règlement à la lettre.

Dorsey grimaça.

— C'est un défaut que je risque de payer très cher. En vérité, mes supérieurs ne connaissent pas encore votre existence ni votre implication dans l'affaire. Je n'ai pas encore assez de preuves pour les convaincre.

— Des preuves, je vais vous en donner.

— Comment ?

— Vous avez dit que vous pourriez me procurer une photographie de Léane, à la morgue ?

— Oui, ça, c'est dans mes cordes.

— Et si je vous demandais de m'apporter certaines choses à la place ?

Le gendarme souleva un sourcil circonspect.

— Quelles choses ?

La liste, courte, ne comportait que deux éléments qui semblaient tout droit sortis d'un grimoire de sorcellerie.

66

Dorsey sautillait sur place, les pans de son blouson serrés contre lui pour faire face au vent glacial qui soufflait sur le parking de l'hôpital. Il frissonnait, mais c'était moins par le froid que par ce que Pierre Valmeur lui avait demandé de faire. La chambre mortuaire se trouvait à quelques mètres devant lui. C'est là dans un bloc réfrigéré normalement destiné à la conservation des personnes décédées à l'hôpital que les deux têtes découvertes dans la forêt avaient été entreposées en attendant d'être transférées à Caen pour y subir un examen médico-légal. Il se tourna vers la voiture où Pierre Valmeur l'observait depuis la place passager.

— Ce type est dingue, mais je dois l'être encore plus, murmura-t-il en entrant dans le bâtiment.

Quelques instants plus tard, il montrait sa carte au planton. Celui-ci nota son nom et son grade dans un registre. Mais c'est un aide-soignant qui se chargea de l'escorter jusqu'à la chambre froide. Celui-ci actionna la poignée en inox et fit coulisser la dépouille incomplète de Léane Jalmet hors de son cercueil réfrigéré.

— Vous pouvez y aller, maintenant.

L'aide-soignant écarquilla les yeux.

— Ah bon ? Mais…

Le gendarme se retint de lever les yeux au ciel. Il fallait qu'il tombe sur un fonctionnaire zélé.

— Ce que je dois faire, je dois le faire seul. Ça concerne un élément de l'enquête que je ne suis pas autorisé à divulguer. Vous comprenez ?

— Très bien. Appelez-moi quand vous aurez fini. Je serai dans le bureau au bout du couloir.

L'officier le suivit du regard jusqu'à ce qu'il sorte de son champ de vision. Puis, il tendit l'oreille, guettant le moment où la porte du bureau se refermerait, mais alors que le temps passait, il comprit que l'aide-soignant l'avait laissée ouverte. Il lui faudrait redoubler de prudence, car ce qu'il s'apprêtait à faire était ni plus ni moins que de la profanation de cadavre.

Tandis qu'il enfilait une paire de gants en latex mis à la disposition du personnel, il balaya la salle du regard, à la recherche de ciseaux ou de tout autre outil tranchant. Il lui fallait une seringue aussi. Le silence était tel que le moindre de ses déplacements semblait résonner dans toute la morgue. Ce fut l'étape la plus longue et curieusement la plus stressante, car à chaque fois qu'il ouvrait ou refermait un tiroir, il s'attendait à voir rappliquer l'aide-soignant d'un instant à l'autre. Mais le temps passant, il comprit que c'était sa propre crainte d'être découvert dans une situation embarrassante, qu'il aurait eu du mal à justifier sans passer pour fou, qui amplifiait les sons, ainsi que ses autres sens. Il régnait dans la pièce une température proche du zéro, c'était la seule raison pour laquelle il n'avait pas les mains moites et le visage en sueur. Pour ce qui était de la seconde étape, il se surprit lui-même tant ses gestes furent rapides. Une fois les prélèvements effectués selon les instructions que lui avait données Pierre Valmeur, il les plaça dans des gants en latex tout neufs qu'il fit disparaître dans la poche de sa veste.

— J'ai fini ! lança-t-il, depuis l'autre bout du couloir.

67

Anthony ralentit en apercevant l'enseigne lumineuse de l'hôtel. Le parking était quasi désert et il choisit de se garer le plus près possible de l'entrée. Zoé se tourna vers le bâtiment dont elle devinait la silhouette dans le ciel étoilé. L'absence de lumières aux fenêtres lui donnait l'impression qu'ils étaient les seuls clients. Après ce qui s'était passé à Bordeaux, la perspective de se retrouver à nouveau seule avec Anthony ne l'enchantait guère. Là, au moins, ils auraient chacun leur chambre.

— Alors, tu viens ou tu comptes passer la nuit dehors ?

Anthony l'attendait devant l'entrée, une valise à la main. Sa valise. Celle qu'elle avait laissée dans la chambre avant de partir pour son rendez-vous dans la forêt des Landes. Elle se surprit à sourire à l'idée qu'elle allait revoir ses affaires, comme une enfant retrouverait ses jouets préférés après une longue absence.

Il n'y avait personne à la réception. Anthony enfonça une sonnette. Quelques instants plus tard, une porte s'ouvrit en grinçant. Un jeune homme s'empressa de les rejoindre à l'accueil. Vêtu d'un pantalon de jogging et d'un t-shirt froissé qui proclamait "la force est avec toi", il se laissa choir sur la chaise et alluma l'ordinateur. La marque des draps était encore visible sur tout le côté droit de son visage.

— Une chambre ou deux ? demanda-t-il en étouffant un bâillement.

— Deux, répondit Zoé avant de bâiller à son tour.

Le jeune homme leva brièvement la tête pour la regarder. Là, sous les paupières lourdes de sommeil, Zoé crut remarquer une étincelle, comme si une lumière venait de s'allumer dans son cerveau. Il fronça les sourcils, entrouvrit la bouche quand la voix d'Anthony le rappela à ses devoirs :

— Les chambres sont déjà réservées. Regardez à Lavera et Rossi.

Le jeune homme hocha la tête avant de se tourner vers l'écran de l'ordinateur.

— En effet. Chambres 202 et 301. Je vais vous demander une pièce d'identité...

— Minute ! On n'est pas au même étage ?

— Heu, non. Madame est au deuxième et vous au troisième. Ça ne vous convient pas ?

— Non, ça ne nous convient pas, confirma Anthony. Débrouillez-vous pour nous trouver des chambres au même étage et côte à côte. Et ne me dites pas que ce n'est pas possible. Le parking est vide.

— On attend un bus de touristes, Monsieur. Toutes les chambres sont réservées.

— Démerdez-vous !

Tout à fait réveillé maintenant, le jeune homme lui lança un regard torve.

— J'en ai deux, dit-il au bout de quelques instants, mais elles sont face à face.

— On les prend.

— Vue sur la forêt ou le parking ?

— Parking, pour moi, répondit Zoé qui comptait ne plus jamais remettre les pieds dans une forêt de sa vie.

Anthony régla pour une nuit et récupéra les cartes magnétiques. Les chambres étaient au premier étage. La moquette, d'une propreté douteuse, assourdissait chacun de leurs pas. Anthony ouvrait la marche, scrutant les numéros peints au pochoir sur les portes closes. Au bout de quelques pas, il s'arrêta. Ignorant la main tendue de Zoé qui réclamait sa propre clé, il déverrouilla la chambre à sa place. Sans un mot, il posa la valise sur la moquette, empoigna son arme de service que lui avait rendu le capitaine Dorsey et procéda à une fouille minutieuse des lieux. C'était ridicule bien sûr. L'homme qui l'avait contactée sur Facebook ne pouvait savoir à l'avance qu'elle occuperait cette chambre précisément, dans cet hôtel et pas un autre. Pourtant, Zoé ne chercha pas à l'en empêcher. Il regarda derrière la porte, puis alla directement dans la salle de bains, en ressortit pour se diriger vers les fenêtres et soulever les épais rideaux. Il se tourna vers elle, la regarda sans la voir comme s'il réfléchissait à ce qu'il n'avait pas encore vérifié. Le cœur battant, elle le regarda soulever la couverture pour regarder sous le lit. Une peur enfantine s'empara d'elle, tandis qu'elle attendait. Il se releva, le visage congestionné pour s'être penché la tête en bas.

— Alors ? Pas de monstre caché sous le lit ?

Elle avait dit cela pour essayer de détendre l'atmosphère, mais Anthony n'esquissa pas le moindre sourire.

— Tu peux entrer, finit-il par dire, le visage encore rouge.

Zoé le regarda ranger son arme dans son holster. Il dut surprendre son regard, car il s'arrêta au milieu de son geste.

— Tu le veux ? dit-il.

Zoé hocha la tête sans hésiter. Le poids de l'arme dans sa main apaisa aussitôt les battements de son cœur. Elle comptait bien dormir avec.

— Bon, je te laisse t'installer. Sucré ou salé ?

— Quoi ?

Il indiqua les escaliers.

— J'ai vu des distributeurs en bas, expliqua-t-il.

Zoé secoua la tête.

— Il faut que tu manges, décréta-t-il. Je reviens. Tu devrais en profiter pour prendre une douche et te changer.

Il avait claqué la porte derrière lui et bien sûr avait gardé la clé. Comme à son habitude, Anthony prenait les choses en main sans lui laisser la moindre chance de décider pour elle-même. Zoé soupira. Il avait raison sur un point : elle avait grand besoin d'un décrassage. Elle ouvrit sa valise, pressée de retrouver ses affaires. Une vieille paire de jean, deux pulls, quelques t-shirts, des dessous et sa trousse de toilette. C'était ridicule, mais elle ne pouvait pas s'empêcher de sourire comme si ces vêtements étaient de vieux compagnons qu'elle ne pensait jamais revoir un jour. Elle serra un pull contre elle, son préféré et le pressa contre son visage pour en inspirer l'odeur de lessive. Restée seule, Zoé jeta un coup d'œil dans la chambre dont la tapisserie, neuve en apparence, semblait avoir traversé les âges. Cela lui fit penser à la ferme de Chantal et Roger et au lit qu'elle avait partagé avec Johan. Elle chassa immédiatement les images qui menaçaient d'inonder son cerveau.

— Bon sang !

Il fallait qu'elle arrête de penser à lui, de cette façon en tout cas. Elle s'enferma dans la salle de bains, retira ses vêtements et se glissa sous le jet vigoureux de la douche. *Arrêtez de lutter, Zoé*, murmura la voix familière. Alors, les larmes commencèrent à couler. Elle ne chercha pas à les retenir.

68

Didier Dorsey se faisait l'effet d'être un criminel. Il salua le planton et regagna la voiture au pas de charge.

— J'ai ce que vous m'avez demandé, dit-il en se glissant derrière le volant.

Il plongea la main dans sa poche, pressé de se débarrasser de ce qu'elle contenait.

— Pas ici, l'interrompit Pierre Valmeur.

Le gendarme se figea.

— Où alors ? On ne peut pas faire ça à la gendarmerie.

— Je sais. Emmenez-moi dans la forêt.

La forêt des Louves n'était qu'à une vingtaine de minutes de voiture de l'hôpital.

— Arrêtez-vous là, dit alors Pierre Valmeur.

Ils étaient seuls sur le petit terre-plein recouvert de

gravillons, qui, en journée, servait de lieu de rendez-vous pour les randonneurs et les chasseurs.

— Les reliques s'il vous plaît, ajouta-t-il.

Dorsey soupira et plongea la main dans la poche de son blouson pour récupérer les échantillons qu'il avait prélevés sur la tête de Léane Jalmet : une mèche de cheveux blonds et une seringue remplie de sang, que le père de Johan disposa devant lui, presque religieusement.

— Bon, je vais commencer.

Le gendarme frissonna. Il n'avait jamais été très assidu aux services religieux du dimanche, mais son éducation catholique lui faisait présager de terribles châtiments pour ce qu'il avait fait. Et aussi pour ce qui allait suivre. Car ce à quoi il allait assister n'était rien d'autre qu'un rituel de nécromancie.

— Est-ce que je suis censé faire quelque chose ? demanda-t-il, une pointe d'appréhension dans la voix.

Pierre Valmeur réfléchit quelques instants avant de lui tendre la seringue.

— Il faut transférer le sang dans le creux de ma main.

Dorsey se signa du signe de la croix, oubliant l'espace d'un instant la neutralité qu'en sa qualité de fonctionnaire, il était censé montrer en toutes circonstances. Il saisit la seringue.

— Doucement, l'avertit Pierre Valmeur comme il commençait à appuyer sur le piston.

— Et maintenant ?

Le médium saisit la mèche de cheveux dans son autre main.

— Maintenant, chuchota-t-il, plus un bruit.

. . .

Pierre Valmeur se pencha en avant pour regarder le liquide visqueux au creux de sa main. Le sang d'un cadavre ne pouvait plus coaguler. Il restait parfaitement liquide. Il l'agita doucement, comme s'il s'agissait d'un grand cru de Bordeaux. Quand il cessa le mouvement, la surface se stabilisa devenant lisse et brillante. C'était comme s'il tenait un petit miroir au creux de sa main. Il se concentra sur son reflet. Le sang se troubla et un autre visage fit son apparition. Celui de Léane Jalmet, debout face au miroir des toilettes pour dames d'une aire d'autoroute. Elle finissait d'essuyer le mascara que ses larmes avaient fait couler sur ses joues. Son petit ami lui avait été infidèle comme elle venait tout juste de le découvrir à cause d'une indiscrétion sur les réseaux sociaux. Elle s'apprêtait à se remaquiller quand le téléphone posé sur le rebord du lavabo se mit à sonner. Prenant une longue inspiration, elle décrocha. Sans quitter son reflet des yeux, elle répondit à son petit ami qu'il pouvait aller se faire voir. D'autres noms d'oiseaux fusèrent dans les toilettes, en français, de sorte que les autres femmes qui faisaient la queue ne comprirent pas qu'il s'agissait d'obscénités. Elle raccrocha. Pendant qu'elle finissait de se préparer, Pierre Valmeur s'approcha plus près jusqu'à ce que leurs visages ne soient plus séparés que par cette fine pellicule réfléchissante. Il aurait voulu l'avertir du danger qui la guettait sur le parking de l'aire d'autoroute, mais ce n'était pas en son pouvoir de modifier les événements passés. Il n'y avait que le futur qui pouvait encore être changé. Le petit miroir de sang se troubla à nouveau, au moment où Léane quittait les toilettes. Quand elle réapparut quelques instants plus tard, elle était assise sur la banquette arrière d'une voiture. Elle souriait à l'homme qui avait accepté de les conduire, elle et Sonya, jusqu'à Florence. C'était illégal de faire du stop en Italie, leur dit-il sans les regarder. Elles risquaient de se faire arrêter par la police, sans compter l'amende qu'il leur faudrait payer si elles voulaient éviter une peine de prison.

— Ce type est près de ses sous, on dirait, commenta Pierre Valmeur sans pour autant délaisser la surface brillante où se jouaient les derniers instants de la vie de la jeune belge.

— Est-ce ce que vous voyez son visage ? demanda le gendarme.

— Pas encore.

Les choses ne tardèrent pas à mal tourner. Léane regardait tour à tour vers le rétroviseur et vers Sonya. Pourquoi avaient-ils quitté l'autoroute ? Il avait promis de les accompagner jusqu'à Florence. Où les emmenait-il ? Pourquoi ne leur répondait-il pas ? Elle croisa son reflet dans le rétroviseur, comprenant soudain qu'il la surveillait depuis le début. Les portières étaient verrouillées. Elles étaient piégées avec cet inconnu qui n'allait pas tarder à révéler son vrai visage. Pierre Valmeur bougea sa main. Comme si elle était élastique, la pellicule de sang se plissa puis redevint lisse. À présent, l'homme était penché sur elle, un couteau de chasse à la main. La lame dansait devant ses yeux et reflétait sa douleur. Léane avait perdu connaissance à plusieurs reprises durant les heures où il l'avait violée et torturée. Il lui avait enlevé le bâillon. Ses cris s'étaient perdus dans l'immensité de la forêt. Il n'aurait pas eu autant de plaisir s'il n'avait pas pu l'entendre crier. Il se nourrissait de sa terreur, elle le faisait paraître plus grand, plus puissant. Puis, comme s'il avait changé d'avis, il recula, s'adossa à un arbre. Sa chemise, ouverte, laissait apparaître son torse glabre et peu musclé. Son jean était déboutonné. Il avait l'air épuisé. Pire. Il s'était lassé. Elle le regarda s'endormir. À son tour, elle ferma les yeux. À quoi bon lutter. Elle ne priait plus pour que quelqu'un vienne la sauver. Elle priait pour que cela se termine le plus vite possible. Et elle fut exaucée. Quand il se réveilla, il se pencha au-dessus d'elle, le regard dément.

— Je t'ai dit de me regarder ! cria-t-il, en enfonçant la lame dans son ventre.

Mais Léane était déjà morte et ses larmes miroitaient dans les dernières lueurs du jour.

69

Un quart d'heure plus tard, Zoé sortait de la salle de bains. Elle avait enfilé son jean et son pull noir. Le genre de tenue toute simple qu'elle affectionnait. Sans surprise, Anthony était là, assis au bord du lit sur lequel étaient étalés des paquets multicolores de bonbons et autres sucreries comme si c'était Halloween.

—Ça va mieux ? lui demanda-t-il avec un sourire.

Elle répondit par un mouvement de tête, les yeux rougis par les larmes.

— Je me suis dit que tu avais besoin de réconfort, dit-il alors un demi-sourire sur les lèvres.

Zoé n'avait pas le cœur à plaisanter. Elle était contrariée de le trouver là. Par sa seule présence, la chambre sembla se rétrécir. C'était comme s'il occupait tout l'espace. Son espace, et qu'il respirait son oxygène. Il l'étouffait et elle se demanda alors si Gabriela n'avait jamais éprouvé cette même sensation.

— Je t'ai pris des mini-madeleines. C'est bien toi qui les adores, non ?

À l'évocation de la célèbre pâtisserie, Zoé sentit la tristesse l'envahir à nouveau. Un souvenir fugace de l'époque où sa sœur et elle partageaient encore la même chambre, chez leurs parents. Gabriela était littéralement accro au sucre et dépensait tout son argent de poche en gâteaux et bonbons qu'elle planquait ensuite dans la chambre comme un petit écureuil faisant des réserves en prévision de l'hiver. Et en guise d'hiver, c'étaient les crises de colère de leur père et ses punitions complètement disproportionnées comme le fait d'être privée de repas pendant deux jours consécutifs. Et quand c'était à son tour d'être punie, Zoé trouvait toujours une barre chocolatée ou un sachet de bonbons sous son oreiller. Des sucreries qu'elle mangeait pendant que sa sœur lui caressait les cheveux en suçant son pouce.

— Oh, c'est pas vrai ! Merde, je suis désolé, s'écria Anthony en se levant pour lui entourer les épaules de ses bras.

Zoé essuya les larmes du revers de sa manche et ce faisant, tenta de s'écarter de lui.

— C'est Gabriela qui les aimait, dit-elle en serrant les dents pour ne pas trembler. Comment tu as pu oublier ça ? Et comment tu as pu effacer toutes ses photos ?

Anthony la lâcha brusquement. Elle scruta son visage à l'affût d'une réaction. Hormis ses accès de colère, Anthony montrait rarement ses émotions. C'était différent avec Johan, c'était même l'exact opposé. Il était à fleur de peau et son visage exprimait toutes sortes de sentiments. Il savait se montrer vulnérable et c'était ce qu'elle aimait chez lui. C'était une force que peu d'hommes possédaient.

— Zoé ?

La jeune femme tressaillit, surprise dans ses réflexions. Elle sentit alors la honte l'envahir, comme si le simple fait de penser à Johan était un crime. Pire ! Un péché. Elle ne pouvait rien y faire. Toutes ses pensées allaient vers l'homme avec qui elle avait passé ces dernières quarante-huit heures.

— Tu es épuisée, dit Anthony sans cesser de l'observer. Tu devrais t'allonger.

Il entreprit de rassembler toutes les sucreries qui étaient dispersées sur le lit puis, comme un parent avec un enfant, il souleva les couvertures et tapota sur l'oreiller.

— Viens !

Le regard de Zoé allait du lit à Anthony, mais elle ne bougea pas.

— Europol va officiellement enquêter sur la disparition de Gabriela, dit-elle alors.

Anthony hocha lentement la tête comme s'il avait besoin d'enregistrer la nouvelle et les conséquences qu'elle aurait sur leurs vies.

— C'est bien, finit-il par dire. Au moins tu n'auras plus besoin de jouer aux détectives amateurs.

— C'est à peu près ce que m'a dit le capitaine Dorsey.

Un silence s'installa entre eux comme s'ils avaient épuisé tous les sujets conversations.

— Bon, eh bien, bonne nuit, dit-elle.

Anthony hocha la tête, mais alors qu'elle s'attendait à ce qu'il s'en aille, elle le vit faire le tour du lit pour aller s'effondrer dans l'unique fauteuil de la pièce, coincé entre la fenêtre et le radiateur. Il tira une des couvertures à lui et s'en enveloppa comme s'il s'apprêtait à passer la nuit-là. Zoé le regardait, incrédule. Son envie de protester resta coincée en travers de sa gorge. Pourquoi n'y arrivait-elle pas ? C'était simple pourtant. Il suffisait d'ouvrir la bouche et d'articuler ces quelques mots : « Je veux que tu sortes de ma chambre » ou « Je veux rester seule. » Ou encore « Je n'ai pas besoin de garde du corps. Merci. » Ce dernier point la laissa pensive. Car puisque Johan n'était pas l'homme qui lui avait donné rendez-vous dans la forêt afin de la kidnapper, alors elle était encore en danger.

— Tu peux éteindre la lumière ? lui demanda-t-il comme s'il n'avait pas remarqué sa gêne.

Zoé s'apprêtait à obéir, quand elle suspendit son geste :

— Non.

Sa voix manquait d'assurance.

— Comment ?

Elle inspira et se força à le regarder dans les yeux.

— J'ai dit « *non* ». Je ne veux pas que tu restes. Je ne pense pas que ce soit une bonne idée.

Anthony considéra la porte un instant, puis se renfonça dans le fauteuil. Les jambes écartées, et la tête entre les mains, il soupira.

— C'est à cause de ce qui s'est passé l'autre soir ?

Zoé se crispa tandis que le souvenir de leur dispute, la veille de son enlèvement, lui revenait en mémoire.

— Je ne veux pas en parler, dit-elle.

Anthony acquiesça, néanmoins il poursuivit :

— Laisse-moi au moins te dire combien je suis désolé.

— C'est inutile. Tu avais trop bu, tu ne savais pas ce que tu faisais, dit-elle un peu trop vite.

— Ça n'a jamais été une excuse.

Elle secoua la tête.

— Anthony, je ne peux pas faire ça maintenant. Il vaut mieux qu'on en reste là. Si tu ne pars pas, alors c'est moi qui m'en vais !

Il avait bondi sur elle avant qu'elle n'ait pu franchir le seuil de la chambre.

— Zoé, dit-il en la retenant par le bras.

— Lâche-moi !

Il la retint par le bras.

— Je regrette, voilà ce que je voulais te dire. Je suis vraiment désolé. J'aurais dû être avec toi. Rien de tout ça ne se serait passé si je ne m'étais pas comporté comme un connard.

— Anthony...

— Non, Zoé. Il faut que tu m'écoutes jusqu'au bout. Je ne peux pas revenir sur ce que j'ai fait, je peux seulement te promettre que ça ne se reproduira plus jamais. Plus jamais, tu entends ? Je te le jure. Tu es la sœur de ma femme, tu es ma meilleure amie et je t'aime. Je n'ai jamais voulu te faire du mal, tu le sais j'espère ?

Le visage d'Anthony était devenu rouge. Il la dévisageait comme un petit garçon qui venait d'avouer une grosse bêtise.

— Tu étais la seule personne en qui j'avais confiance, dit-elle alors, au bord des larmes.

Il baissa la tête.

— Je sais. Je suis désolé. C'est seulement que tu lui ressembles tellement.

Zoé se raidit. Elle n'avait encore jamais envisagé les choses sous cet angle.

— Elle me manque, ajouta-t-il.

Il l'enlaça doucement et cette fois, elle n'eut pas le courage de le repousser.

— Pardon, Zoé.

Elle soupira. C'était la voix de Johan qu'elle entendait à présent. Lui aussi lui avait demandé pardon. Si seulement, il était là, avec elle. Elle ne supportait pas l'idée qu'il soit encore en garde à vue. Pour la première fois depuis qu'ils avaient été séparés, elle comprit que Johan lui manquait. Sans même s'en rendre compte, elle se retrouva assise sur le lit. Le bruit métallique du loquet la tira de ses pensées. Anthony avait claqué la porte de la chambre en sortant.

70

Pierre Valmeur était plié en deux, la main plaquée contre son ventre.

Le sang de Léane Jalmet qui coulait entre ses doigts avait formé une auréole sur sa chemise. Dorsey était tétanisé. Il aurait juré qu'il venait de recevoir un coup de couteau dans l'abdomen.

— Ça va, dit Pierre Valmeur dans un souffle.

Le gendarme se pencha vers lui pour mieux le regarder.

— À vous voir, on ne dirait pas, dit-il.

Pierre Valmeur releva la tête. Son visage était d'une pâleur spectrale.

— Démarrez s'il vous plaît.

— Quoi ?

— Il faut que je m'éloigne d'ici.

Dorsey s'exécuta.

— Bon, mais vous pouvez au moins m'indiquer une

direction ? On fait quoi là ? On retourne en ville ? On va à l'hôpital ?

— Roulez. On s'arrêtera quand je n'entendrai plus ses cris.

— Léane Jalmet ? C'est elle que vous entendez crier ?

Pierre Valmeur hocha la tête.

— Elle et les autres. Elles sont partout dans la forêt. Partout. Il faut qu'on s'éloigne. S'il vous plaît.

Dorsey posa sa main sur son bras et le serra doucement. Il aurait voulu lui dire qu'il comprenait ce qu'il ressentait, mais il avait l'intuition que son expérience des scènes de crime n'avait pas grand-chose à voir avec ce que Pierre Valmeur venait de vivre. Ce que le médium lui révéla un peu plus tard le lui confirma. C'était comme s'il avait vécu le calvaire de la jeune femme. Un calvaire qui avait duré plusieurs heures. La quantité d'informations qu'il avait rapportées de son excursion dans le temps et l'espace était considérable. La manière dont le tueur avait abordé sa victime, la voiture qu'il conduisait, les vêtements qu'il portait, son odeur, le timbre de sa voix, le type de couteau qu'il avait utilisé pour décapiter la jeune femme. Mais il n'avait pas encore révélé le plus important.

— Et son visage ? demanda le gendarme, anxieux.

— Je suis désolé. En revanche, je sais que c'est dans cette forêt qu'il a enterré les têtes des autres victimes.

Dorsey déglutit avec force.

— Combien ?

— Des dizaines, d'après ce que j'entends.

— Mon Dieu. Vous entendez leurs voix ?

— Leurs cris. Oui, je les entends.

— Et vous sauriez nous indiquer où les trouver ?

Pierre Valmeur détourna le regard vers les arbres qui défilaient par la vitre passager.

— Je peux toujours essayer.

Dorsey quitta la route des yeux un instant pour se tourner vers lui.

— Il y a autre chose, n'est-ce pas ?

Pierre Valmeur acquiesça.

— J'ai vu une main.

— Une main ?

— Celle de Léane. Si vous la trouvez, vous trouverez le tueur.

— Comment ça ? Vous voulez dire que le corps de Léane est dans cette forêt ?

— Oui.

— Où ?

Pierre Valmeur soupira.

— Partout. Il l'a...

— Dépecée ?

— Oui. Il était très en colère. Je n'ai pas vu pourquoi. En revanche, je sais qu'il ne comptait pas envoyer de carte postale à ses parents comme il l'a fait pour les autres victimes.

— Pourquoi ?

— Je ne sais pas. Parce qu'il était en colère contre elle ou parce qu'il a conscience qu'il a commis une erreur.

— Quel genre d'erreur ?

— Eh bien, il s'est montré beaucoup moins méticuleux avec elle.

Dorsey venait de comprendre. Jusqu'à présent, les corps qui avaient été retrouvés grâce aux indications communiquées par le tueur lui-même, via les cartes postales macabres qu'il envoyait aux familles des victimes, n'avaient pu fournir aucun indice. Mais cette fois, c'était différent. Pierre Valmeur le lui confirma.

— Léane lui a arraché des cheveux. Si vous retrouvez sa main droite, vous aurez l'ADN du tueur.

71

Il plongea sa main dans le seau en carton, referma ses doigts sur les pop-corns poisseux de beurre et de sucre et les porta à sa bouche.

— Tiède... tiède, dit-il en regardant un des policiers s'écarter de ses collègues pour aller vers l'étang.

Il retint sa respiration. Chaud bouillant, pensa-t-il, sans oser le dire à haute voix cette fois. Le policier s'était arrêté sur la berge, regardant vers le sol, écartant les herbes hautes avec un bâton avant de repartir, en secouant la tête, probablement en réponse à un collègue qui lui demandait s'il avait trouvé quelque chose.

— Froid ! dit-il en enfournant une nouvelle poignée de pop-corn.

Il se délectait du spectacle que lui offraient les forces de l'ordre. C'était vraiment un spectacle pathétique. Tous ces moyens mobilisés pour retrouver de misérables crânes qu'ils ne seraient même pas fichus de distinguer d'une carcasse de cervidé. Toutes ces heures supplémentaires aux frais du contribuable. Cela aurait dû l'agacer. Après tout, lui aussi payait des impôts. Mais il se sentait trop flatté pour nourrir un quelconque ressentiment. Il avait tué tellement de femmes que lui-même en avait perdu le compte. C'était tellement facile de berner la police. Il suffisait de sortir des sentiers battus, de brouiller les pistes pour les empêcher d'établir un lien quelconque entre les victimes. Personne ne pouvait comprendre ce qu'il faisait, car il n'entrait dans aucune de leurs cases. Ses victimes étaient toutes d'âge différent. Certaines vivaient seules, d'autres étaient mariées. Parfois, elles avaient des enfants. Ce pouvait être une adolescente qui s'éloignait un peu trop du camping où elle séjournait avec ses parents, ou alors cette joggeuse de cinquante ans qui courait pour lutter contre les kilos superflus que lui avait amenés la ménopause ou encore cette femme qui lui avait tourné le dos pour mettre ses courses dans le coffre de la voiture. En revanche, il mettait un point d'honneur à épargner les prostituées. Elles étaient des proies beaucoup trop faciles et la police faisait moins d'efforts quand la victime était une travailleuse des rues. Non, lui, il aimait le défi, le pic d'adrénaline que lui procurait le challenge de kidnapper une femme dans la rue, en plein jour, sans que personne ne s'en aperçoive. Rien ne semblait pouvoir l'arrêter. Le scénario changeait à chaque fois, sauf pour un détail. Peu importait comment il les tuerait, couteau, strangulation, étouffement. Ce qu'il aimait c'était de le faire les yeux dans les yeux.

Sur l'écran, les forces de l'ordre continuaient leur fouille effrénée de la forêt. Et même s'ils trouvaient les têtes ? À quoi cela les avancerait-il ? Qu'espéraient-ils découvrir ? À peine cette question avait-elle traversé son esprit que le journaliste, micro à la main, lui répondait, regardant droit dans la caméra comme s'il s'adressait à lui en particulier.

« Un mystérieux témoin assure à la police que le tueur a commis une erreur et aurait laissé un indice capital sur la dépouille de Léane Jalmet, cette jeune touriste Belge disparue au mois de juin dernier. »

Il faillit s'étrangler avec un pop-corn qu'il recracha sur la moquette.

Le portrait de Léane Jalmet venait de jaillir à l'écran. Il se souvenait de la colère qu'il avait éprouvée lorsque cette fille qu'il avait embarquée sur une aire d'autoroute avait cessé de respirer, littéralement étouffée par la peur. En mourant prématurément, elle avait échappé à son contrôle et il détestait ça. Tout devait se passer comme il l'avait imaginé. La moindre anicroche le rendait fou de rage. Elle était morte avant même qu'il ait pu dérouler son scénario. Elle avait tout gâché. C'est peut-être pour cela qu'il avait démembré son corps. Elle ne méritait pas d'être rendue à sa famille comme les autres. Pourtant, il n'en avait tiré aucune satisfaction. Il avait quitté les bois où il l'avait abandonnée, épuisé et frustré. Décidément, même morte, cette petite conne continuait de l'emmerder.

72

R*éveille-toi !*

Zoé ouvrit les yeux. La voix de sa sœur était encore si présente dans son esprit qu'elle fut étonnée de ne pas la trouver dans la pièce. Elle réalisa alors que quelqu'un frappait à la porte de la chambre. Un tambourinement sourd, comme si la personne qui se trouvait dans le couloir cherchait à attirer son attention avec la plus grande discrétion. Réalisant que cette personne ne pouvait pas être Anthony, la discrétion n'étant pas son fort, elle saisit le pistolet et imitant les postures des actrices dans les films d'action, elle approcha de la porte. Ses pieds nus s'enfonçaient sans bruit dans la moquette épaisse. Le souffle court, son cœur prêt à exploser sous l'étreinte du stress, elle se pencha pour coller son œil sur le judas. Là, légèrement déformé par le pouvoir grossissant de la lentille optique, elle reconnut le visage de Pierre Valmeur. Elle déverrouilla la serrure avec lenteur, entrebâilla la porte et avant même que son interlocuteur ne prononce le moindre mot, elle lui fit signe de garder le silence en indiquant la porte de la chambre derrière lui d'un hochement de menton. Pierre Valmeur acquiesça avant d'entrer.

— C'est le jeune homme à la réception qui m'a dit dans quelle chambre vous étiez, dit-il quand elle eut refermé la porte. Je lui ai dit que j'étais votre père. J'espère que vous ne m'en voulez pas.

— Non, vous avez bien fait.

Zoé s'était prise d'affection pour le vieil homme. C'était comme si elle l'avait connu toute sa vie, elle qui n'avait jamais été proche de son vrai père.

— Merci d'être venu, enchaîna-t-elle. Mon beau-frère est juste en face et…

— Vous ne tenez pas à ce qu'il soit présent.

— Il est un peu…

— Agressif ?

— Stressé, plutôt.

Pierre Valmeur eut une moue dubitative.

— En fait, ça tombe très bien qu'il ne soit pas là, dit-il. Ça m'évitera d'avoir à lui demander de sortir.

— Mais Gabriela était sa femme.

— Cela ne concerne pas votre sœur, dit-il en lui rendant l'alliance qu'elle lui avait donnée un peu plus tôt.

— Je ne comprends pas, je croyais que vous alliez m'aider à la retrouver. C'est ce que vous avez dit tout à l'heure.

— Je sais ce que j'ai dit. Et d'une certaine façon, c'est ce que je suis venu faire. J'ai eu une autre vision.

Zoé se laissa tomber sur le bord du lit. Elle déglutit.

— De moi ?

Il hocha la tête.

— Vous devez retourner dans la forêt, ajouta-t-il. Vous devez y aller maintenant.

— Maintenant ? Mais il fait encore nuit !

— Zoé, c'est très important. Vous devez retourner là où Johan a retrouvé la mémoire. Vous devez partir tout de suite et vous devez y aller seule. C'est à cette seule condition que vous découvrirez ce qui est arrivé à votre sœur.

— Pourquoi ne me dites-vous pas simplement où elle se trouve ? Ce serait quand même plus simple, vous ne trouvez pas ?

— Non, ma petite. Croyez-moi, j'aimerais bien vous épargner tout ça, mais ce n'est pas en mon pouvoir.

Zoé plissa les yeux, se leva, regarda autour d'elle comme si elle devait décider ce qu'elle devait emporter avec elle. Elle enfila un gros pull en laine, puis sa parka.

— N'oubliez pas le pistolet.

L'arme, bien sûr. Le Sig Sauer d'Anthony.

— Anthony... c'est lui qui a gardé les clés de la voiture !

Pierre Valmeur plongea sa main dans la poche de sa veste.

— Tenez, prenez la mienne.

Puis, la retenant par le bras comme s'il n'était pas encore prêt à la laisser partir, il ajouta :

— Quoi qu'il arrive dans les heures qui viennent, vous ne devez pas oublier que ce n'est pas parce que certains rêves ne se réalisent pas qu'il faut cesser de rêver.

— Qu'est-ce que je suis censée comprendre. De quel rêve parlez-vous ?

Pierre Valmeur secoua la tête :

— Je suis désolé, je divague. C'est ce qui arrive aux gens de mon âge. Partez, maintenant.

73

— Vous êtes libre, Docteur !

Johan se tourna vers la porte qui venait de s'ouvrir. La lumière qui provenait de la coursive l'obligea à plisser les yeux. Il s'assit au bord de la couchette, la main en visière pour regarder vers son visiteur. Le capitaine Dorsey en personne se tenait sur le palier de la cellule, entre ombre et lumière.

Johan étouffa un gémissement en essayant de se lever. Le paracétamol qu'on lui avait donné la veille ne faisait déjà plus effet. Il avait l'impression d'être un de ses patients, un joueur de rugby qu'il avait opéré en urgence après un match qui avait tourné à la boucherie.

— Allez, venez, dit alors le gendarme, d'un ton qui s'était soudain radouci. On a encore de la paperasse à remplir, ensuite vous pourrez vous en aller. Le procureur n'a retenu aucune charge contre vous.

Johan le suivit péniblement jusqu'au bureau que la gendarmerie locale avait mis à sa disposition. Au mur, des photographies des deux jeunes victimes qu'il avait retrouvées dans la forêt. Léane Jalmet et Sonya Nbaké.

— Un café ?

Johan accepta.

— Où est mon père ? demanda-t-il, au moment où Dorsey posait le mug fumant devant lui.

— Chez lui, j'imagine. Après le fiasco d'hier, il était pressé de rentrer chez lui.

— Quel fiasco ? demanda Johan qui avait passé ces dernières heures en isolement dans une cellule.

Le gendarme lui expliqua ce que son père avait découvert dans sa dernière vision.

— Malheureusement, les indications qu'il nous a données ne nous ont pas permis de trouver les indices que nous espérions. Bref, il était pressé de rentrer chez lui. Il m'a dit que vous comprendriez qu'il ne puisse pas rester.

Johan hocha la tête. Il savait que son père détestait voyager. C'était déjà un miracle qu'il ait fait le déplacement jusqu'à Nice pour lui venir en aide.

— Voilà, vous n'avez qu'à signer ici, en bas de la page.

Il apposa sa signature et lui rendit le formulaire. Dorsey se leva pour lui montrer la sortie, mais Johan hésitait à le suivre. Il aurait voulu savoir comment allait Zoé. Et surtout, il voulait savoir comment il pouvait la joindre.

— Est-ce que…

Des éclats de voix l'empêchèrent de formuler la question qui lui brûlait les lèvres. Le gendarme lui fit signe de rester assis avant de disparaître dans le couloir. Quelqu'un hurlait. Un homme. Alors que les vociférations allaient crescendo, Johan se leva pour s'approcher de la porte restée ouverte.

— Je veux parler à Valmeur ! Je sais que ce salopard est venu la voir dans sa chambre !

— Lavera, calmez-vous !

Un homme que Johan n'avait encore jamais vu se figea soudain quand leurs regards se croisèrent.

— Lui ! s'écria l'inconnu en pointant un index accusateur dans sa direction. Lui, il doit savoir ! C'est son père après tout !

Tous les regards se braquèrent sur Johan.

— Qu'est-ce qui se passe ? demanda-t-il en s'adressant à la personne la moins hostile de la pièce.

Dorsey soupira.

— Docteur, je vous présente Anthony Lavera, le beau-frère de Mademoiselle Rossi. Apparemment, votre père se serait rendu à son hôtel, tôt ce matin et…

— Elle a disparu, le coupa Anthony dont la rage n'allait pas en s'amenuisant. Avec mon flingue qui plus est !

Johan se figea.

— Vous êtes sûr ?

— Votre père s'est pointé à notre hôtel vers cinq heures du matin. C'est le petit con à la réception qui l'a fait entrer.

Dorsey eut l'air soucieux.

— Vous voulez bien joindre votre père ? J'aimerais avoir confirmation qu'il est bien avec elle.

Johan prit le portable qu'il lui tendit. De mémoire, il composa le numéro de son père et attendit.

Celui-ci décrocha presque aussitôt, à croire qu'il attendait son appel, ce qui bien sûr ne surprendrait pas Johan.

— Papa ! Est-ce que Zoé est avec toi ?

— Tu es seul ?

Johan se força à regarder le sol, conscient qu'il était le centre de l'attention.

— Son beau-frère est ici et le capitaine Dorsey aussi.

— Très bien, passe-le-moi.

Johan savait qu'il ne servirait à rien de chercher à en savoir plus aussi il fit signe au gendarme.

— Il veut vous parler.

Dorsey écouta attentivement. À mesure que la conversation se prolongeait, son visage se détendait.

— Bon, je suis heureux de l'apprendre. Bien sûr, je vous le repasse.

Johan récupéra le téléphone.

— Écoute sans m'interrompre, dit aussitôt son père.

Johan tressaillit. Heureusement personne ne l'avait remarqué. Ils étaient tous trop occupés à écouter les explications que leur donnait le capitaine Dorsey, une version qui n'avait rien à voir avec ce qu'était en train de lui révéler son père. Zoé n'était pas rentrée à Paris pour éviter de se soumettre aux questions des journalistes.

— Elle est retournée dans la forêt.

Le cœur de Johan manqua un battement.

— Tu étais dans ma vision, toi aussi. Tu dois impérativement la rejoindre. C'est très important. Tu as compris ?

— Oui, répondit Johan, en espérant que personne ne lui prêtait attention.

— Écoute-moi bien. Retourne à l'endroit où tu as retrouvé Léane. Tout deviendra clair quand tu y seras. Pars ! Maintenant !

74

Si vous voulez savoir ce qui est arrivé à votre sœur, vous devez retourner là où Johan a retrouvé la mémoire.

Zoé avait beau retourner les paroles du médium dans sa tête, elle ne voyait toujours pas ce que cela signifiait. Le jour s'était levé, mais elle n'était pas plus avancée. Qu'était-elle censée faire ? Elle regarda autour d'elle une nouvelle fois au cas où elle aurait manqué quelque chose. Le ruban jaune de la gendarmerie nationale ceinturait les arbres, délimitant la zone où les têtes de Léane Jalmet et de sa meilleure amie avaient été retrouvées. Se pouvait-il que Gabriela soit là, elle aussi ? C'était peu probable. Les techniciens en identification criminelle avaient tout passé au crible. Ils n'auraient pas pu manquer un troisième cadavre. Et pourtant elle doutait. Serait-ce aussi simple que cela ? Elle se glissa sous le ruban et avança jusqu'aux sépultures. La première d'abord, celle où Johan avait exhumé la tête de Léane Jalmet. C'est là qu'il avait retrouvé la mémoire. Alors, elle s'agenouilla et commença à creuser au même endroit. La probabilité qu'une deuxième tête s'y trouve ensevelie était proche de zéro, mais il fallait qu'elle vérifie. Elle retirait la terre, centimètre par centimètre, enfonçant ses doigts dans la terre gorgée d'eau, quand elle heurta quelque chose de dur et de blanc. De l'os. Une mandibule qu'elle tendit vers le soleil pour mieux en distinguer les contours.

— Bonjour, fit une voix dans son dos.

Le cœur de Zoé manqua un battement et le fragment de mâchoire retomba à terre.

— Oh, désolé, je ne voulais pas vous faire peur !

Un homme se tenait de l'autre côté du périmètre, n'osant visiblement pas braver l'interdit de la gendarmerie. En tenue de camouflage, il ne cessait de l'observer, son regard faisant des va-et-vient entre son visage et le bout d'os qu'elle avait laissé tomber.

— C'est un squelette d'animal, s'empressa-t-elle d'expliquer devant son regard horrifié.

Elle se leva et s'épousseta les mains sur son jean.

— Vous êtes journaliste ? lui demanda-t-il, suspicieux.

— Journaliste ?

— Ouais. Vous êtes visiblement en train de chercher quelque chose et vous n'avez pas l'air d'une flic. Pourtant votre visage m'est familier, enchaîna-t-il, pensif.

Il continuait de la fixer, les sourcils froncés comme s'il cherchait à comprendre où il l'avait déjà vue. Soudain son visage se décrispa.

— Attendez un peu. C'est vous qui êtes passée à la télé. Vous êtes la femme qui a été kidnappée.

Il était aussi enthousiaste qu'un fan qui rencontre par

hasard sa star de cinéma préférée. Zoé craignait qu'il ne lui demande de poser pour un selfie.

— Vous êtes ici toute seule ? lui demanda-t-il en jetant des regards furtifs aux alentours comme s'il cherchait à s'en assurer.

Zoé sentit les battements de son cœur se préparer au galop.

— Oui, enfin, non. On doit me rejoindre. La police, précisa-t-elle, doit me rejoindre ici.

Il sourit de toutes ses dents. Difficile de savoir s'il l'avait crue.

— Ah ! C'est pour une reconstitution ? Comme à la télé ?

— Heu, oui. Quelque chose comme ça.

Allez va-t'en, maintenant ! Zoé réfléchissait à un moyen de changer de sujet.

— Je suis désolée, dit-elle alors. Ma présence a dû faire fuir votre gibier.

Le regard de l'homme s'intensifia comme si les paroles qu'elle venait de prononcer avaient attisé des braises.

— Mon gibier, dites-vous ? Oh ! Je vois ! Vous m'avez pris pour un chasseur.

— Vous en avez l'accoutrement en tout cas.

— Oui, la tenue de camouflage est nécessaire pour ne pas se faire repérer.

— Repérer par qui ? demanda-t-elle, intriguée.

Il ouvrit son sac et instinctivement Zoé porta sa main à la poche de sa parka, cherchant le contact avec la crosse du pistolet.

Il lui montra un appareil photo qui devait valoir une fortune.

— Je suis photographe animalier. Alors oui, en quelque sorte, je suis un chasseur. D'images seulement. Je ne tuerais jamais un animal.

Zoé sourit. Son cœur quant à lui mit un peu plus de temps à retrouver un rythme normal.

— Je m'appelle Raphaël, au fait.

Des gouttes de pluie commencèrent à tomber sur eux.

— Hum, on ferait mieux d'y aller avant de se prendre l'averse. Venez, je vous raccompagne à votre voiture.

Zoé s'apprêtait à décliner l'offre, quand elle réalisa qu'elle serait incapable de retrouver son chemin toute seule. Et l'idée d'errer sous la pluie par ce froid glacial ne l'enchantait pas spécialement.

— Ma voiture est beaucoup trop loin, dit-elle plutôt que d'avouer qu'elle était perdue.

— Pas de problème. On n'a qu'à aller se réfugier dans mon 4x4.

75

Un sac en plastique pour seul bagage, Johan quitta le poste de gendarmerie. Que faire maintenant ? Prenant soudain conscience de sa situation, il s'arrêta au beau milieu du parking. À quoi pensait son père ? Pourquoi avait-il fallu qu'il reparte à la maison au lieu de l'attendre ici ? Comment diable croyait-il qu'il allait pouvoir rejoindre Zoé dans la forêt ? Il était seul, sans argent, sans voiture. Bon sang ! Il n'avait même pas de téléphone portable pour le rappeler. Il s'apprêtait à rebrousser chemin quand un homme se planta face à lui, lui barrant le passage.

— Qu'est-ce qu'il vous a dit ? demanda Anthony Lavera.

— Pardon ?

— Votre père ! Vous venez de vous parler au téléphone. Qu'est-ce qu'il vous a dit ? Et ne me racontez pas que Zoé s'est enfuie pour échapper à la conférence de presse ! Je sais qu'elle n'est pas retournée à Paris. Bordel !

Si vous savez quelque chose, vous devez me le dire ! J'ai déjà perdu ma femme, je ne supporterai pas de la perdre elle aussi, vous avez compris ?

Johan soupira.

— Vous avez raison, dit-il en plantant son regard dans le sien. Elle n'est pas repartie.

Le visage d'Anthony Lavera se détendit sous l'effet de la surprise. Il ne s'était pas attendu pas à autant de franchise. Puis, sa mâchoire se crispa à nouveau.

— Vous vous apprêtez à la rejoindre, c'est ça ?

Johan garda le silence. Il y avait quelque chose dans le ton de son interlocuteur qui lui déplut, une insinuation qui le mit mal à l'aise. Cet homme agissait comme un petit ami jaloux.

— Répondez !

Le temps pressait. Il pouvait presque entendre le tic-tac dans sa tête. De toute évidence, il ne se débarrasserait pas de Lavera. Peut-être que c'était ainsi que les choses devaient se passer. Pour une raison qui lui échappait encore, le beau-frère de Zoé faisait partie, lui aussi, de la vision de son père.

— Vous avez une voiture ?

Anthony lui fit signe de le suivre au fond du parking.

— Alors, où est-ce qu'on va ? demanda-t-il en se glissant derrière le volant.

Johan boucla sa ceinture de sécurité.

— Démarrez. Je vous dirais tout en chemin.

76

Ils roulaient depuis une trentaine de minutes, mais Johan avait l'impression que cela faisait des heures. Dès qu'Anthony Lavera avait appris la teneur de la conversation qu'il avait eue avec son père, celui-ci n'avait eu de cesse de pester.

— Je le savais ! Il lui a monté la tête avec ses histoires de vision.

Il ponctuait chacune de ses phrases en tapant sur le volant comme s'il s'agissait d'une poire de boxeur.

— Je vous jure que s'il lui est arrivé quelque chose, je...

Johan l'interrompit d'un geste.

— Regardez ! Il y a une voiture là-bas.

Johan fut surpris de la facilité avec laquelle il retrouva le chemin vers le site de sépulture de Léane Jalmet, car le chemin hérissé de ronces et barré d'arbres morts qu'il avait emprunté avec Zoé n'existait plus. À la place, se trouvait un chemin qui, à première vue, ressemblait à un sentier de randonnée. Les herbes hautes étaient à présent couchées sur le sol, piétinées, comme le reste de la végétation par les hommes et les femmes qui avaient fouillé la forêt lors de la battue pour tenter de retrouver les restes de la jeune Belge.

Un vent glacial s'était levé, détachant les feuilles mortes encore accrochées aux branches. À quelques mètres de là, un serpentin fluorescent se faufilait entre les troncs d'arbre, matérialisant un cercle au centre duquel se trouvaient les deux tombes. Deux fosses, creusées sur un mètre de profondeur, pas plus. Des fanions jaunes s'agitaient au vent pour signaler un quelconque indice qui avait été déjà emporté par les techniciens de scène de crime.

— Zooo-ééé ! cria Lavera, les mains en coupe autour de sa bouche pour faire porter sa voix plus loin.

Des oiseaux effrayés s'envolèrent dans un froissement d'ailes. Les deux hommes tendirent l'oreille, mais hormis les bruissements de la forêt, aucune voix humaine ne se manifesta pour leur répondre.

— Vous êtes sûr qu'elle devait vous attendre ici ? demanda Lavera tout en scrutant les environs.

Johan sentit un frisson parcourir chaque parcelle de peau qui se trouvait en contact avec l'air. Il n'était pas assez couvert et la température était en train de chuter proportionnellement à la lumière du jour qui déclinait. Zoé était-elle censée savoir qu'il la rejoindrait ici ? Ce n'est pas tout à fait ce que son père lui avait dit.

— Il faut qu'on attende.

— Je ne comprends pas. Je croyais qu'elle serait déjà là à notre arrivée. Elle a bien deux heures d'avance sur nous.

Lavera avait raison et Johan sentit l'inquiétude s'emparer de lui. "Tu sauras quoi faire une fois sur place". C'est ce que son père lui avait dit au téléphone. Il essaya de faire abstraction de la présence du beau-frère de Zoé et de sa mauvaise humeur contagieuse pour se concentrer sur la forêt. C'est alors qu'il la vit. Une silhouette féminine à quelques mètres à peine de l'endroit où ils se trouvaient.

— Zoé ? appela-t-il à son tour.

Lavera se tourna vers lui.

— Où ?

Johan pointa un index droit devant lui.

— Je ne vois rien. Vous êtes sûr que ce n'était pas une espèce d'animal plutôt, non ?

Johan soupira, agacé par sa négativité.

— Vous n'avez qu'à rester ici si ça vous chante, dit-il en se glissant sous le ruban fluorescent pour s'enfoncer dans la forêt.

La forme se précisait à mesure qu'il hâtait le pas. C'était elle, il n'y avait aucun doute dans son esprit, mais Johan ne comprenait pas pourquoi elle ne ralentissait pas. Se pouvait-il qu'à cette distance, elle ne l'ait pas vu ?

—Zoé ! appela-t-il à nouveau pour l'obliger à se retourner. Ce que, contre toute attente, elle fit. Johan s'approcha à grands pas, essoufflé. Zoé était là, debout entre deux arbres. Immobile.

— Je vous ai cherché partout, dit-elle dans un murmure.

Il avança de quelques pas.

— Je suis désolé. Mon père aurait dû m'appeler plus tôt. Je ne comprends pas pourquoi il nous a envoyés ici, tous les deux.

Zoé soupira.

— Je suis si fatiguée.

— Je comprends. Je vais vous ramener. Allez, venez !

La jeune femme était toujours à la même distance, comme si elle reculait d'un pas chaque fois qu'il en faisait un dans sa direction. Sauf qu'elle n'avait pas bougé d'un centimètre. Et alors il comprit.

— Dites-moi où vous êtes, demanda-t-il d'une voix étranglée.

La jeune femme laissa échapper un soupir qui résonna dans la forêt avant de se mêler au souffle du vent et au bruissement des feuilles.

— Là où je suis, il fait noir.

Johan essaya de ne pas se laisser gagner par la panique.

— Tout va bien, Zoé. Je suis là maintenant, je vais vous trouver.

— Lui aussi, il m'a trouvée, dit-elle.

— Qui ?

— L'homme qui m'a enlevée. L'assassin de ma sœur et de Léane et de tant d'autres. Le Faucheur.

— Où est-il maintenant ?

— Ici.

— Mais où ? Essayez de me décrire l'endroit où vous vous trouvez.

Il la vit baisser le regard vers le sol.

— Je me vois, moi… mon corps.

Il avança, voulut prendre sa main, mais elle continuait de lui échapper.

— Vous devez m'y conduire. Vous pensez pouvoir le faire ?

— Hé, connard ! tonna une voix grave dans son dos, l'empêchant d'entendre sa réponse.

Anthony Lavera se rua sur lui et avant que Johan comprenne ce qui était en train d'arriver, il se retrouva plaqué au sol.

— Lâchez-moi ! cria-t-il.

Mais Lavera resserra sa prise. Son visage était rouge d'avoir couru pour le rattraper.

— À quoi vous jouez, hein ? C'était ça le plan de votre père ? M'égarer dans la forêt ?

Johan ne s'était pas aperçu que Lavera l'avait suivi. Dans sa hâte à rattraper Zoé, il avait dû le semer.

— Vous ne comprenez pas que...

Un premier coup de poing s'écrasa sur sa figure, l'empêchant de finir sa phrase. Sa tête se mit à tourner et la salive dans sa bouche prit un goût métallique. Il se tourna sur le côté et cracha le sang.

— J'ai vu Zoé, dit-il en regardant le poing se lever à nouveau.

Le bras s'immobilisa, figé dans l'air glacial.

— Quand ?

— À l'instant.

Johan sentit l'étreinte de son assaillant se relâcher tandis qu'il regardait tout autour de lui, espérant voir la jeune femme. Il en profita pour le faire basculer sur le flanc et se releva.

— Où est-elle ? Je ne la vois pas.

Zoé était là, pourtant, en retrait, comme si la violence dont avait fait preuve son beau-frère pouvait l'atteindre elle aussi.

Johan ne savait que répondre, alors il opta pour un demi-mensonge.

— Je ne sais pas où elle est.

— Comment ça ? Vous venez de dire que...

Anthony Lavera s'interrompit, les yeux écarquillés, frappé par une soudaine révélation.

— Vous avez eu une vision comme votre père... Alors, ça veut dire qu'elle est... morte ?

Pas encore, pensa Johan et il frissonna à cette éventualité.

— Non. Mais elle est gravement blessée. Il faut qu'on la retrouve au plus vite.

Anthony Lavera leva les yeux vers le ciel, serrant les poings.

— Est-ce que vous savez où elle est ?

Johan se tourna vers Zoé. Celle-ci hocha la tête avant de s'éloigner.

— Suivez-moi !

77

Zoé disparut soudain. Réapparut entre deux arbres. Se volatilisa à nouveau. Johan accéléra la cadence pour ne pas se laisser distancer, concentré sur la silhouette évanescente qui semblait jouer à cache-cache, telle une sylphide, une fée ou un elfe. Les deux hommes progressaient aussi vite que possible, slalomant entre les troncs d'arbres dont certains n'étaient pas plus épais que les barreaux d'une cellule. Le sol tapissé de feuilles formait une surface glissante sur laquelle ils faillirent plus d'une fois perdre l'équilibre. Soudain un son étrange résonna dans la forêt. Cela ressemblait au brame d'un cerf ou à une corne de brume. Anthony Lavera l'avait entendu lui aussi, car il s'arrêta de marcher presque en même temps que lui pour écouter. Le bruit s'éleva à nouveau.

— Putain, c'est quoi ? demanda Anthony en cherchant son arme sur son flanc droit avant de réaliser qu'il ne l'avait plus.

On aurait dit le râle d'une bête blessée, à l'agonie.

Johan interrogea Zoé du regard. Celle-ci tendit le bras vers le sol. Là, à une dizaine de mètres, un homme rampait dans leur direction.

— Aidez-moi, dit-il quand ils l'eurent rejoint.

Il portait une tenue de camouflage et une cagoule dissimulait son visage. Mais Anthony Lavera avait reconnu le Sig Sauer qu'il serrait dans sa main. Son pistolet de service. Celui qu'il avait donné à Zoé.

— Où est-elle ? hurla-t-il en l'empoignant par le col. Qu'est-ce que tu lui as fait ?

Il lui arracha sa cagoule, le secoua. L'homme gémit à nouveau, toussa des bulles sanguinolentes. Ses doigts se desserrèrent et l'arme tomba au milieu des feuilles mortes, collées par l'humidité.

— Je lui ai tiré dessus, dit alors Zoé en pointant du doigt le pistolet semi-automatique. Mais ça ne l'a pas arrêté. Ça ne l'a pas arrêté...

Johan regarda la jeune femme qui s'éloignait, comme poussée par le vent. Et soudain il la vit, la Zoé en chair et en os. Et en sang.

78

Elle était adossée à un arbre. Nue. Son ventre, barbouillé de rouge, portait encore les traces de ses doigts qui avaient essayé de contenir l'hémorragie.

Johan se précipita vers elle et manqua se tordre la cheville en trébuchant sur une épaisse racine qui courait sur le sol humide. Il aurait voulu que Zoé tressaille en le voyant arriver si brusquement, mais elle ne bougea pas. Elle gisait, les yeux ouverts, adossée contre le tronc, les bras le long du corps et les jambes tendues devant elle. Posés à ses côtés, se trouvaient ses vêtements parfaitement pliés et empilés devant ses chaussures alignées comme celles d'une écolière bien sage ou d'une excentrique décidée à prendre un bain de lune en plein mois de novembre. Il y avait une pelle aussi, à moitié enfoncée dans le sol meuble, comme si son propriétaire s'était brutalement interrompu de creuser. Le manche en bois avait gardé les empreintes sanglantes de l'homme dont les gémissements continuaient de polluer la forêt. Il avait commencé à creuser la tombe de Zoé avant de s'écrouler, affaibli par sa blessure à l'abdomen.

À genoux, aux côtés de la jeune femme, Johan était incapable de décider quoi faire. C'était comme s'il avait tout oublié de ses années de formation. Il tendit la main et frissonna lorsque leurs peaux se touchèrent. Elle était glacée au point qu'il craignait que son contact ne la fasse fondre. Son regard se porta alors sur son ventre. C'est là qu'elle avait été poignardée, à deux reprises. Les plaies étaient presque invisibles sous les traces de sang séché. Zoé ne saignait même plus.

— Est-ce que je suis morte ?

Johan tressaillit, surpris par la voix qui venait de résonner dans son dos. Elle se tenait en retrait, comme si elle n'osait pas approcher de son propre corps. Un corps qui ne manifestait aucun signe de vie apparent. Délicatement, il souleva son bras et le posa sur son genou, ses doigts fébriles sur sa peau pâle, à la recherche d'un pouls.

— Non, répondit-il d'une voix ferme en sentant le soubresaut, faible, de l'artère contre ses doigts. Non, vous n'êtes pas morte. Je ne vous laisserai pas mourir. Je vous le promets.

Dans un geste tendre, il écarta les cheveux qui retombaient sur ses yeux. Ce qu'il découvrit alors lui fit aussitôt regretter ses paroles. Car il venait de faire une promesse qu'il n'était plus sûr de pouvoir honorer.

— Oh, putain ! s'exclama au même moment, Anthony Lavera dans son dos. Oh, putain ! Oh, putain !

C'est tout ce qu'il trouvait à dire, encore et encore, sans pouvoir s'arrêter.

Le point d'impact de la balle avait laissé une minuscule empreinte sanglante, à quelques centimètres au-dessus de l'arcade sourcilière droite.

— Putain ! s'écria à nouveau Anthony Lavera, derrière lui. Je le crois pas ! Il lui a tiré une balle en pleine tête ! Je le crois pas !

Il ne tenait plus en place. Johan luttait pour ne pas se laisser gagner par la panique, mais la présence de Lavera ne facilitait pas les choses.

— J'ai besoin que vous appeliez les secours, lui dit-il alors.

L'autre se planta sur ses jambes. Il ne manquait plus que la légende "J'y suis, j'y reste" au-dessus de sa tête.

— Je ne veux pas la quitter.

— Faites ce que je vous dis, ordonna Johan qui luttait pour ne pas perdre son calme à son tour. Vous ne me servez à rien, ici.

Lavera hocha la tête, le regard hébété, avant de s'éloigner, le bras tendu pour voir s'il captait du réseau.

Resté seul, Johan entreprit de faire un bilan. Il passa un bras en travers des épaules de la jeune femme pour la retenir tandis qu'il la faisait basculer vers l'avant.

— Il n'y a pas de matière cérébrale visible, constata-t-il sans s'apercevoir qu'il pensait à voix haute.

L'arrière du crâne était intact. La balle était toujours logée à l'intérieur de la boîte crânienne, ce qui n'était pas à proprement parler une bonne nouvelle. Il essaya de se rassurer, se disant qu'il était impossible de connaître la gravité de ses lésions sans un scanner cérébral. Il n'y avait rien d'autre à faire, à part attendre.

— Ils arrivent ! s'écria Lavera, le téléphone à la main. On nous envoie un hélicoptère.

— Dans combien de temps ? Ils l'ont dit ?

— Un quart d'heure, peut-être moins. Je leur ai expliqué à peu près où on était. Ils m'ont demandé de garder le téléphone allumé pour qu'ils puissent nous géolocaliser.

Johan se contenta d'acquiescer en serrant la main de la jeune femme dans la sienne. *Ça va aller.* Elle paraissait si frêle, aussi fragile qu'une poupée de porcelaine prête à se briser à la moindre maladresse de sa part.

— On devrait lui remettre ses vêtements, dit alors Anthony en détournant le regard, comme s'il venait tout juste de prendre conscience de la nudité de sa belle-sœur.

— Surtout pas.

— Les secours vont arriver d'un instant à l'autre et je refuse que des inconnus la voient comme ça ! s'énerva Anthony.

— Vous ne comprenez pas. En lui retirant ses vêtements, le meurtrier a fait une erreur. Il a permis à son corps d'entrer en hypothermie.

— Justement, il faut la rhabiller pour la réchauffer !

— Non. Elle a reçu un coup de couteau dans l'abdomen et la seule raison pour laquelle elle ne s'est pas encore vidée de son sang, c'est justement parce qu'il fait si froid. Ses vaisseaux sanguins sont en vasoconstriction, ils se sont rétrécis pour éviter une plus grande déperdition de chaleur. C'est la même chose pour son cerveau. C'est un mécanisme de régulation du corps et c'est ce qui va lui sauver la vie. Alors, on ne change rien jusqu'à ce qu'ils arrivent.

. . .

Treize minutes plus tard, ils regardèrent l'hélicoptère disparaître derrière la cime des arbres tandis qu'il se posait.

— Je vais à leur rencontre ! cria Lavera, en faisant de grands gestes pour être sûr de se faire comprendre malgré le bruit infernal du rotor.

Il s'éloigna en direction de l'appareil. Quelques minutes plus tard, il reparaissait flanqué de deux hommes dont les uniformes striés de bandes luminescentes luisaient dans l'obscurité de la forêt.

— Je suis médecin, annonça Johan en guise de présentations avant de leur faire un résumé de la situation.

Ils posèrent la civière en plastique rigide sur le sol, puis se délestèrent de leurs volumineux sacs à dos qui s'écrasèrent au sol dans un bruit sourd. L'un d'eux effectua un premier examen, promenant l'extrémité d'un stéthoscope sur le thorax immobile de Zoé.

— Depuis quand est-elle en arrêt cardio-respiratoire ? voulut-il savoir pendant que son collègue déballait le matériel de réanimation.

Johan se raidit brusquement.

— En arrêt ? Vous devez faire erreur, elle avait un pouls quand...

Il s'interrompit brusquement en réalisant que Zoé ne s'était plus manifestée depuis un bon bout de temps.

— Elle avait un pouls quand vous l'avez trouvée ? l'aida à poursuivre le secouriste.

— Oui, oui. Et elle respirait. Faiblement, mais elle respirait. Il faut me croire !

— Je vous crois. Essayez de vous calmer.

Mais Johan en était incapable. Il aurait dû s'en apercevoir. Il aurait pu commencer le massage cardiaque et...

— Tenez, lui dit alors le secouriste en lui tendant une pochette plastique.

— Qu'est-ce que c'est ?

— C'est pour vous. Une couverture de survie.

— Quoi ?

— Vous êtes en hypothermie, Docteur, précisa le deuxième secouriste. Il faut vous réchauffer.

— Sinon, vous allez nous faire un malaise, renchérit son collègue. Ne vous inquiétez pas, on s'occupe d'elle.

Johan s'enveloppa dans ce qui ressemblait davantage à une gigantesque feuille d'aluminium qu'à une couverture, mais alors que ses membres engourdis commençaient à se réchauffer, son esprit fut plus lent à comprendre ce qu'ils avaient l'intention de faire.

— Attendez ! Vous ne pouvez pas l'allonger.

Ils s'interrompirent.

— Je sais que c'est étrange, dit-il entre deux claquements de dents, mais il faut impérativement la maintenir dans cette position.

Les deux hommes échangèrent un regard perplexe. Peut-être se disaient-ils qu'il délirait à cause du froid. La position de Zoé avait quelque chose d'inhabituel et de terrifiant. Mais pour un neurochirurgien, c'était une position normale. Beaucoup d'interventions de neurochirurgie s'effectuaient alors que le patient était installé en position assise. Et il y avait une bonne raison à cela.

— Il faut que son buste et sa tête restent à la verticale, insista-t-il avec plus de fermeté, cette fois. C'est le seul moyen d'empêcher la formation d'un œdème cérébral. Ce serait catastrophique si cela arrivait. Ça la tuerait.

Les deux hommes échangèrent à nouveau un regard. Johan refusait de comprendre ce que cela signifiait.

— Elle est en hypothermie profonde, poursuivit-il. Tant que son métabolisme est au ralenti, ses besoins en oxygène sont réduits, ce qui signifie que son cœur et son cerveau sont protégés. Si nous l'évacuons maintenant, nous pourrons la réanimer aux urgences, mais il faut partir tout de suite !

Et sans attendre de réponse, Johan commença à positionner la civière sur le côté de manière à pouvoir y faire glisser le corps glacé de Zoé.

— Aidez-moi à la soulever !

Un des secouristes s'approcha de lui pour lui poser une main sur l'épaule.

— Tout va bien, laissez-nous faire.

Johan sentit un nœud se former au creux de son estomac. Ce ton familier dans sa voix, il l'avait reconnu. C'était de la compassion, celle que l'on témoignait aux proches d'une personne décédée. Son impression se confirma quand il vit que l'autre secouriste rangeait le matériel. Ses gestes étaient lents comme s'il n'y avait plus d'urgence.

— Qu'est-ce que vous faites ? dit-il d'une voix tremblante.

— Qu'est-ce qui se passe ? intervint Anthony Lavera qui était resté en retrait pour les laisser travailler.

Un gémissement ou plutôt un râle, rauque et puissant, leur fit tourner la tête.

— C'était quoi, ça ? demanda un des secouristes.

Anthony Lavera répondit en fixant son attention sur Johan au cas où celui-ci voudrait le contredire.

— Sûrement un animal.

Un nouveau gémissement s'éleva, comme une protestation. Refusant d'être abandonné à son sort, le meurtrier de Léane Jalmet cherchait à attirer l'attention sur lui.

—À l'aide…

Une torche à la main, l'autre secouriste se précipita dans la direction de la voix, Anthony Lavera sur ses talons.

— Il y a un autre blessé ! s'exclama-t-il, à la fois surpris et en colère. Un animal, hein ? Pourquoi ne pas l'avoir signalé ?

Anthony Lavera haussa les épaules.

— Et alors ? Je ne vois pas où est le problème.

— Le problème c'est que l'on va devoir faire un choix. On ne peut pas les emmener tous les deux !

Lavera s'approcha et poussa l'homme avec la pointe de sa chaussure. Celui-ci gémit en retour.

— Hé ! s'interposa le secouriste.

— Laissez-le crever ! De toutes les façons, c'est l'emprisonnement à vie qui l'attend. Alors, évitons de gaspiller l'argent du contribuable.

Le jeune secouriste leva sur lui un regard chargé de mépris.

— Quand bien même, ce n'est pas à moi de juger cet homme. Ni à vous.

Anthony serra les poings en le regardant s'affairer pour venir en aide à l'homme qui avait tiré sur Zoé. C'était plus qu'il n'en pouvait supporter, alors il s'éloigna pour retourner auprès d'elle. Elle était d'une pâleur cadavérique. Elle n'avait fait aucun mouvement depuis qu'ils l'avaient découverte, n'avait émis aucun son. Son thorax et son abdomen, parfaitement immobiles, ne trahissaient aucune respiration. Et pourtant, Johan refusait de céder à l'évidence.

— Je vous dis qu'on ne peut pas la déclarer morte dans ces conditions de température, dit celui-ci avec véhémence.

Le deuxième secouriste remballait déjà son matériel comme s'il n'y avait plus rien à faire.

— Son cœur ne bat plus, elle ne respire plus et...

— Je sais tout ça ! le coupa Johan, rouge de colère. Bon sang ! Vous n'avez pas écouté ce que je vous ai dit ? Nous sommes en train de perdre un temps précieux !

Le secouriste ne l'écoutait déjà plus. Son attention s'était reportée sur son collègue, occupé à panser les blessures de l'homme.

Anthony comprit que leur choix était fait. C'est alors que la solution s'imposa à lui. Il ne laisserait pas ces morveux pétris de principes à la con sacrifier la vie de Zoé pour sauver celle d'un meurtrier. Il empoigna son pistolet, vérifia le chargeur pour s'assurer qu'il restait au moins une balle et fit la seule chose en son pouvoir pour mettre un terme aux discussions.

Un coup de feu résonna dans la forêt, mettant un point final à leurs joutes oratoires.

79

L'hélicoptère s'éleva doucement à la verticale. Anthony Lavera mit sa main en visière, la tête levée vers le ciel couvert de nuages pour regarder l'appareil disparaître. D'ici quelques minutes, les gendarmes viendraient l'arrêter pour le meurtre de ce type. Le jeune secouriste l'avait averti qu'il témoignerait en ce sens. Il fit quelques pas dans le bois, retourna auprès du cadavre encore tiède qu'il dépouilla de son anorak pour l'enfiler. Tandis qu'il marchait vers la route, il trouva le portefeuille du type dans une des poches intérieures. Raphaël Ritter, né à Paris en 1983. Il trouva un paquet de Malboro aussi, mais pas de quoi s'en allumer une, alors, une cigarette éteinte à la bouche, il remonta la fermeture éclair de l'anorak jusque sous son menton et marcha en direction des gyrophares qui scintillaient au loin.

80

L'hélicoptère poursuivait son ascension suivant une trajectoire parfaitement verticale tout en tournant lentement sur lui-même.

Johan ajusta son casque muni d'un micro pour pouvoir communiquer avec le reste de l'équipage malgré le bruit des pâles qui fouettaient l'air à intervalle régulier.

— Le CHU de Caen dispose d'un service de neurochirurgie, dit alors un des secouristes.

Caen était à une centaine de kilomètres, soit à une heure trente de voiture au moins. Par les airs, ce serait sans doute plus rapide.

— Combien de temps on mettrait ?

— Une demi-heure, répondit le pilote.

Johan secoua la tête.

— C'est trop long.

— Sinon, il y a l'hôpital d'Argentan, proposa l'autre secouriste. C'est à une trentaine de kilomètres.

Le pilote leva le pouce.

— On peut y être en moins de dix minutes.

— Le problème c'est qu'ils sont moins bien équipés, objecta le deuxième secouriste.

Johan les regarda tour à tour avant de se fixer sur Zoé. Le temps pressait.

— Est-ce qu'ils ont un service de chirurgie ?

— Oui, mais c'est de la chirurgie générale. Ils sauront se charger de la plaie à l'abdomen, mais pour la tête. Qui va l'opérer ?

Johan ferma les yeux le temps d'un battement de cœur.

— Moi, dit-il avec moins d'assurance qu'il ne l'aurait souhaité.

81

Quatre-vingt-dix pour cent des victimes blessées par balle à la tête décédaient avant leur arrivée à l'hôpital. Pour les dix pour cent restants, la moitié décédait dans le service des urgences. Quant à l'autre moitié...

Johan tressaillit avant d'arriver au bout de ses mornes réflexions. Dans son casque, la voix du pilote annonça qu'ils allaient se poser. Il tendit la main vers Zoé et serra doucement tandis que l'appareil amorçait sa descente.

— Accroche-toi, Zoé, murmura-t-il. Accroche-toi à moi.

Johan se pencha par le hublot et aperçut l'hélistation sur le toit de l'hôpital, une plateforme en béton qui, de cette hauteur, ne paraissait pas plus large qu'un timbre-poste. L'appareil se posa en douceur. Les pâles continuaient de fouetter l'air glacial, quand il aperçut les premiers membres du staff médical, tout de blanc vêtus et les cheveux au vent.

En retrait, pour ne pas gêner l'équipe de réanimation, Johan ruminait les statistiques, funestes présages qu'il essayait de chasser de son esprit. En vain. Cela faisait déjà une demi-heure que médecins et infirmières s'activaient autour du corps inerte pour tenter de faire repartir son cœur. Le record était de deux heures, détenu par une équipe de réanimation d'un hôpital de Pennsylvanie, aux États-Unis, qui avait réussi à faire repartir le cœur d'un jeune homme de vingt-six ans retrouvé en hypothermie profonde après qu'un médecin avait refusé de le déclarer mort.

Johan était au bord de l'asphyxie, serrant les poings si fort que la peau s'étirait douloureusement au niveau de ses jointures. Il observait les visages des soignants, guettant le moment où il y reconnaîtrait une expression de découragement, de résignation. Mais ce moment ne vint pas. À la trente-quatrième minute, le moniteur de l'électrocardiogramme s'anima. Tous les regards suivaient la ligne qui montait et descendait. Une fois, deux fois, trois fois...

— On a un rythme sinusal, annonça enfin une infirmière, les cheveux collés par la sueur et les joues roses à cause de l'effort et du stress.

Il n'y eut aucune manifestation de joie, seulement un soupir de soulagement collectif.

Mais ce n'était qu'une première étape dans la course

contre la montre qui risquait de les tenir éveillés toute la nuit.

Zoé fut emmenée en radiologie. Le verdict tomba peu après. Le scanner cérébral avait montré que la balle, un petit calibre, n'avait parcouru que quelques centimètres à l'intérieur du lobe frontal droit, avant de s'immobiliser, freiné dans sa course par la matière cérébrale. En revanche, il était vite apparu que la plaie à l'abdomen constituait une urgence vitale. Il fallait l'opérer au plus vite.

— Une minute, fit Johan en s'approchant du négatoscope.

— Qu'est-ce que vous faites ? On perd du temps, là, s'impatienta un des chirurgiens.

Il posa un doigt sur l'image, suivant les contours d'une tache qui s'étendait sur cinq centimètres environ.

— C'est une tumeur, murmura-t-il, anéanti.

Et la balle s'était logée en son centre.

82

Le ventre de Zoé, gonflé au gaz carbonique, était aussi distendu que celui d'une femme enceinte. Trois trous d'à peine quelques millimètres de diamètre avaient été pratiqués dans son abdomen pour pouvoir y introduire les instruments chirurgicaux. Un écran retransmettait les images filmées à l'intérieur de la cavité péritonéale par la caméra du cœlioscope. Johan se surprit à détourner le regard de l'écran, comme si le spectacle de cette chair sanguinolente avait quelque chose d'indécent. Il avait envie d'être là pour Zoé, mais pas de cette façon. Alors, abandonnant les deux chirurgiens, il contourna la table d'opération pour rejoindre l'anesthésiste, une femme d'une cinquantaine d'années, dont la place lui parut bien plus enviable. Assise aux côtés de Zoé, celle-ci gardait un œil sur les constantes de pression artérielle, fréquence respiratoire et saturation en oxygène qu'elle consignait à intervalles réguliers, sur une tablette posée sur ses genoux. En le voyant arriver, elle sourit. Du moins, c'est ce que Johan imagina en voyant les rides de la patte d'oie apparaître aux coins de ses yeux, tandis que le masque chirurgical qui dissimulait le reste de son visage s'étirait légèrement. Il jeta un rapide coup d'œil au moniteur. Si l'on tenait compte du fait que Zoé était toujours en hypothermie, alors effectivement, ses constantes pouvaient être considérées comme satisfaisantes. Il délaissa les chiffres et les graphiques pour regarder la jeune femme. Elle avait les yeux fermés, la bouche entrouverte à cause du tube qui en sortait. Il aurait voulu glisser sa main sous le champ stérile pour prendre celle de Zoé dans la sienne. Bon sang ! Ils étaient mal barrés tous les deux, pensa-t-il en se demandant comment il allait pouvoir trouver le courage de l'opérer.

Lorsque le chirurgien annonça que l'hémorragie était sous contrôle, les visages se détendirent et quelqu'un se risqua même à raconter une blague qui fit rire toutes les personnes présentes dans le bloc opératoire, à l'exception de Johan. L'opération touchait à sa fin, et son trac était en train de monter. Pour la première fois de toute sa carrière, il aurait voulu se trouver ailleurs que dans un bloc opératoire.

— Je reviens.

— Vous en avez pour longtemps ? voulut savoir l'anesthésiste à qui il incombait la charge de maintenir Zoé endormie pour la seconde intervention.

— Je ne sais pas.

Toutes les personnes présentes échangèrent un regard d'incompréhension, mais Johan avait déjà disparu derrière les portes battantes sans leur laisser le temps de poser d'autres questions. Alors, répétant la même scène qu'à l'hôpital de Nice, il parcourut les couloirs déserts à la recherche d'une sortie. Il avait désespérément besoin d'air.

Une aide-soignante lui indiqua le chemin vers la sortie la plus proche, celle qui donnait accès au service des urgences, au rez-de-chaussée. Il enfonça les doubles portes qui séparaient la salle d'attente du service des urgences de la zone de soins et aussitôt une femme âgée et son fils trentenaire se levèrent en le voyant. Mais il les dépassa sans un regard, pressé de franchir les portes vitrées pour se retrouver enfin à l'air libre.

Dehors, un vent glacial le gifla, le freinant dans sa fuite. Sonné, il s'immobilisa. Sur sa gauche, à l'abri sous un auvent, deux ambulanciers, chacun une cigarette à la main, l'observaient. Il hésita avant de s'approcher.

— Est-ce que je peux...

Se méprenant sur la teneur de sa question, l'un des deux hommes lui tendit son paquet de cigarettes.

— Heu, non merci. Un téléphone portable. J'ai besoin de passer un coup de fil... privé.

L'homme rempocha son paquet tandis que son collègue, un mégot incandescent coincé entre ses dents, ouvrait la fermeture éclair de son anorak strié de bandes luminescentes pour récupérer son portable dans une des poches internes.

— Merci, dit Johan en prenant l'appareil. Je n'en ai pas pour longtemps.

Il s'éloigna suffisamment pour que sa conversation ne soit pas entendue et composa le numéro du chef de service de neurochirurgie de la Pitié-Salpêtrière.

— C'est moi, Johan, dit-il dès qu'on décrocha. Il faut que…

— Le professeur Zajac est absent, lui répondit-on. Qui le demande ?

Johan ferma les yeux en se tapant le front. Patrick Zajac était en Martinique pour fêter son anniversaire de mariage.

— Ah, oui, c'est vrai ! Ça ne fait rien.

— Valmeur ? C'est vous ?

Il n'y avait qu'une personne pour prononcer son nom de cette façon, comme s'il s'agissait d'un gros mot. Il avait reconnu la voix à son intonation condescendante, limite méprisante, qui était la marque de fabrique du professeur Desrosières. Il était à deux doigts de raccrocher quand la voix reprit :

— Où êtes-vous ? Tout le monde vous cherche !

— À l'hôpital d'Argentan.

— Argentan ?

— C'est dans l'Orne, en Normandie.

— Merci, je sais encore où se trouve le département de l'Orne. Ce que j'ignore en revanche, c'est ce que vous y faites.

Johan soupira.

— C'est compliqué.

— J'en suis sûr.

— Je ne sais pas quoi faire, enchaîna Johan surpris lui-même par la confidence qu'il s'apprêtait à faire à celui qu'il considérait comme un de ses principaux détracteurs.

C'est au sujet d'une femme. Une patiente. Je ne sais pas si je dois l'opérer.

Silence.

— Vous êtes en train de vous foutre de moi ? Parce que si c'est le cas, je...

— Non ! Bon sang ! J'aimerais que ce soit le cas. Mais... C'est bien vous qui m'avez reproché de faire cavalier seul, non ? Oh et puis laissez tomber !

— Dois-je comprendre que vous me demandez mon avis ?

Johan ferma les yeux en soupirant.

— J'ai besoin qu'on m'aide.

— Dans ce cas, il va falloir m'en dire plus.

Johan lui fit un résumé de la situation comme s'il présentait un dossier devant le staff de neurochirurgie.

— Hum, je vois, fit Desrosières.

Johan attendait la suite, qui ne vint pas.

— Alors ?

— Alors, quoi ?

— Que feriez-vous à ma place ?

— Je la ferais transférer à Caen le plus vite possible. Le CHU dispose d'un plateau de traumatologie.

— Donc, vous me dites de ne pas l'opérer.

— Non. Je vous dis que *moi*, je n'opérerais pas. Mais *moi*, je ne suis pas *vous*, ajouta Desrosières.

Johan ne sut comment interpréter cette dernière remarque.

— Vous êtes là, Valmeur ?

— Oui.

— Très bien, alors ouvrez bien vos oreilles parce que c'est la dernière fois que vous m'entendrez le dire.

D'ailleurs je nierai tout en bloc si vous le répétez à quelqu'un. Vous êtes probablement le plus casse-cou et le plus irresponsable des chirurgiens que j'ai jamais croisé dans ma carrière. Mais vous êtes aussi le plus doué. Et la vérité, c'est que si c'était ma fille qui se trouvait là-bas, avec vous, alors je vous demanderais de le faire. Je vous demanderais de l'opérer, parce que si vous ne parvenez pas à la sauver ce soir, alors je pense que personne ne le peut. C'est bon ?

— Oui.

— Alors, bonsoir.

Johan resta quelques instants le téléphone collé à son oreille, écoutant le son monocorde de la tonalité. Avait-il rêvé ou bien...

— Docteur !

Une des infirmières du bloc opératoire l'appelait depuis l'entrée des urgences.

— On vous demande au bloc.

Toutes sortes de signaux d'alarme se déclenchèrent en même temps dans la tête de Johan, faisant écho à ses battements cardiaques désordonnés.

— Il y a un problème ?

— Il vaut mieux que vous veniez voir.

83

Johan transpirait à grosses gouttes derrière son masque chirurgical. Zoé se tenait devant lui, installée en position semi-assise, la tête maintenue grâce à un cadre en métal improvisé avec le matériel de chirurgie orthopédique dont disposait l'hôpital. Son visage avait presque complètement disparu sous un drap stérile et c'était bien comme ça. La voir à cet instant l'aurait paralysé. Engoncé dans la casaque stérile, nouée sur son flanc comme la toge d'un général romain, il contemplait l'étendue des dégâts à travers l'ouverture qu'il avait pratiquée dans son crâne. Le cerveau de Zoé, noyé dans le sang, avait commencé à gonfler. Cela n'aurait pas été un problème si la boîte crânienne avait été constituée d'une matière élastique et déformable, au lieu d'os dur et rigide. Malheureusement, ce n'était pas le cas et bientôt, il serait trop tard. Zoé cesserait de respirer et son cœur de battre. Johan, dont la vue se troublait doucement, s'écarta de la table d'opération. Comment avait-il pu penser pouvoir la sauver ? Il recula encore quand, le prenant par surprise deux bras s'enroulèrent autour de sa taille et un corps se colla au sien. Zoé se serrait fort contre lui et il frémit en sentant son souffle glacé dans son cou. Johan ferma les yeux quelques instants, s'abandonnant à cette dernière étreinte. Il chercha à la saisir à son tour, mais ses mains gantées ne faisaient qu'agacer les plis de la casaque maculée de sang.

Adieu.

La voix de Zoé explosa dans sa tête, faisant voler en éclat les doutes, les chassant avec la force d'une bourrasque qui balaierait les nuages sombres pour laisser la place à un ciel dégagé. Il savait quoi faire. Il l'avait toujours su.

— Il faut déshydrater son cerveau, dit-il sans l'ombre d'une hésitation en se tournant vers l'anesthésiste. Puis, s'adressant à l'infirmière instrumentiste, demanda une canule d'aspiration.

— Je vais aspirer le liquide céphalorachidien des ventricules. Le cerveau aura plus de place.

Et si cela ne suffisait pas, il avait encore deux ou trois autres idées à tenter avant de s'avouer vaincu. Mais cela ne fut pas nécessaire. Le cerveau sembla se rétracter doucement dans la boîte crânienne, lui laissant un répit. Sans perdre une seconde de plus, Johan reprit le bistouri et la canule tandis que Zoé resserrait son étreinte autour de lui, lui insufflant le supplément de courage dont il avait besoin. La tumeur était là, à quelques centimètres à peine de la surface du crâne. Quelques centimètres qui lui paraissaient hors d'atteinte, comme pouvait l'être un astre lointain. Il serra plus fort les instruments et plongea dans le tissu nerveux, creusant et écartant jusqu'à ce qu'une masse, dont la consistance se situait entre le blanc d'œuf coagulé et le marshmallow, fasse enfin son apparition. Il respirait lentement, manœuvrant les instruments pour dégager un maximum de tumeur. Un premier fragment se détacha. Le bruit de succion de la canule d'aspiration s'estompa doucement, tout comme la silhouette de l'infirmière qui se tenait à ses côtés. La salle d'opération et toutes les personnes qui s'y trouvaient, lui y compris, se dissolvèrent. À mesure qu'il creusait plus profondément, se frayant un passage dans le cerveau pour atteindre la tumeur, des images traversèrent son esprit. Zoé qui ouvre les yeux, battant des paupières, pour échapper au faisceau lumineux qu'un infirmier du service de réanimation braquait sur ses pupilles.

— Tout va bien, vous êtes à l'hôpital, dit l'infirmier. Serrez-moi la main.

Nouveau fragment retiré, nouvelles images d'un futur que Johan savait encore incertain. Zoé quitte son lit pour la première fois après l'opération, avançant doucement dans les couloirs du service de neurochirurgie, en s'appuyant sur le bras d'une kinésithérapeute. Elle ressemble à une enfant faisant ses premiers pas. Johan coagula les vaisseaux sanguins pour empêcher le sang de brouiller son champ de vision. Zoé sort de l'hôpital sous le crépitement des flashs, essayant de fuir les journalistes qui espèrent pouvoir l'interviewer. « Comment vous sentez-vous ? », « Qu'est-ce que ça fait d'avoir survécu à un tueur en série ? », « Allez-vous écrire un livre ? ». Les questions fusent. Maintenant, Zoé est en jean. Elle porte un chemisier en soie et un blazer bleu marine. L'homme qui marche devant elle a un blouson bleu marine lui aussi, mais dans son dos, les mots "administration pénitentiaire", écrits en lettres réfléchissantes, sont visibles à plusieurs mètres de distance. Ils s'arrêtent devant une porte qui donne accès au parloir. Anthony Lavera est assis, menottes aux poignets. Il lève la tête vers elle, l'observe attentivement puis sourit :

— Je suis content de te voir, dit-il.

Zoé pose la canne qui l'aide à marcher contre la table. Elle s'assoit à son tour. Anthony est incarcéré dans l'attente de son jugement pour le meurtre de Raphaël Ritter, l'homme suspecté d'avoir séquestré et assassiné huit femmes, l'homme qui a tenté de la tuer. Ses joues sont creuses, ses yeux sont cernés. Il a l'air d'accuser le coup, mais Zoé ne veut pas se laisser attendrir.

— Tu sais pourquoi je suis ici, dit-elle sans détour.

Anthony ferme les yeux. Devient plus pâle encore. Quand il les rouvre à nouveau, Zoé y découvre une expression à laquelle elle ne s'attendait pas. Elle croit y déceler du soulagement.

— Vas-y Zoé. Pose-moi ta question.

Elle regarde sa canne, tend la main pour sentir la poignée sous sa paume, pour être soutenue, pour ne pas s'effondrer, car elle sait déjà ce qu'il va lui dire. C'était dans la lettre que Johan avait laissée pour elle à l'hôpital d'Argentan, avant qu'elle ne soit transférée à Caen.

— Ce que je veux savoir, Anthony, c'est pourquoi. Pourquoi est-ce que tu as tué Gabriela ? Elle te trompait ? Tu étais jaloux ?

— Ce n'est pas ce que tu crois. Je l'aimais, et tu le sais aussi bien que moi.

— Alors, dis-moi pourquoi, parce que je ne comprends pas.

— Je viens de te le dire. Je l'ai fait par amour.

— Tu l'as tuée, espèce de salopard ! Comment oses-tu parler d'amour !

— Parce que je ne voulais pas que quelqu'un d'autre s'en charge. Si c'était moi qui le faisais, alors je savais qu'elle ne souffrirait pas. Gabriela était trop bien pour moi. Quand elle a appris ce que j'avais fait, elle a essayé de me convaincre de me rendre à la justice. Elle s'imaginait que je pourrais monnayer ma liberté ou du moins prétendre à la clémence des juges, si je dévoilai qui étaient les autres policiers impliqués.

— De quoi parles-tu ? Impliqués dans quoi ?

— À ton avis. La drogue bien sûr. Ou plutôt l'argent. Beaucoup d'argent...

Il soupire.

— J'ai essayé de lui expliquer qu'il n'y avait pas seulement beaucoup d'argent en jeu. Elle n'a rien voulu savoir. On s'est disputé. J'ai essayé de lui faire comprendre que ce n'était pas comme à la télévision, qu'il n'y aurait aucun marchandage possible. Je serais mort bien avant d'arriver au jour de mon procès et elle aussi. Toi également. Ces gens ne font pas les choses à moitié quand il s'agit de faire un exemple. Alors, quand elle a menacé d'y aller à ma place, j'ai su ce qui me restait à faire. Ils l'auraient tuée, mais pas avant de l'avoir violée, torturée. Ça s'est joué en quelques secondes. Elle avait déjà une main sur la poignée de la porte quand j'ai compris que je n'avais plus le choix. Le temps des suppliques et des menaces était passé. Assez de paroles. Il fallait agir et vite. Alors, j'ai fait ce que j'avais à faire.

Il fait une pause. Hésite. Ouvre la bouche pour ajouter quelque chose, semble se raviser.

— Elle n'a pas souffert, dit-il en guise de conclusion. C'est tout ce que tu as besoin de savoir.

— Tu m'as fait croire qu'elle avait été victime d'un tueur en série. Mon Dieu, Anthony ! Tu es allé jusqu'à t'envoyer l'alliance à toi-même !

Anthony tend ses mains menottées vers elle.

— Tu avais besoin d'explications, de raisons. Je savais que tu remuerais ciel et terre pour la retrouver. Je n'aurais pas été étonné que tu découvres la vérité. Je ne pouvais pas le permettre. Tu comprends ? Tu te mettais en danger toi aussi. Alors, je me suis dit que le meilleur moyen de te protéger c'était de te faire poursuivre un leurre.

— Tu me dégoûtes ! crache Zoé. Tu crois vraiment que je vais croire que tout ce que tu as fait, c'était pour le bien de Gabriela et le mien ?

— C'est pourtant la vérité.

— Alors, prouve-le-moi.

Anthony hoche la tête.

— Bien sûr. Demande-moi ce que tu veux et je le ferai.

Zoé inspire longuement.

— Je veux que tu avoues le meurtre de ma sœur, dit-elle.

— D'accord.

— Et je veux que tu dénonces les fils de putes que tu as protégés jusqu'à maintenant.

Anthony est devenu pâle.

— Ils me feront tuer avant que je puisse témoigner

contre eux. Mais j'imagine que ça t'est égal, ajoute-t-il, un sourire amer aux lèvres. Si je le fais, tu me pardonneras ?

Zoé s'était promis de ne pas pleurer. Mais les larmes commencent à couler malgré tout.

— Rien de ce que tu feras ne rachètera ce que tu as fait. Je ne te pardonnerai jamais. Et maintenant, dis-moi où elle est.

D'une main tremblante, Zoé note l'adresse d'un garde-meuble ainsi que la référence du box qu'Anthony avait loué sous un nom d'emprunt. Quelques instants plus tard, elle fait tomber sa canne en se levant. Zoé... Présent et futur se superposent. La surface métallique du projectile venait d'apparaître. Johan aspira le sang qui l'entourait. C'était bien la balle. Il la saisit fermement avec l'extrémité de sa pince. Métal contre métal. Il retira doucement l'instrument, sans relâcher pour autant la pression autour du projectile. C'était presque fini, mais à la vue du sang qui s'accumulait, Johan fut pris de vertiges. Sa vue se brouilla. Il allait la perdre, elle aussi. Comme Camille. Zoé va mourir. Zoé...

Nouvelles images du futur. Zoé est allongée sur un lit d'hôpital. Elle tourne la tête sur le côté pour regarder un écran... Et elle sourit.

Comme le capitaine d'un navire, Johan fut le dernier à sortir du bloc opératoire. Sauf que cette fois, il n'y avait pas eu de naufrage. Zoé avait été emmenée en réanimation. À son réveil, il ne serait plus là. Un autre patient l'attendait. Il avait décidé de rappeler Tom Boylan, pour lui annoncer qu'il ne porterait pas plainte contre lui pour ce qui s'était passé à l'hôtel, et aussi qu'il tenterait l'opération si son fils était d'accord pour lui laisser une seconde chance.

Ses collègues le regardèrent passer. Il percevait leur tension. Tellement de choses pouvaient encore aller de travers. Abcès cérébral, hémorragie méningée, hypertension intracrânienne, pour ne citer que les plus létales. Mais pour la première fois depuis la mort de Camille, il se sentait serein. Il savait déjà que l'intervention était un succès. Alors, il se retira, seul. L'esprit occupé à repenser aux dernières images qu'il avait vues au moment où il retirait le projectile. Il emprunta du papier à ordonnances et un stylo puis s'isola, à l'abri des regards indiscrets.

Seul, assis sur les marches de la cage d'escalier, il commença à écrire.

84

Hôpital d'Argentan, 18 novembre 2017

Chère Zoé,

À l'heure où je t'écris, tu as été emmenée dans le service de réanimation. Dès que ton état le permettra, tu seras transférée en ambulance jusqu'à la Pitié-Salpêtrière, à Paris. C'est l'hôpital où je travaille. On se croisera, mais je ne viendrai pas te voir dans ta chambre, on ne discutera pas, je ne te demanderai pas comment tu te sens. Pas tout de suite en tout cas, car quand tu liras cette lettre, tu te souviendras que je suis la personne que tu détestes le plus au monde. L'homme qui a ruiné ta carrière. Quand tu liras cette lettre, tu seras debout sur tes deux jambes, capable de te déplacer toute seule. Tu feras des progrès, mais tu sais déjà au fond de toi que tu ne danseras jamais plus sur la scène de l'Opéra. Je ne te dirai pas que je suis désolé, car je ne le suis pas. Pour moi l'important c'est que tu sois en vie. À l'heure où tu liras cette lettre, tu te souviendras de mon père et de ses paroles. Il t'avait promis que tu aurais les réponses à tes questions si tu retournais dans la forêt. Je comprends ce qu'il voulait dire, maintenant. Les réponses que tu cherches sont à Marseille. C'est là que ton beau-frère a été incarcéré pour le meurtre de l'homme que tu tenais pour responsable de la disparition de ta sœur. J'imagine que ton cœur bat très vite en lisant les mots que je t'écris. Tout ce que tu as besoin de savoir, c'est à lui qu'il faut le demander, même si je pense qu'au fond de toi, tu connais déjà la vérité. Tu l'as compris dans la forêt.

Quand tu liras cette lettre, tu n'auras pas envie de me revoir. Tu seras probablement tentée de tirer un trait sur toute cette histoire pour reprendre le cours de ta vie. Mais si un jour, tu changeais d'avis, alors sache que je serai là. Je t'attendrai. J'espère vraiment que tu viendras, car j'ai encore quelque chose à te dire. Quelque chose que je ne peux pas t'écrire.

Johan

ÉPILOGUE

Paris, dix-huit mois plus tard...

Le vent soufflait, dépouillant les arbres de leurs feuilles, ébouriffant les touristes sur les boulevards, surprenant les voyageurs qui émergeaient des bouches de métro. Resserrant les pans de son manteau contre lui, Johan se prépara à l'impact de l'air glacial, tandis que l'escalator le ramenait, lentement mais sûrement, à la surface. Dehors le jour déclinait et les lampadaires ne tarderaient pas à prendre le relais. Le flot de voyageurs se dissipa en petits groupes distincts, chacun suivant une direction différente pour rentrer chez lui. Bientôt Johan se retrouva seul, marchant sur le trottoir qui descendait vers la Seine. Son téléphone vibra dans sa poche. Probablement Cédric qui le rappelait encore une fois pour qu'il n'oublie pas de se présenter à l'église le lendemain matin. Il s'arrêta de marcher le temps d'envoyer un SMS. "10 heures tapantes, j'y serai !". "Tu as plutôt intérêt, sinon Maud nous tuera tous les deux", répondit son ami. Demain, il tiendrait dans ses bras sa filleule pour la mener à l'autel où elle serait baptisée. Johan sourit et rempocha son portable. Le vent souffla plus fort dans son dos, comme pour le pousser à avancer. C'est alors qu'il la vit. Ses cheveux étaient plus longs, mais c'était bien elle. En appui sur une canne, Zoé se tenait devant l'entrée de l'immeuble comme si elle attendait quelqu'un. Comme si elle l'attendait, lui. Hésitant à l'appeler, il fit encore quelques pas quand elle se tourna. Leurs regards se croisèrent et il lutta pour ne pas courir vers elle et la prendre dans ses bras. Zoé n'éprouvait probablement pas les mêmes sentiments que lui. Des sentiments qui étaient nés dans le futur et qu'il avait ramenés avec lui dans le présent.

— Bonjour, dit-elle.

Johan entrouvrit la bouche pour lui répondre, mais les mots lui manquaient tout à coup. C'était le son de sa voix. Familier. Pourtant, un an s'était écoulé depuis qu'ils s'étaient parlés.

— Ça fait longtemps que tu attends ? demanda-t-il simplement, comme s'ils s'étaient quittés la veille.

Elle secoua la tête, l'ombre d'un sourire sur les lèvres.

— Non. Je viens d'arriver.

Johan remarqua la lettre dans sa main, *sa* lettre, qu'elle serrait si fort à faire blanchir les jointures de ses doigts.

— Viens, montons. Il fait un froid de canard.

Il fit mine de ne pas remarquer son hésitation et la devança dans le hall de l'immeuble.

Tous deux gardèrent le silence tandis que l'ascenseur gravissait les étages jusqu'au dernier.

— C'est juste là, dit-il en indiquant l'unique porte de palier.

Il était tellement nerveux qu'il fit tomber son trousseau deux fois avant de trouver la bonne clef.

— Je t'en prie entre.

Zoé s'avança doucement pour découvrir l'immense loft. Depuis le salon, de larges baies vitrées offraient une vue imprenable sur la Seine et le parc de Bercy.

— Ça te plaît ? demanda Johan qui l'observait depuis la cuisine ouverte où il venait d'allumer la machine à café.

Elle laissa errer un regard timide dans la pièce, s'attardant sur les murs blancs et nus, les étagères vides et le sol en béton brut.

— C'est grand, finit-elle par dire. Tu viens d'emménager ?

Il secoua la tête.

— Non. Je l'ai acheté il y a un an environ.

Cette fois, elle ne put dissimuler sa surprise.

— Tu comptes le laisser en l'état ?

— En l'état ? C'est ta façon de me dire que c'est froid et impersonnel ?

Elle détourna le regard, gênée.

— Pas du tout, ce n'est pas ce que…

— Je plaisantais, la coupa-t-il. Surtout, si tu as des conseils à me donner, je suis preneur. Qu'est-ce que je devrais faire, à ton avis, pour rendre l'endroit plus chaleureux ?

Elle jeta un nouveau regard circulaire.

— Eh bien, tu pourrais déjà commencer par mettre

des tapis. Il faudrait acheter des luminaires et quelques plantes aussi.

— Je pensais mettre des tableaux aux murs. Qu'en penses-tu ?

Il l'observait en biais, espérant qu'elle saisisse la perche qu'il venait de lui tendre. En vain.

— Heu... Oui, des tableaux, ce serait bien.

— Le problème c'est que je n'ai aucun goût en matière de décoration. Je crois qu'il est plus sage que ma femme s'en occupe.

Pour un peu, elle faillit laisser tomber sa canne.

— Tu t'es marié ?

— Non. Mais j'ai acheté cet appartement au cas où. Il y a quatre autres chambres, un bureau qui peut aussi faire salle de gym, la suite parentale, deux chambres pour les enfants.

Encore une fois, il espérait la voir réagir, mais Zoé ne semblait pas avoir remarqué son allusion à l'atelier.

— Tu n'as plus qu'à trouver la femme qui va avec, dit-elle sans le regarder.

— J'y travaille.

Zoé baissa les yeux.

— Oh ! Je vois.

Non, se dit-il. Décidément, elle ne voyait rien du tout.

— Tu devrais enlever ton manteau. Et après je te fais visiter.

— Non, ça va aller. Je ne comptais pas rester longtemps de toute façon.

Johan cachait mal sa déception. Ce n'est pas comme ça qu'il avait imaginé leurs retrouvailles. Il éteignit la machine à café et vint la rejoindre.

— Assieds-toi au moins.

Elle considéra le canapé avant de décliner l'offre.

— C'est à cause de ma jambe, s'empressa-t-elle de dire, en tapotant sa cuisse du plat de la main. Rester debout me permet de travailler mon équilibre.

Le silence s'étira, menaçant.

— J'ai appris que tu allais monter un spectacle à l'Opéra Bastille, en tant que chorégraphe, dit-il.

Elle le considéra quelques instants, surprise.

— Comment tu as su?

Il enfonça ses mains dans les poches de son jean.

— Eh bien, ta kiné et moi, on déjeune ensemble à l'occasion.

— Et à l'occasion, vous parlez aussi de moi.

— À l'occasion...

Elle soupira.

— Je vois. Ce n'est pas une violation du secret médical, ça ?

— Hum..., non puisque tu es notre patiente à tous les deux. Après tout, c'est moi qui t'ai opérée.

Johan regretta aussitôt ses paroles.

— Tu aurais pu venir me trouver directement plutôt que de passer par ma kiné.

— Je n'étais pas sûr que tu aurais envie de me voir.

— Je sais. C'est ce que tu as écrit dans ta lettre.

Zoé déposa l'enveloppe sur la table basse.

— J'imagine que ma kiné a dû te dire pour ma sœur.

Johan savait en effet que Zoé avait enterré Gabriela il y a deux mois déjà. Elle s'était rendue à Marseille où Anthony était emprisonné. Et comme dans la vision qu'il avait eue dans la salle d'opération, il avait tout avoué. Y compris l'endroit où se trouvait le corps.

— Je suis désolé, dit-il

— Pourquoi ? Ce n'est pas de ta faute.

Zoé se tourna vers la baie vitrée, le regard dirigé vers la passerelle Simone de Beauvoir, qui enjambait la Seine.

— Moi aussi j'ai appris des choses te concernant.

— Vraiment ?

Elle hocha la tête.

— J'ai su que tu avais opéré ce jeune américain.

— C'est vrai. Une semaine après ton transfert à la Pitié.

— Est-ce que tu as pu changer son futur ?

Il sourit. Johan gardait en mémoire les images de la vie de Lukas Boylan telle qu'il l'avait vue défiler pendant l'intervention. Le jeune homme jouerait quelque temps dans la ligue professionnelle avant de devoir abandonner pour cause d'une blessure au genou. Mais il continuerait de s'épanouir sur les pelouses en poursuivant une carrière de coach universitaire. Il se marierait, deviendrait papa, puis divorcerait avant de se marier une deuxième fois. Pour de bon cette fois-ci. La dernière image que gardait Johan était celle d'un Lukas Boylan entouré de ses petits enfants, dont un en particulier qui aura réalisé le rêve de son grand-père de mener une carrière de joueur de football professionnel.

Zoé s'était approchée sans qu'il s'en rende compte. Il tressaillit en la trouvant juste devant lui.

— Dans ta lettre, tu as dit que tu avais encore quelque chose à me dire. Est-ce que ça concerne mon futur, à moi aussi ?

— Hum… Peut-être…

Elle lui donna une bourrade dans le flanc avant de redevenir sérieuse.

— C'est si mauvais que ça que tu ne pouvais pas me l'écrire ?

— Non. Ce n'est pas ça.

— Alors ? Tu veux bien me dire ce qui va m'arriver ?

Johan repensa à la dernière vision. Il se revoyait positionner les serres de la pince autour du projectile, puis le retirer doucement. Et les images qu'il avait vues alors ne l'avaient plus jamais quitté. Il s'était interdit d'y repenser. Il s'était interdit d'y croire jusqu'à aujourd'hui, en la voyant au pied de son immeuble.

— Tu aimes la cuisine asiatique ?

Zoé haussa les épaules, un peu décontenancée par ce changement de sujet.

— Heu… oui, mais…

— Allez, viens ! Je t'invite. Je connais un restaurant à tomber par terre.

— Et tu me diras enfin ce que tu as vu dans mon futur ?

Johan leva les yeux au ciel.

— Hum… Peut-être…

Nouvelle bourrade dans les côtes.

Zoé est allongée sur un lit d'hôpital. Elle tourne la tête sur le côté pour regarder un écran tandis qu'une femme en blouse blanche promène une sonde d'échographie sur son ventre rebondi. Elle regarde le bébé qui grandit en elle. Une petite fille. Clara. C'est ainsi qu'elle s'appelle. Elle a cinq ans maintenant.

Des cheveux bruns comme sa mère, son même profil et son sourire. Zoé la serre contre elle avant d'embrasser sa joue potelée qui sent si bon. Elle ouvre les bras. « Cours voir papa ! » Clara s'élance avec la grâce d'un papillon qui vient de recouvrer la liberté. Elle court cheveux aux vents, riant aux éclats, son tutu voletant tout autour d'elle. Johan est accroupi quelques mètres plus loin. Il écarte les bras à son tour, anticipant le moment où le petit corps viendra se blottir contre lui. Et dans les yeux de sa fille, il reconnaît cette lueur étrange. Celle que les Valmeur se transmettent de génération en génération.

FIN ALTERNATIVE

Découvrez la fin alternative en allant sur mon site

www.julia-salvador.fr/fin-alternative-medium

NOTES

Chapitre 39

1. 4 Peloton de Surveillance et d'Intervention de la Gendarmerie

Chapitre 54

1. 1 Le temps nous est compté

Chapitre 55

1. 2 Ouvrez la porte ! Je sais que vous êtes là !
2. 3 Il faut que nous parlions !

UN PETIT MOT DE L'AUTEUR

Chère lectrice, cher lecteur,

J'espère que ce roman vous a plu.

Votre avis compte beaucoup pour moi, alors n'hésitez pas à laisser un commentaire sur la page du livre (de plus, cela m'aidera beaucoup ;)).

Vous pouvez également m'écrire à :

julia@julia-salvador.fr pour partager avec moi votre ressenti à propos du livre, me faire des suggestions, des remarques constructives.

Avant de partir...

Sur la page suivante, découvrez les premiers chapitres du tome 1 de ma série 'Enquêtes à New York'!

Je vous souhaite plein de bonnes lectures et vous dis à bientôt.

Julia Salvador

Enquêtes à New York
Tome 1

Le Visage de la Peur
(extrait)

PROLOGUE

Une faible lueur dansait devant ses yeux.

Elle tenta de remuer pour se libérer de ses liens. La civière métallique sur laquelle elle était maintenue allongée grinça. Le moindre mouvement lui demandait un effort grandissant. Alors que toute énergie semblait avoir quitté ses membres ankylosés, son esprit engourdi lui fit douter de sa propre intégrité corporelle. Elle se sentait amputée, démantelée. Son corps lui échappait.

Épuisée, elle laissa errer une nouvelle fois son regard. Elle fut bientôt en mesure de discerner les limites physiques de l'endroit où elle se trouvait emprisonnée. Il s'agissait d'une pièce relativement petite et dépourvue de fenêtres, au plafond bas et fermée par une porte dont elle pouvait à peine deviner la poignée métallique.

Les parois continuaient de se déformer de façon étrange : les murs tremblaient comme s'ils étaient doués de vie. Elle s'entendit gémir malgré le bâillon qui lui obstruait la bouche. Le bruit sourd du sang qui pulsait dans ses artères cérébrales martelait inlassablement dans sa tête, comme si une armée avait décidé de piétiner sa raison. Qu'était-il en train de lui arriver ?

Des images parvenaient à sa conscience défaillante sous la forme de courts flashs : les yeux de son agresseur lui apparurent comme dans un cauchemar. Plus que leur couleur ou leur forme, c'était surtout ce qu'elle avait pu y lire qui l'avait profondément marquée. Pour l'avoir déjà croisé une fois dans sa vie, elle y avait tout simplement reconnu l'éclat de la folie.

C'est alors que, terrifiée, elle sentit le lit métallique sur lequel elle était attachée s'affaisser progressivement, comme si les atomes dont il était constitué se désintégraient les uns après les autres. Cela dura une éternité.

À présent, elle dérivait sur une surface liquide. C'était une sensation paisible, mais elle fut de courte durée. Une nausée aussi terrible que brutale la fit chavirer. Sa bouche écumait de salive. Paniquée, elle sentit que sa tête plongeait dans les profondeurs. Puis ce furent ses épaules, suivies de son torse, son bassin et enfin ses jambes. Tout entière, elle chutait à présent dans un gouffre sans fin.

Soudain, elle se retrouva à nouveau dans la petite pièce. Depuis le plafond où elle flottait désormais, elle put voir son pauvre corps ligoté.

Son corps qu'elle venait de quitter.

1

Six heures du matin.

Les chiffres verts clignotaient dans la pénombre. Les yeux rivés au plafond, Lisa écouta encore quelques instants les battements de son cœur qui faisaient écho à la sonnerie du réveil. Quand le silence se fit à nouveau, elle tendit la main vers l'interrupteur, chaussa ses lunettes et fouilla dans son sac à dos, posé au pied du lit qui grinçait à chacun de ses mouvements. Elle en retira un cahier écorné.

Les feuilles noircies par son écriture se succédèrent rapidement tandis qu'elle le feuilletait pour enfin découvrir une page vierge. D'un geste vif de l'index, elle remonta alors ses lunettes qui glissaient inlassablement sur le bout de son nez et appuya la pointe de son stylo sur le papier.

New York, hôpital universitaire de Columbia (8 mars)

Son corps oscillait au-dessus du vide.

Il se balançait d'avant en arrière comme une vulgaire poupée de chiffon. Un vent glacial soufflait sur lui.

Je me tenais à ses côtés, au bord de la falaise, et nous contemplions l'abîme.

Il s'est retourné vers moi et j'ai eu du mal à reconnaître son visage. J'ai alors regardé ses lèvres : elles remuaient frénétiquement pour laisser s'écouler un murmure aux intonations angoissantes. J'étais incapable d'en saisir le sens. J'ai essayé de lui parler à mon tour quand le son puissant d'une cloche a retenti. Le bruit entêtant du métal frappé avec violence m'empêchait de penser et de bouger.

Au dixième coup, il avait sauté.

L.C.

N.B.

- Il me semble avoir compté dix coups, mais il m'est impossible d'en avoir la certitude, toute notion de temps et d'espace étant subjective.

- Le son de la cloche est probablement une création de mon subconscient qui a ainsi interprété la sonnerie du radio-réveil.

- Mon père me manque. Je m'empêche de penser à lui quand je suis éveillée. C'est pourquoi il s'impose à moi quand je ne le suis plus.

. . .

Sur ces derniers mots, elle referma le cahier dans lequel elle consignait, comme à son habitude, les moindres détails des rêves et cauchemars qui animaient ses nuits.

Un rapide coup d'œil au réveil lui indiqua que le temps continuait sa fuite inexorable. Elle bondit aussitôt hors du lit et se précipita, chancelante, vers le lavabo surmonté d'un miroir ébréché. Elle ouvrit le robinet et plongea ses mains dans l'eau glacée avant de s'en asperger le visage. Une analyse attentive de ses traits aurait conduit la plupart des observateurs à lui trouver les yeux un peu trop grands (bien que d'une couleur verte tout à fait enviable), le nez trop fin et probablement un peu trop long, la bouche pas assez charnue, les joues pas assez pleines ; mais comme pour un tableau dont on veut apprécier la beauté, il faut laisser les détails aux esprits obtus et reculer de quelques pas pour embrasser d'un seul regard la composition du peintre. Ainsi, chaque prétendu défaut apparaissait comme indispensable pour maintenir l'harmonie d'un visage des plus plaisants à contempler.

Gardant les yeux fermés pour ne pas rencontrer son reflet distordu par le miroir fêlé en son milieu, elle chercha des mains la serviette qui pendait depuis un vieux crochet rouillé et s'essuya énergiquement. En quelques coups de brosse, elle parvint à discipliner sa chevelure blond cendré, puis, renonçant à se maquiller, enfila un jean, un sweat bleu marine portant les insignes de l'université de Harvard que David, son fiancé, avait oublié chez elle avant de repartir pour Boston où il poursuivait son internat en cardiologie. Elle attrapa son sac à dos et sa parka jetée négligemment sur une chaise près de l'entrée et claqua la porte de la petite pièce aux murs couverts des graffitis laissés par des générations d'internes en médecine pour marquer leur passage aux urgences.

Dehors, la lumière des lampadaires s'étiolait doucement pour céder la place à une aube timide tandis que les voitures s'entassaient, avançant pare-chocs contre pare-chocs. Les trottoirs étincelaient, comme parsemés d'une multitude de paillettes, résidus de la fine pellicule de glace qui s'y était formée pendant la nuit et qui avait commencé à fondre. New York sortait de son engourdissement.

La « grande visite » que le chef de service, l'irascible professeur Beckett, un médecin de la vieille école, menait avec son cortège de médecins assistants, internes, infirmières-chefs et travailleurs sociaux, sans oublier bien sûr les jeunes étudiants inexpérimentés, ne débutait qu'à huit heures.

Lisa Cavalcante entamait sa dernière année d'internat en neuropsychiatrie. Ses états de service universitaires lui avaient en outre permis d'accéder au programme de recherche réservé aux meilleurs étudiants du troisième cycle : elle avait postulé dans l'unité de psychobiologie des comportements à l'Institut des neurosciences que dirigeait le professeur Logan Phillips. Sonder les mystères du cerveau la passionnait par-dessus tout, et Phillips était renommé pour ses travaux concernant l'émergence de la conscience chez l'homme. Empirisme de l'acquis face au déterminisme génétique, la question était toujours ouverte. Et Lisa avait la secrète ambition d'y apporter une réponse dans sa thèse de doctorat.

La cafétéria venait d'ouvrir ses portes et à l'exception

d'un petit groupe d'étudiants qui attendait le début des cours en discutant et en gesticulant devant un café, il n'y avait personne.

Elle s'installa suffisamment à l'écart pour ne pas être dérangée par leur conversation. Un coude sur la table, le menton soutenu par une main, elle avait cette expression mélancolique des beautés intemporelles que l'on pouvait admirer, figées dans le marbre, au département des antiquités gréco-romaines du Metropolitan. Elle s'apprêtait à noter ses dernières observations concernant un des patients dont elle avait la charge quand une jeune femme vint la rejoindre à sa table. La trentaine, les cheveux coupés court dont les boucles serrées servaient d'encadrement à un visage au teint café au lait, Janet, sa meilleure amie, s'affala sur une chaise, un gobelet fumant dans chaque main. À son air sévère, Lisa sut qu'elle allait encore avoir droit à un de ses sermons.

— Lizzy ! s'exclama Janet qui ne l'avait jamais appelée par son prénom de baptême. T'es au courant qu'on devait se retrouver devant l'hôpital et que ça fait une heure que je t'attends dans ce froid glacial ?

Lisa était coutumière de cette propension à exagérer les moindres faits de la vie quotidienne qui caractérisait son amie.

— C'est pour moi ? demanda-t-elle en prenant un des chocolats chauds qu'elle avait apportés.

Janet la considéra quelques instants avec attention.

— Qu'est-ce qui t'arrive ?

— Dois-je comprendre que j'ai une sale tête ?

— Je n'irai pas jusque-là. Disons simplement que tu as l'air d'un vampire qui n'a pas eu sa dose d'hémoglobine !

— Je vois…

Lisa ne put s'empêcher de sourire. Janet était la seule personne qui réussissait cet exploit. Mais cela ne dura qu'un instant. Son masque de tristesse assombrit à nouveau son visage.

— Sérieusement, qu'est-ce qui t'arrive ? insista son amie.

— J'ai été de garde cette nuit, c'est tout.

Janet secoua la tête en signe de désapprobation, faisant tinter les anneaux de ses boucles d'oreille.

— Encore ? Mais ça te fait combien de nuits d'affilée ? Et puis, je ne me souviens pas avoir vu ton nom sur le tableau des astreintes… Ne me dis pas que…

— Ça arrange tout le monde !

— Ça arrange surtout Sally et les autres ! Franchement, ce n'est pas parce que tu n'es pas mariée et que tu n'as pas d'enfants que tu es corvéable à souhait.

— Merci pour ce bref résumé de ma vie.

— Je ne cherche pas à te blesser. Tu oublies que je te connais et… Lizzy, tu ne peux pas faire comme si rien ne s'était passé.

— Janet, tu ne vas pas recommencer !

Malgré le ton menaçant, cette dernière ne se laissa pas décourager.

— Je ne sais plus quoi dire ou faire pour que tu réagisses ! Si seulement tu te voyais ! Tu ressembles à un spectre ! Tu as une mine de déterrée !

— Si c'est ta façon de me remonter le moral…

— Je suis sérieuse. Il est grand temps que tu prennes soin de toi.

Janet soupira avant de poursuivre sur un ton qui s'était soudain radouci :

— Ça fait plusieurs mois que les funérailles ont eu lieu, mais tu sais comme moi que ce n'est que la première étape dans le processus de deuil. La mort de ton père a été si brutale… Il faudrait peut-être que tu en parles à quelqu'un…

— Je vais très bien, la coupa Lisa.

Janet préféra changer de sujet.

— Tu comptes présenter quel dossier ? demanda-t-elle en faisant référence à la réunion du staff du service de neuropsychiatrie.

— La dernière admission dont je me suis occupée, répondit son amie en lui indiquant la pochette cartonnée sur la table.

— Le type qui a essayé de se défenestrer ?

— Il a été conduit aux urgences après avoir tenté de briser la baie vitrée de son bureau situé au trente-sixième étage. Ses collègues sont intervenus à temps, mais l'un d'eux a quand même failli perdre un œil dans l'histoire. Heureusement, il s'en est tiré avec une facture du plancher de l'orbite…

— Tu parles d'une chance, commenta Janet.

— J'ai dû attendre que l'effet des sédatifs qu'ils lui avaient administrés se dissipe et après l'avoir interrogé et examiné, j'ai la conviction que sa crise de panique n'est qu'une conséquence d'un trouble mental préexistant, plus sérieux.

— Tu penses à quoi ?

— À un trouble de stress post-traumatique, probablement lié aux attentats du 11 septembre.

Lisa plongea ses mains dans ses cheveux qu'elle ramena en arrière pour les attacher avec un simple élastique.

— Il m'a confirmé qu'il faisait des cauchemars récurrents, poursuivit-elle. Mais ce qui est plus révélateur, c'est que depuis quelques semaines, il a la sensation que quelque chose de terrible va se produire. Il est convaincu qu'un danger imminent nous menace tous !

— Eh bien, j'espère qu'il se trompe, rétorqua gravement Janet.

La tragédie qui, l'espace de quelques secondes, avait rassemblé des millions de personnes jusque-là étrangères les unes aux autres pour communier dans l'horreur étaient encore présente dans tous les esprits.

— Ce n'est pas un hasard si ces pensées morbides ont fait leur apparition de façon concomitante avec le dévoilement au public des plans de la Freedom Tower[1].

— J'ai vu la maquette. Je ne suis pas certaine d'aimer... ça va ressembler à un ovni échoué dans le paysage.

Le projet qui avait été retenu pour remplacer les tours jumelles était en effet très controversé. Beaucoup lui reprochaient ses formes trop futuristes : une superstructure en acier qui étirait ses lignes effilées pour culminer à la hauteur symbolique de 1 776 pieds, 1776 étant la date à laquelle les États-Unis d'Amérique avaient proclamé leur indépendance. Lisa pensait que, dans l'esprit de son patient, cette annonce avait joué un rôle de catalyseur. C'était comme si le sommet de la nouvelle tour, en dardant sa pointe vers le ciel, allait attirer une fois de plus le malheur comme un paratonnerre attire la foudre.

— J'ai déjà commencé un travail de déconditionnement au cours duquel nous visionnons des cassettes des attentats.

Janet fut frappée par les traits tirés qui vieillissaient soudainement son amie.

— Peut-être que tu as besoin de te faire aider, toi aussi ? dit-elle timidement, redoutant sa réaction.

— Je sais comment gérer la situation.

Le visage de Janet trahissait son scepticisme.

— Ce n'est pas pour rien que l'on dit que les cordonniers sont les plus mal chaussés...

Un silence pesant s'installa subitement entre elles. Ni l'une ni l'autre n'avait envie de commencer la semaine par une dispute.

— On déjeune ensemble tout à l'heure ? s'exclama Janet d'un ton faussement enjoué. Ça fait des lustres qu'on n'a pas pris le temps de discuter, toutes les deux ! Je ne te vois plus qu'au hasard des couloirs de l'hôpital. Allez, fais-moi plaisir !

— Je ne peux pas. Il y a mon projet de recherche et je n'ai toujours pas rendu mon mémoire. (Elle se mordit légèrement la lèvre inférieure.) Phillips va me virer du programme !

— Au risque de me répéter, tu es en train de jouer avec le feu. Tu essayes de tout mener de front, mais tout ce que tu vas récolter, c'est une bonne dépression nerveuse. C'est pour cela qu'il faut prendre soin de toi et...

— Bien dormir, bien manger, ne pas fumer, ni boire ! Qu'est-ce que j'oublie ?

Lisa la regardait maintenant d'un air amusé.

— Tu oublies le plus important ! Toujours suivre les conseils éclairés de sa meilleure amie !

— Janet, tu n'es pas ma meilleure amie... tu es ma seule amie !

Son sourire avait disparu, emporté par un de ces accès de mélancolie qui venaient si souvent assombrir son doux visage.

— Raison de plus pour déjeuner avec moi. Ce n'est sûrement pas une demi-heure qui changera quoi que ce soit à ton planning de recherche ! insista Janet qui refusait de la laisser sombrer dans la tristesse.

DU MÊME AUTEUR

Collection 'suspense et sentiments'

- L'Intrus
- L'Appel

Série 'Enquêtes à New York'

- Tome 1 : Le Visage de la Peur
- Tome 2 : Enfers.com
- Tome 3 : Les Ténèbres et rien de plus

DISPONIBLE SUR AMAZON

dépôt légal
septembre 2020

Printed by Amazon Italia Logistica S.r.l.
Torrazza Piemonte (TO), Italy

46801701R00283